HEYNE <

Das Buch

Tayla ist jung, schön und seit Jahren auf der Flucht. Als sie einen Teeladen eröffnet, in der Hoffnung, endlich einen Ort für sich, ein Zuhause gefunden zu haben, überstürzen sich die Ereignisse: Einer ihrer ersten Kunden ist ein Drachenkrieger. Und er ist nicht wegen des Tees gekommen … Der sexy und mächtige Baine ist seit einem Vierteljahrhundert auf der Suche nach seiner perfekten Gefährtin. Nun, da er sie endlich gefunden hat, will der Drache sie nie wieder gehen lassen. Doch Baine ist nicht der Einzige, der Tayla begehrt. Er muss ihr Geheimnis lüften und ihre Liebe gewinnen – bevor er sie für immer verliert!

Die Autorin

Unter dem Pseudonym *Alexandra Ivy* veröffentlicht die bekannte Regency-Liebesroman-Autorin Deborah Raleigh ihre Vampirromane. Ihre international erfolgreiche *Guardians-of-Eternity*-Reihe umfasst bereits elf Bände und steht regelmäßig auf der *SPIEGEL*-Bestsellerliste. Alexandra Ivy lebt mit ihrer Familie in Missouri.

ALEXANDRA IVY

FLAMMENKÜSSE

ROMAN

WILHELM HEYNE VERLAG
MÜNCHEN

Titel der amerikanischen Originalausgabe
BURNED BY DARKNESS
Deutsche Übersetzung von Beate Brammertz

FSC
www.fsc.org
MIX
Papier aus verantwortungsvollen Quellen
FSC® C014496

Verlagsgruppe Random House FSC®N001967

Deutsche Erstausgabe 01/2018
Redaktion: Diana Mantel

Printed in Germany
Umschlaggestaltung: Nele Schütz Design, München
Satz: Christine Roithner Verlagsservice, Breitenaich
Druck und Bindung: GGP Media GmbH, Pößneck

ISBN: 978-3-453-31839-7

www.heyne.de

All meinen treuen Leserinnen gewidmet,
die im Laufe der Jahre die *Guardians of Eternity*
inspiriert haben. Ich hoffe, ihr werdet
meine Drachen ebenso lieben!

1

»Sind die Rollläden geschlossen?«

Taylas Lippen zuckten amüsiert beim Klang des französischen Akzents, der vom Dachboden herabhallte.

»Wird sofort erledigt«, rief sie zurück und drückte auf einen Knopf neben der Tür, woraufhin dünne Jalousien vor die Fenster glitten, die das direkte Sonnenlicht abhielten und dennoch einen guten Blick ins Freie gewährten.

Das war ein Luxus, den Tayla sich erst vor einer Woche gegönnt hatte. Sie mochte zwar eine Fee sein, der es am liebsten wäre, wenn jedes einzelne Zimmer von warmen Sonnenstrahlen durchflutet würde, aber ihr derzeitiger Mitbewohner verwandelte sich bei Tageslicht leider sofort zu Stein.

Eigentlich hatte sie nicht nach Gesellschaft gesucht. Ebenso wenig wie nach einem Haus.

Schließlich hatte sie die vergangenen fünfundzwanzig Jahre auf der Flucht verbracht, ständig mit dem Gedanken im Hinterkopf, verfolgt zu werden.

Das erdrückende Gefühl, gestalkt zu werden, hatte

wie eine dunkle Wolke über ihr geschwebt und sie gezwungen, von einem Versteck zum nächsten zu flüchten.

Als sie jedoch das große viktorianische Herrenhaus südlich von Chicago zum ersten Mal erblickt hatte, wollte es ihr einfach nicht mehr aus dem Kopf gehen.

Das dreistöckige Haus besaß die üblichen Türmchen und Erker, samt einer weitläufigen, überdachten Veranda, einem schmuckvollen Giebeldach und reichlich Zierornamenten. Es war in einem hübschen Altrosa gestrichen, hatte weiße Fensterläden und war von einem großen Garten und sanft geschwungenen Weinbergen umrahmt, die das Gefühl ruhiger Abgeschiedenheit ausstrahlten.

Es war entzückend.

Und friedvoll.

Und besaß alles, was Tayla sich von einem Zuhause erhofft hatte.

Noch dazu bot es den Vorteil, dass es der perfekte Ort war, um ein elegantes Teehaus zu eröffnen.

Einem spontanen Impuls folgend, hatte Tayla das Anwesen gekauft und eine Hexe beauftragt, es mit zahlreichen Tarnzaubern zu belegen. Als Fee verfügte sie zwar über eigene magische Kräfte – insbesondere über Zaubersprüche, die ihre Kuchen unwiderstehlich machten –, aber sie konnte keine komplizierten Schutzzauber aussprechen.

Sie musste mit allen Mitteln dafür sorgen, dass sie

sich wirklich gut vor ihrem Stalker – vielleicht waren es sogar mehrere? – verstecken konnte, wenn sie plante, länger als ein paar Tage an diesem Ort zu bleiben.

Im Laufe der vergangenen Monate hatte sie ihren Entschluss, sesshaft zu werden, noch nicht bereut, auch wenn sie sich eingestehen musste, dass sie es nicht sonderlich genoss, nachts in diesem großen Haus allein zu sein.

Sie hatte keine Angst. Nicht wirklich.

Man könnte es eher als … Rastlosigkeit bezeichnen.

Was zweifellos erklärte, weshalb sie der Überredungskunst des kleinen Gargoyles nachgegeben hatte, der vor zwei Wochen überraschend auf ihrer Türschwelle aufgetaucht war.

Ein Lächeln legte sich nun auf Taylas Gesicht, als die Tür aufgeschoben wurde, die zum Dachboden führte, und ein winziges Geschöpf, kaum einen Meter groß, ins Zimmer watschelte.

Es besaß die übliche graue, ledrige Haut und die fratzenhaften Gesichtszüge eines Gargoyles samt Hörnern und einem langen Schwanz, den er mit pedantischer Sorgfalt polierte. Seine Flügel hingegen waren alles andere als gewöhnlich.

Sie waren viel größer als bei gewöhnlichen Gargoyles, filigran wie Feenflügel und mit leuchtend blauen, purpurroten und goldenen Fäden durchzogen.

Außerdem hatte er einen süßen französischen Akzent und brachte Tayla mit seinem lustigen Kauderwelsch aus Englisch und Französisch immer wieder zum Lachen.

Er hatte darum gebeten, in ihrem Dachboden Räumlichkeiten für seine brandneue Datingagentur anzumieten, und sie hatte zugestimmt. Warum auch nicht? Sein Geschäft bedeutete zusätzliche Kundschaft für sie, und sie wäre nachts nicht mehr allein.

Es war eine Übereinkunft, die zwei Fliegen mit einer Klappe schlug.

Jetzt folgte ihr der kleine Gargoyle durch den Salon, in dem zahlreiche Sessel und runde, mit hübschen Spitzendeckchen versehene Tische standen. Tayla kontrollierte gründlich, dass sämtliche Tassen und Teller sicher in den Geschirrschränken aufgeräumt und die weichen Teppiche, die mit Blumenmustern verziert waren, gestaubsaugt waren.

Dann marschierten sie gemeinsam den kurzen Korridor entlang und betraten die Küche, die Tayla nach ihrem Einzug hatte umbauen und modernisieren lassen. Das große Zimmer war jetzt mit weißen Bodenfliesen ausgelegt und besaß eine hohe Decke, von der Kupferpfannen an langen Haken herabhingen. Die Elektrogeräte waren allesamt aus verchromtem Stahl und von bester Qualität, was Tayla ein kleines Vermögen gekostet hatte. In der Mitte des Raums stand ein langer Holztisch, in den sie magische Runen eingeritzt hatte, um ihren Kuchen eine Prise Zauber zu verleihen.

Das Beste an der Küche war jedoch die breite Fensterfront mit Blick auf das sattgrüne Waldstück, das zum Grundstück gehörte.

Tayla blieb kurz stehen, um die Bäume in ihrem prächtigen Herbstkleid zu bewundern. Ihr Feenblut liebte es, von unberührter Natur umgeben zu sein, obwohl sie die Annehmlichkeiten des modernen Lebens sehr wohl zu schätzen wusste.

Ein leises Klingeln ertönte, als der Timer ihres Backofens sie daran erinnerte, die Scones herauszuholen, die sie für ihr frühes Abendessen zubereitet hatte. Seit Levets Ankunft hatte sie dem Gargoylen vorgeschlagen, mindestens eine Mahlzeit am Tag mit ihr einzunehmen. Es war ein echtes Vergnügen, nicht immer allein essen zu müssen.

Mit einem Geschirrhandtuch in der Hand zog sie das Kuchengitter heraus und stellte es genau in der Sekunde auf den Tisch, als der Dämon den Arm ausstreckte, um eine Flasche zum Vorschein zu bringen, die er hinter seinem Rücken versteckt hatte.

»Ta-da!« Er winkte mit der Flasche.

Tayla warf das Geschirrtuch beiseite und bedachte ihren Mitbewohner mit einem zaghaften Lächeln.

»Was ist das?«

»Mein Lieblingswein.«

Mit einem leichten Lächeln auf den Lippen sah Tayla den Gargoylen an, der sich an den Tisch vor der Fensterfront setzte.

»Ich bin keine große Trinkerin«, erklärte sie.

»Das hier wird dir schmecken, versprochen«, versicherte er ihr. »Außerdem gibt es einen Grund zum Feiern.«

Hmm. Sie war überrascht. »Und was feiern wir?«

»Ich hatte meinen ersten zufriedenen Kunden.«

»Ah.« Mit einem zögerlichen Lächeln schob Tayla die Scones auf einen Teller und holte zwei Weingläser aus dem Küchenschrank. »Das ist natürlich ein guter Grund zum Feiern. Erzähl mir von deinem zufriedenen Kunden.«

Levets Flügel bebten vor Stolz. »*Eh bien*, es ist mir gelungen, für eine wunderschöne junge Eiselfe, die ganz allein in der Arktis lebt, den perfekten Partner zu finden«, erklärte er mit geschwellter Brust. »Ich habe sie mit einem Feuerelfen zusammengebracht, der unbedingt eine Familie gründen will.« Er stieß ein tiefes Seufzen aus. »Es war Liebe auf den ersten Blick.«

Feuer und Eis?

Tayla zuckte innerlich mit den Schultern. Womöglich zogen sich Gegensätze tatsächlich an!

Als sie zurück am Tisch war, stellte sie den Teller Scones ab und erlaubte Levet, ihnen beiden ein Glas bernsteinfarbenen Wein einzugießen. Mit unverhohlener Gier griff der Gargoyle nach einem der köstlichen Gebäckstücke.

»*Ma belle*, sie sind wahrlich *très bien*«, seufzte er und schluckte den Scone mit einem einzigen großen Bissen hinunter. Er verdrückte zwei weitere, bevor er sein Glas hob. »Auf den Erfolg!«

»Auf den Erfolg«, murmelte Tayla und nippte argwöhnisch an ihrem Kelch. Als sie die fruchtige Note von Nektar aus dem teuren Wein herausschmeckte, hob sie überrascht die Augenbrauen. Der Gargoyle musste für den Wein ein kleines Vermögen hingeblättert haben. »Köstlich«, hauchte sie und nahm einen größeren Schluck. »Woher hast du diesen Wein?«

Im Laufe der Jahre hatte sie selbst gelegentlich winzige Phiolen mit Nektar erstanden, aber seit sie jeden Penny beiseitegelegt hatte, um ein Dach über dem Kopf zu ersteigern, hatte sie sich diesen Luxus nicht mehr gegönnt.

Jetzt genoss sie die köstliche Wärme, die sich in ihrem Körper ausbreitete.

Die grauen Augen des Gargoyles musterten sie mit unerwarteter Intensität. Sein Blick glitt über ihre Haare, die sich wie flüssiges Gold über ihre Schultern und den Rücken ergossen und in deren seidenweichen Strähnen ein Hauch Rot leuchtete. Dann musterte er das blasse Oval ihres Gesichts und verweilte kurz auf ihren hellgrünen Augen, die mit jadefarbenen Schlieren durchzogen waren, um schließlich ihre schmale Nase und die vollen pfirsichfarbenen Lippen zu betrachten.

Er gestattete sich ein paar Sekunden, um ihren schlanken Körper zu bewundern, der in einer elfenbeinfarbenen Hose und einem Kaschmirpullover steckte, mit einer leuchtenden Perlenkette um ihren Hals, bevor er schließlich antwortete.

»Ich habe einen guten Draht zum König der Feenwesen.«

Tayla stieß einen erstickten Laut aus. Ihr waren Gerüchte zu Ohren gekommen, dass die seltenen reinblütigen Feenwesen in diese Dimension zurückgekehrt waren, aber ihr war das Glück nicht vergönnt gewesen, eines von ihnen zu Gesicht zu bekommen.

»Wie kann es sein, dass du die Chantri kennst?«, fragte sie erstaunt.

Levet nahm einen Schluck Wein. »Ich möchte mir ja nicht selbst aufs Horn klopfen, aber …«

»Schulter«, korrigierte Tayla ihn mit einem belustigten Zucken der Lippen. »Sich selbst auf die Schulter klopfen.«

»Schulter oder Horn, das ist doch dasselbe.« Unbekümmert wischte er Taylas Einwand mit einer grauen Hand fort. »Die Sache ist die, ich habe die Welt schon mehr als einmal gerettet, und mehrere VIDs stehen tief in meiner Schuld.«

Tayla blinzelte verwirrt. »VIDs?«

»Very Important Demons.« Voller Stolz flatterte er mit den Flügeln. »Und dazu gehören unter anderem der König der Vampire und der König der Werwölfe.«

Taylas Stirn kräuselte sich. Sie hasste es, die Ehrlichkeit des kleinen Dämons anzuzweifeln, aber es schien etwas weit hergeholt, dass solch bedeutende Geschöpfe zu seinem Bekanntenkreis gehörten.

»Wenn du derart mächtige Freunde hast, warum hast du für deine Partneragentur eine solch abgelegene Gegend ausgesucht?«, fragte sie neugierig. »Hätte es nicht mehr Sinn ergeben, irgendwo zu sein, wo du deine Beziehungen spielen lassen könntest, um Kunden anzulocken?«

Der Gargoyle runzelte die winzige Schnauze. »Es ist möglich, dass es ein klitzekleines Missverständnis gegeben haben könnte, als ich mein damaliges Geschäft in Vipers Club eröffnet habe.«

»Viper.« Nachdenklich legte Tayla den Kopf schräg. Diesen Namen hatte sie irgendwo schon einmal gehört. »Der Anführer der Chicagoer Vampire?«

»*Oui*. Ein selbstsüchtiger Mistkerl, dem ich am liebsten einen Tritt in seinen *derrière* geben würde.«

»Was ist passiert?«

Levet zuckte mit den Schultern. »Ich wollte ihm einen Gefallen tun und habe seinen Club, den Viper Pit, als Ort für meine Datingagentur ausgewählt. Ich habe sogar eine Party geschmissen, um die Eröffnung meines neuen Geschäfts zu feiern. Aber hat er mir das gedankt? *Non*. Stattdessen hat er behauptet, dass der Champagner, den ich mir aus seinem Keller geborgt hatte, ein unbezahlbarer Tropfen gewesen sei, und dann hat er mich wutentbrannt vor die Tür gesetzt. Pah! Er hat sogar gedroht, meinen Kopf an seine Wand zu hängen, falls ich ihm noch einmal über den Weg laufen sollte.« Levet nahm einen tiefen Schluck von seinem Wein. »Es schien mir das Beste zu sein, Chicago für ein paar Wochen den Rücken zu kehren.« Er räusperte sich. »Oder für ein paar Jahrhunderte.«

Taylas Lippen zuckten. Obwohl das kleine Geschöpf sie amüsierte, wusste sie, dass es Dämonen gab, die seiner exzentrischen Persönlichkeit nicht mit demselben Maß an Toleranz begegneten wie sie. Einschließlich des benachbarten Waldelfen, der gedroht hatte, Levet umzubringen, sollte er ihn noch einmal in der Nähe seiner Tochter erwischen.

»Und das war der Moment, als du dich entschieden hast hierherzukommen?«

»Es ist ein zauberhafter Ort«, sagte er mit einem Blick auf die üppige grüne Landschaft. »Allerdings hatte ich nicht daran gedacht, dass es hier zu abgelegen sein könnte, um auch Flatterkundschaft anzulocken.«

Tayla blinzelte. Flatterkundschaft? Meinte er Vampire? Oh …

»*Lauf*kundschaft meinst du.«

»*Oui*, Laufkundschaft.« Während Levet seine Brille absetzte, musterte er Tayla mit einem Anflug von Neugierde. »Apropos, warum hast *du* dir eigentlich ein so einsames Plätzchen ausgesucht, um ein Teehaus zu eröffnen?«

»Es ist hier keineswegs einsam«, erwiderte sie und trank einen Schluck. Der Wein löste die Anspannung, die schon seit einer Ewigkeit an ihr nagte. »Ich habe Hunderte von Kunden, die den Laden besuchen.«

Missbilligend schnalzte Levet mit der Zunge. »Kunden sind doch nicht dasselbe wie eine Familie oder Freunde.«

Tayla zuckte mit den Schultern. Sie hatte noch nie Freunde gehabt. Im Grunde hatte sie auch noch nie ein richtiges Zuhause gekannt, bevor sie dieses Anwesen gekauft hatte. Und selbst jetzt waren ihre Koffer gepackt und standen immer neben ihrer Schlafzimmertür.

Allzeit bereit für eine überhastete Flucht.

»Für mich sind sie es.«

Bei ihrer unverblümten Offenheit musste Levet schlucken, dann kroch ein Gefühlsausdruck, der gefährlich an Mitleid erinnerte, über sein hässliches, kleines Gesicht.

»Und was ist mit der Liebe?«

Sie versteifte. »Wie bitte?«

Levet neigte den Kopf und rieb sich über eines seiner rauen Hörner.

»Ich kann mir gut vorstellen, dass du dich mit einigen deiner Kunden angefreundet hast. Viele von ihnen sind ausgesprochen charmant«, sagte er. »Und gerade ich kann den Wunsch nachvollziehen, seine eigene Familie zu meiden. Sie sind manchmal sehr …«

»Schwierig?«, schlug Tayla vor, als er den Satz nicht beendete.

»Mordlustig.«

Ähh. *Okay*. Tayla betrachtete ihren Mitbewohner mit frisch erwachter Neugierde.

Sie hatte angenommen, ihre Kindheit wäre ein Desaster gewesen. Doch zumindest hatte ihre Familie nie versucht, sie umzubringen.

War das der Grund, warum sie sich zu dem kleinen Dämon hingezogen fühlte?

Hatte sie intuitiv gespürt, dass sie beide in ihrer Vergangenheit verletzt worden waren?

»Ja, Familie nervt«, murmelte sie.

Levet streckte den Arm über den Tisch aus, um ihre unbewusst verkrampfte Faust sanft mit seiner Klaue zu streicheln.

»Aber eine so junge und schöne Frau sollte einen wahren Seelenverwandten haben, der sie liebt.«

Eine plötzliche Woge der Panik ließ Tayla aufspringen. »Nein«, hauchte sie entsetzt.

Levet blinzelte überrascht. »*Non?*«

Taylas Magen krampfte vor Angst. »Das Letzte, was ich will, ist ein Mann.«

Ein langes Schweigen füllte den Raum, bevor ihr Mitbewohner die offenkundige Frage stellte. »Warum nur solltest du so etwas sagen?«

»Weil es die Wahrheit ist.« Zitternd erinnerte sie sich an ein Paar bernsteinfarbene Augen, deren Blick sich mit grausamer Arroganz in sie eingebrannt hatte, obwohl seine Berührung das Paradies versprochen hatte. »Warum sollte ich wollen, dass ein arroganter, starrsinniger, ungehobelter Mann glaubt, mich besitzen zu können?«

Die grauen Augen weiteten sich. »Sprichst du von einem bestimmten arroganten, starrsinnigen, ungehobelten Mann?«

Tayla zuckte mit den Schultern. Verdammt, dieser Nektar! Er war so stark, dass er sie Dinge sagen ließ, die sie lieber für sich behalten hätte.

»Nicht nur von einem.« Sie versuchte, den plötzlichen Verdacht ihres Mitbewohners zu verscheuchen. »Alle Männer sind gleich.«

Der kleine Dämon hüpfte von seinem Stuhl und musterte sie mit hochgezogener Augenbraue.

»Nicht alle, *ma belle*.«

Oh. Peinlich berührt verzog sie das Gesicht. Der Nektar hatte ihr nicht nur die Zunge gelöst, er hatte sie auch ihrer Manieren beraubt.

»Dich habe ich natürlich nicht gemeint, Levet. Du bist einzigartig«, versicherte sie ihm schnell. Und tatsächlich war er anders als alle Männer, die sie bisher kennengelernt hatte.

Der Gargoyle mochte gelegentlich etwas verrückt sein, aber er war der beste Freund, den sie jemals gehabt hatte.

»Wie wahr«, stimmte er ihr nachdrücklich zu. »Ich bin außergewöhnlich. Aber es gibt Männer, die deiner wert sind. Und ich bin genau der Richtige, um dir dabei zu helfen, die Spreu vom Weizen zu trennen.«

»Das ist sehr lieb von dir, aber ich brauche keinen wohlmeinenden Amor, der sich in mein Leben einmischt«, versicherte sie ihm rasch.

»Pah!« Levets Flügel zitterten vor Entrüstung. »Amor ist ein Dummfuß.«

»Ein Dummfuß?« Verwirrt versuchte sie, Levets Worte zu entschlüsseln. »Du meinst Dummkopf?«

»*Oui*. Welcher Experte in Sachen Liebe würde seinen Opfern … äh, ich meine Kunden … Pfeile in den Rücken schießen?«

Tayla konnte ihr Kichern nicht länger zurückhalten. Seine Worte ergaben Sinn. »Es heißt doch, Liebe tut weh.«

Der Gargoyle schnaubte verächtlich. »Lächerlich. Sie ist wie wunderschöne Magie, die die Welt mit Freude erfüllt. Was der Grund ist, weshalb ich so erfolgreich sein werde. Magie ist mein größtes Talent.«

Tayla wusste nicht mit Sicherheit, ob die Agentur des Gargoyle erfolgreich sein würde oder nicht. Bisher war der Feuerelf allerdings nicht zurückgekehrt und hatte weder gedroht, Levet die Flügel auszureißen, noch ihr Haus niederzubrennen. Das ließ hoffen.

Doch sie selbst hatte keinerlei Interesse an seinen Diensten.

Das Letzte, was sie wollte, war eine Liebesbeziehung.

»Ich möchte deine Talente keineswegs anzweifeln, aber sollte ein Experte in Sachen Liebe nicht selbst eine Gefährtin haben?«, fragte sie stattdessen.

Levet schnalzte mit seinem Schwanz. »Himmel noch mal, ich bin ein Gargoyle, der dazu bestimmt ist, frei herumzufliegen.«

Sie verdrehte die Augen. »Wie praktisch!«

»Aber wir sprechen nicht über *moi*«, fuhr er fort. »Ich mache mir Sorgen um dich, *ma belle*.«

»Ich kann dir versichern, deine Besorgnis ist unbegründet.« Entschlossenen Schrittes durchquerte Tayla die Küche und belud den Geschirrspüler mit den schmutzigen Pfannen. »Ich bin sehr glücklich.«

»*Non*.« Der Gargoyle watschelte ihr nach. »Du bist zufrieden, aber in diesen wunderschönen Augen blitzt keine Glückseligkeit.«

Sie erstarrte und kämpfte die Erinnerung an glühend heiße Leidenschaft und überwältigendes Verlangen nieder, Gefühle, die sie mit allen Mitteln verdrängt hatte.

»Bitte, Levet«, hauchte sie.

»Bist du in der Vergangenheit verletzt worden?«, hakte der Dämon nach. »Hat es ein Mann gewagt, dir das Herz zu brechen?«

Sie zitterte. »Ich wäre niemals so dumm, jemandem mein Herz zu schenken.«

Ein wissendes Lächeln legte sich auf Levets Lippen. »Ah.«

Genug. Tayla knallte noch die Spülmaschine zu, bevor sie auf dem Absatz kehrtmachte und aus der Küche floh. Mit einem langen Spaziergang könnte sie womöglich das Gefühl des dunklen Sturms abschütteln, der am Horizont aufzuziehen drohte.

»Spar dir deine Magie für Frauen auf, die auf der Suche nach einem Seelenverwandten sind«, warnte sie den Gargoyle. »Ich kann dir versichern, ich bin nicht interessiert.«

»Das werden wir noch sehen«, rief ihr Levet hinterher.

Baine fand, es hatte seine Vorzüge, ein uralter Drache zu sein.

Er verfügte über Kräfte, die jeden in Panik versetzten, der so leichtfertig war, seinen Weg zu kreuzen. Außerdem konnte er zwischen Welten hin und her reisen und wurde von Millionen von Dämonen wie ein Gott verehrt. Dazu besaß er eine versteckte Drachenhöhle, die mit seinen unermesslichen Schätzen gefüllt war, und unendlich viele Lakaien, die alles in ihrer Macht Stehende taten, um sein Leben so angenehm wie möglich zu gestalten.

Zusätzlich war er ein Gestaltenwandler. Das bedeutete, dass er nach Belieben sein Äußeres verändern konnte – von einem drei Meter großen Feuer speienden Drachen mit schmalen, ledrigen Flügeln und einer langen Schnauze, zu jedem Geschöpf, das er sein wollte.

In diesem Moment hatte er menschliche Gestalt angenommen – mit einem schmalen Kopf, fein modellierten Gesichtszügen und mandelförmigen Augen, die im Schein des Feuers wie Bernstein funkelten. Seine Haare waren schwarz wie die Nacht und fielen ihm in seidenweichen Wellen bis auf die Schultern.

Wie gewöhnlich trug er nichts als eine weit geschnittene Dojo-Hose, sodass sein blasser, mit Tätowierungen übersäter Oberkörper frei war. Es waren allerdings keine normalen Tätowierungen. Die sonderbaren Symbole schimmerten metallisch, während sie über seine Haut wirbelten und mit atemberaubender Geschwindigkeit ihre Farben wechselten.

Nur wenige wussten, dass die Symbole sämtliche kostbaren Informationen beinhalteten, die er sich im Laufe endloser Jahre angeeignet hatte.

Ähnlich einer tragbaren Bibliothek.

Er war ein Drache, der wusste, dass wahrer Reichtum nicht nur aus Gold und Silber bestand. Der größte Schatz war Wissen.

Aber natürlich sagte er zu Gold und Silber auch nicht Nein …

Die Beine lässig ausgestreckt saß er auf seinem goldenen Thron, der auf einem erhöhten Podest stand, und ließ den Blick über die große Halle mit ihren Elfenbeinwänden schweifen, in die teure Spiegel eingearbeitet waren. Über seinem Kopf, an der hohen Gewölbedecke, prunkte ein Wandgemälde von Aladdin und seiner Wunderlampe, das im Licht des kostbaren, venezianischen Kronleuchters zu tanzen schien, während der Boden von einem leuchtenden Schimmer überzogen war, in dem sich das eingearbeitete Elfenbein spiegelte.

Ein wunderschöner Raum, der durch die Anwesenheit einer abgrundtief hässlichen Gestalt eines Trolls mit grotesken Gesichtszügen und riesigen Stoßzähnen, die aus seinem Unterkiefer wuchsen, ruiniert wurde.

Baine hasste es, wenn er sich mit Trollen abgeben musste. Wer tat das nicht? Es war schlimm genug, dass sie unsäglich dumm waren, aber um noch einen draufzusetzen, verströmten sie einen widerlichen Gestank, den man noch tagelang in den Teppichen roch. Allerdings bezahlten sie brav ihre Schulden.

Wenn auch nicht immer auf die Art, wie es Baine vorschwebte.

Baine rümpfte die schmale Nase und beobachtete angeekelt, wie die hässliche Kreatur mit der Hand zu den spärlich bekleideten Frauen deutete, die sich neben der hohen, mit Gold und Edelsteinen verzierten Doppeltür drängten.

»Hübsche Damen«, keuchte der Troll, der den Namen Yaki trug. »Sorgen für viel, viel Vergnügen.«

»Du sollst deine Schulden nicht mit Frauen bezahlen«, sagte Baine und hob die schlanke Hand, auf der Flammen tanzten.

Trolle konnten, ähnlich wie die meisten Dämonen, durch Drachenfeuer getötet werden.

Der Idiot wirkte verwirrt.

»Hübsche Männer? Die kann ich auch ...«

»Gold, du Dummkopf«, unterbrach Baine das lächerliche Angebot. Als bräuchte ein Drache die Hilfe eines Trolls, um Gespielinnen zu finden.

Selbst jetzt beäugten ihn die Frauen mit unverhohlener Begierde, was nichts mit ihrer Stellung als Konkubinen zu tun hatte, sondern allein mit der ungezügelten Sinnlichkeit, die in seinen bernsteinfarbenen Augen funkelte.

»Die Vereinbarung für das Darlehen war, dass du mich in Gold ausbezahlst.«

Das aufgeschwemmte Gesicht des Trolls nahm die hässliche Farbe von Asche an. Es war kein kluger Schachzug, einen Drachen zu verärgern.

»Natürlich«, flüsterte Yaki und wandte sich ab.

»Warte!«, befahl Baine unvermittelt.

Yaki drehte sich widerstrebend um und betrachtete den Drachen mit argwöhnischer Miene.

»Was?«

»Lass die Frauen frei!«

Erschrocken riss der Troll die Augen auf. »Sie freilassen?«

»Hörst du etwa schlecht?«, erwiderte Baine gelangweilt.

»Nein, Mylord.« Der Idiot klatschte laut in die Hände, und ein kleinerer Troll, der neben der Tür gewartet hatte, beeilte sich, die Eisenhandschellen aufzusperren, mit denen die Frauen gefesselt waren. Nach einer tiefen

Verbeugung schlich Yaki rückwärts aus der Halle. »Ich gehe jetzt.«

Baine beachtete die Frauen kaum, die sich weiterhin kichernd und lasziv neben der Doppeltür räkelten. Selbst ohne ihre Ketten versuchten sie, seine Aufmerksamkeit zu erhaschen.

Doch sein Interesse galt allein dem Troll, der sich heimlich davonstehlen wollte. Verschlagener Mistkerl!

»Du wirst mit meinem Gold zurückkehren.«

Yaki verneigte sich tief. »Ja, Mylord.«

»Bald.«

»Ja, ja. Bald.«

Baine wartete, bis der Troll glaubte, in Sicherheit zu sein.

»Und, Yaki?«, murmelte der Drache dann mit zuckersüßer Stimme.

Der Dämon erstarrte vor Schreck. »Ich?«

»Ja, du, du Tölpel. Wenn mir zu Ohren kommt, dass du weiterhin mit Sklaven handelst, lasse ich dich häuten und zum Abendessen servieren.« Er lächelte, während das Feuer auf seiner Haut tänzelte. »Verstanden?«

»Verstanden«, brachte Yaki keuchend heraus, wobei er nicht länger versuchte, seine Panik zu verbergen, sondern sich hastig umdrehte und auf seinem Weg durch die Tür zwei Frauen sowie seinen Begleiter umrannte.

Baine schnaubte und blickte zu dem hochgewachsenen, schlanken Mann, der im Schatten des Throns stand und ein frisch gestärktes, weißes Hemd und eine schwarze Hose trug. Char war ein Halbblutdrache mit kurzen silbernen Haaren und Augen von der Farbe eines Gewittersturms.

Er war Baine an dem Tag geschenkt worden, als er die Drachenhöhle seines Vaters verlassen hatte, und seit diesem Moment vor fast fünfhundert Jahren waren die beiden unzertrennlich.

Jetzt trat Char schnell aus dem Schatten und scheuchte die Frauen aus dem Thronsaal, die nun sogar verstohlen versucht hatten, in Baines Nähe zu gelangen. Sobald der Diener die Sklavinnen durch das Portal zurück in ihre eigene Welt gebracht hatte, kehrte er in die Drachenhöhle zurück und musterte seinen Herrn mit einem leichten Lächeln.

»Wie oft muss ich ihnen noch sagen, dass ich nicht an Sklavinnen interessiert bin?«, schnaubte Baine verärgert.

Es folgte ein kurzes Schweigen, in dem sich Char eine Zeit in Erinnerung rief, als eine spezielle Sklavin Baine sehr wohl in ihren Bann gezogen hatte. Glücklicherweise war der jüngere Mann kein Narr, auch wenn er respektlos, spöttisch und gelegentlich sogar aufsässig war.

Niemand erwähnte die Frau, die es einst gewagt hatte, Baine die Stirn zu bieten.

Nicht einmal sein bester Freund.

»Trolle waren noch nie mit besonderer Intelligenz gesegnet«, sagte Char stattdessen und schlenderte über den polierten Fußboden direkt zum Thron. »Und sie sind daran gewöhnt, mit deinem Vater Geschäfte zu machen, der immer noch den alten Sitten frönt.«

Baines Lippen zuckten. Sein Vater gehörte definitiv der alten Schule an.

Brandschatzend, vergewaltigend, komplette Zivilisationen ausrottend – ganz wie es ihm in den Sinn kam.

»Höre ich aus deinen Worten etwa Missbilligung heraus, nur weil ich mich weigere, genauso im Mittelalter zu verharren?«, murmelte Baine.

Char kicherte. Wie Baine hatte er die Ketten der Vergangenheit gesprengt und die neue Welt mit offenen Armen empfangen.

»Die Frauen mochten Sklavinnen gewesen sein, aber keine von ihnen wäre abgeneigt gewesen, ein wenig Zeit mit dir zu verbringen.«

»Ich brauche keinen Troll als Kuppler«, knurrte Baine. »Ich bekomme jede Frau, die ich will.«

Char hob eine Augenbraue. »Ist dein Harem deshalb leer?«

Funken stoben über Baines Haut, und seine Tätowierungen wirbelten wild herum, bis es ihm gelang, sein Temperament wieder zu zügeln.

Sein leerer Harem war ein weiteres Tabuthema.

»Wer ist der Nächste?«, fauchte er, und in seiner Stimme lag ein Hauch von Verärgerung.

Normalerweise liebte er Zahltage. Was gab es auch Schöneres?

Es gab Geld. Gold. Wertvolle Edelsteine. Und gelegentlich ein Artefakt, das seiner Bibliothek würdig war.

Doch heute fühlte er sich … sonderbar.

Als würde es ihn in seinem Innersten jucken, an einer Stelle, an der er sich nicht kratzen konnte.

»Cava, König des Rockclans«, erwiderte Char auf seine Frage mit ausdrucksloser Miene, während Baine mit den Fingern auf die Armlehnen seines gewaltigen Thorns trommelte.

»Diamanten, nehme ich an?«, murmelte Baine. Der Ork stand noch in Baines Schuld wegen einer Gefälligkeit, die er ihm vor fast vierhundert Jahren erwiesen hatte.

Char zuckte mit den Schultern. »Es wird gemunkelt, dass er einen seltenen, tief in den Bergen versteckten Text gefunden hat. Ich weiß, wie sehr du deine verstaubten Bücher liebst, sodass ich ihm aufgetragen habe, anstelle von Juwelen das Manuskript zu bringen.«

»Gut. Schick ihn herein …« Baines Worte erstarben auf seinen Lippen, als er unvermittelt aufsprang. »Warte!«

Char war augenblicklich an seiner Seite. »Mylord?«

Baine schloss die Augen und gestattete seinen Sinnen, in Richtung des Portals zu gleiten, das immer noch offen stand.

Dort. Er nahm einen tiefen Atemzug und kostete den

Geruch aus, nach dem er nun schon seit über fünfundzwanzig Jahren suchte.

Herb und gleichzeitig süß, wie Limonade an einem heißen Sommertag.

»Das ist *sie*«, keuchte er und weigerte sich, sich einzugestehen, dass er sich auch täuschen könnte. »Endlich.«

»Gibt es einen Eindringling?«, wollte Char wissen. »Soll ich die Wachen rufen?«

»Nein.« Baine erzitterte. Er hatte das Gefühl, als wäre die Zeit des Häutens gekommen. Und auf eine Art war dem wirklich so. Nach Jahren der Unzufriedenheit würde er jetzt die trostlose Taubheit abstreifen, die ihn gequält hatte, und die nun von einem Gefühl ersetzt werden würde, das ihm die Augen für die Welt in ihrer köstlichsten Lebendigkeit eröffnen könnte.

Ja! Er schauderte vor Ekstase. So fühlte es sich an, lebendig zu sein. Wäre er in Drachengestalt, würde er die Flügel ausbreiten und vor Begeisterung brüllen.

»Es ist kein Eindringling.«

Char warf ihm einen verwirrten Blick zu. »Was ist es dann?«

»Ein vergessen geglaubter Schatz«, versicherte Baine seinem Freund, sprang vom Podest hinunter und hastete zu der Tür, die ihm am nächsten war.

»Wohin willst du?«

»Treib du die Schulden ein, und säubere die Drachenhöhle anschließend von sämtlichem Lumpengesindel«, befahl Baine, während er entschlossenen Schrittes davonstürmte. Die Jagd hatte begonnen, und er würde sich von nichts aufhalten lassen. Nicht dieses Mal. Ein plötzliches Lächeln der Vorfreude legte sich auf seine Lippen. »Oh, und bereite meinen Harem vor.«

2

Es war kurz vor Mitternacht. Tayla zog sich gerade ihr Nachthemd über den Kopf, als sie die erste Woge der Hitze spürte, die kitzelnd über ihre Haut strich.

Was zum Teufel war das?

Herbst im Mittleren Westen bedeutete eigentlich kühle Nächte mit einer frischen Brise. Es gab keinen Grund, warum sie das Gefühl haben sollte, jemand habe eine Ofentür geöffnet.

Hals über Kopf und ohne sich einen Morgenmantel über ihr dünnes Spitzennachthemd zu werfen, hastete sie barfuß die Treppe hinunter und aus der Hintertür hinaus in den Garten.

Das sonderbare Gefühl konnte nicht das bedeuten, was sie im Stillen befürchtete, beruhigte sie sich. Baine befand sich in einer anderen Dimension. Und selbst wenn er in dieser Welt wäre, hatte sie sich immer noch hinter mehreren Schutzzaubern versteckt.

Er konnte sie nicht aufgespürt haben.

Das war unmöglich.

Oder? *Oder?*

Während sie mit aller Gewalt versuchte, den Anflug von Panik niederzukämpfen, der sie gerade überfiel, ließ sie ihren Blick durch die dichten Schatten rund um ihr Zuhause gleiten. Ihr Haus lag weit abseits von jeder größeren Stadt, sodass die Umgebung in vollkommenes Schwarz gehüllt war, und Tayla war eine Fee, kein Vampir, was bedeutete, dass sie im Dunkeln nicht sehen konnte.

»Levet?«, rief sie leise. Ihre Zehen krümmten sich, als sie zögerlich über die mit Raureif überzogene Terrasse schlich. »Wer ist da?«

Eine Sekunde lang war nichts weiter zu hören als das weit entfernte Heulen eines Kojoten. Dann wehte ein leises, tiefes Lachen durch die Luft.

»So zauberhaft wie eh und je, kleine Fee«, spottete eine dunkle Männerstimme.

Tayla erstarrte. *Mist.* Warum hatte sie keine Taschenlampe mitgenommen? Oder gleich einen Flammenwerfer?

Oder vielleicht lieber eine kleine Atombombe?

Erschrocken schluckte sie den Kloß in ihrem Hals hinunter. Eine düstere Ahnung kroch ihr die Wirbelsäule hinauf, als sich ein dunkler Schatten neben der Gartenlaube aus dem Gebüsch löste.

»Sie betreten unerlaubt Privatbesitz«, erklärte sie und war stolz, dass ihre Worte nicht als entsetztes Quietschen herauskamen. »Geben Sie sich zu erkennen!«

Jemand oder etwas schnalzte laut mit der Zunge.

»Du wagst es, mir Befehle erteilen zu wollen? Gewiss hast du die Vertragsbedingungen unserer Beziehung nicht vergessen, oder, kleine Fee? Ich bin dein Herr und du meine Sklavin.«

Ihre Hand glitt zu ihrem Herzen, das seinen Rhythmus verloren hatte. Erst schlug es zu schnell, dann zu langsam, und schließlich setzte es vollkommen aus. Schweiß tropfte ihr von der Stirn, und sie mühte sich ab, Atem zu holen, als eine weitere Hitzewelle sie zu versengen drohte.

»Nein … das muss ein Albtraum sein.«

»Ein Großteil der Damenwelt würde mich für eine wahr gewordene Fantasie erachten, nicht für einen Albtraum.«

»Warum schleichst du dann nicht durch deren Gärten?«

»Weil ich nur dich will.«

Nein. *Nein, nein, nein!*

Sie fuhr sich mit der Zunge über die trockenen Lippen. »Wie hast du mich gefunden?«

Ein weiteres tiefes Lachen erscholl. »Hast du wirklich geglaubt, du könntest dich ewig vor mir verstecken? Du gehörst mir! Dieser Moment war unausweichlich.«

Verdammt! Von blinder Panik erfasst, wirbelte Tayla auf dem Absatz herum und schoss zurück ins Haus, wo sie die Tür hinter sich zuknallte und den Riegel vorschob.

Als könnte ein *Schloss* einen reinblütigen Drachen abhalten!

Ja, und dann würden ihr als Nächstes Flügel wachsen, und sie könnte gleich zum Mars fliegen.

Was. Nicht. Passieren. Wird.

Überrascht stellte sie jedoch fest, dass sie die Treppe in einer Geschwindigkeit hinaufstürmte, die sie niemals für möglich gehalten hätte. Kurz vor ihrem Schlafzimmer musste sie im letzten Moment taumelnd abbremsen, als Levet wie aus dem Nichts mitten im Flur auftauchte.

»Tayla?« Seine Augen wurden groß, als er ihre zerzausten Haare und das viel zu blasse Gesicht sah. »*Ma belle*, was ist los?«

Mit einer Hand stützte sie sich an der Wand ab, da ihre Knie einzuknicken drohten.

Baine.

War hier.

In ihrem Garten.

Fünfundzwanzig Jahre, nachdem sie geflohen war, hatte er sie schließlich gefunden.

Aber wie?

»Hast du etwas getan?«, platzte es aus ihr heraus.

Der Gargoyle runzelte verwirrt die Stirn. »*Qu'est-ce que?*«

»Deine Magie«, sagte sie.

Levet schüttelte den Kopf und schnalzte mit dem Finger, woraufhin der Korridor von einem schwebenden Lichtball erhellt wurde.

»*Ma belle*, deine Worte ergeben keinen Sinn.«

Tayla zwang sich, innezuhalten und einen tiefen Atemzug zu holen, während sie versuchte, ihre bruchstückhaften Gedanken zu sammeln.

Sie schlang sich die Arme um den Körper, während sie vor … vor was eigentlich … zitterte? Vor Angst, gewiss. Vor Verärgerung. Und war da auch eine Spur von angespannter Erwartung? Oh, verdammt!

»Könnte deine Magie einen Schutzzauber beeinflussen?«, wollte sie wissen.

»Natürlich nicht …« Levets erschrockene Worte verhallten, als seine Flügel zu flattern und sein Schwanz zu zucken begannen. »Oh.«

Tayla verzog das Gesicht. Der Klang dieses »Oh« gefiel ihr ganz und gar nicht.

»Was bedeutet das?«

Levet gab keine Antwort. Stattdessen stellte er eine Gegenfrage. »Raus jetzt mit der Sprache, was dich so aufregt!«

Sie hätte ihm niemals die Wahrheit gesagt, wäre sie nicht so schrecklich aufgewühlt gewesen. Schon aus Prinzip redete sie niemals über ihre Vergangenheit. Immerhin war es gefährlich, zu viel von sich preiszugeben. Nicht nur für sich selbst, sondern auch für denjenigen, dem sie törichterweise ihr Herz ausschüttete.

Womöglich würde diese Person gefoltert werden, um an Informationen über ihren Aufenthaltsort zu gelangen.

Übertrieb sie? Vielleicht. Aber sie wollte kein Risiko eingehen.

Doch jetzt purzelten ihr die Worte aus dem Mund, bevor sie sie zurückhalten konnte. »Vor fünfundzwanzig Jahren habe ich im Schmuckgeschäft meines Vaters in Las Vegas gearbeitet, als eine Gruppe Trolle durch die Hintertür hereingestürzt ist und mich entführt hat.«

»Trolle? Mitten in Las Vegas?« Levet wirkte deutlich verwirrt. »Das ist ungewöhnlich dreist für diese Kreaturen.«

»Nicht wirklich.« Tayla zuckte mit den Schultern und versuchte, so wie immer, die genauen Erinnerungen an jene schreckliche Nacht auszublenden. »Sie müssen gesehen haben, dass ich dort alleine war. Ich hätte keinen einzigen von ihnen abwehren können, ganz zu schweigen von dreien.«

Levets Gesichtsausdruck wurde noch entgeisterter. »Du warst allein?«

»Ja. Mein Vater hatte eine Lieferung Edelsteine erwartet, weshalb er alle Wachen mitgenommen hatte«, erklärte sie. Damals hatte sie die Vehemenz ihres Vaters überrascht, mit der er sämtliche Angestellte abgezogen hatte, aber später hatte sie angenommen, dass er gespürt hatte, dass es in jener Nacht Ärger geben würde. »Er war erst wenige Minuten fort, als die Mistkerle in unser Geschäft gestürmt sind und mich in eine Eisenkiste geworfen haben.«

Levet zischte vor Wut. »Ich kenne diese Kisten. Nur dass meine aus Silber war.« Er schauderte. »Sklavenhändler?«

Sie nickte, erstaunt über das Geständnis des Gargoyle. Offensichtlich hatten sie mehr gemein, als Tayla angenommen hatte.

»Sie waren nicht wirklich in diesem Gewerbe tätig, sondern haben nur die Ware …«

»… herbeigeschafft«, beendete Levet ihren Satz.

Sie zitterte. Damals hatte sie angenommen, nichts wäre schrecklicher, als in ein stinkendes Lager mitten in der Mohave-Wüste verschleppt zu werden. Doch sie war in feinsten Ölen gebadet und in einen seidenen Hauch von Nichts gekleidet worden, um an den Höchstbietenden verkauft zu werden.

Und es war noch schlimmer gekommen.

»Ja, aber sie haben mich zu keiner Auktion gebracht«, gestand sie Levet. »Stattdessen war ich die Belohnung für einen Drachen.«

»Ein Drache.« Levet blinzelte. Und blinzelte. »Ein echter Drache?«

Ein weiterer Schauder lief ihr den Rücken hinab. Sie war damals ebenso schockiert wie der Gargoyle jetzt gewesen, als sie durch ein Portal gestoßen worden und in der Mitte einer dunklen Höhle gelandet war. Auf den Knien liegend hatte Tayla verängstigt durch ihre zerzausten Haare gespäht und ein unerbittliches Geschöpf erblickt, das sie mit unverhohlenem Hunger gemustert hatte.

Tayla hatte augenblicklich gewusst, dass er ein Drache war, obwohl sie selbst noch nie einem begegnet war.

Doch trotz seiner menschlichen Gestalt, seiner dichten schwarzen Haare und einem wie in Stein gemeißelten Gesicht war die überschäumende Macht regelrecht greifbar gewesen, mit der er ihre Knochen mühelos zu Staub hätte zermalmen können. Aus seinen geblähten Nasenlöchern hatten sich Rauchfäden gekringelt.

Damals hatte sie nicht gewusst, ob er sie fressen oder in sein Bett zwingen wollte, doch auf einmal hatte ein weiterer Mann den Raum betreten.

Nicht nur ein Mann, sondern ein weiterer Drache, wie sie erschrocken erkannt hatte.

Dieser hingegen war …

Ihr hatten die Worte gefehlt, um die schroffe, unvorstellbare Schönheit seines schmalen Gesichts zu beschreiben, das von glänzenden schwarzen Haaren umrahmt wurde. Seine Gesichtszüge waren fein gezeichnet, mit einer hakenförmigen Nase und kantigen Wangenknochen. Seine Stirn war hoch und zeugte von Intelligenz. Seine Lippen waren wunderschön, mit einem Hauch von Grausamkeit, die Tayla erbeben ließ. Seine Augen standen leicht schräg und glühten mit einem bernsteinfarbenen Feuer, während er sie mit unverhohlener Verachtung musterte.

Erst nachdem Tayla sich zu ihrer vollen Größe erhoben hatte, verengten sich seine Augen zu Schlitzen, und seine verächtliche Missbilligung verschwand, während sein Blick gierig über ihren angespannten Körper glitt.

Tayla war es vorgekommen, als sei sie von einem Blitz getroffen worden. Sämtliche Luft war aus ihren Lungen gequetscht worden, und ihr gesamter Körper hatte vor Gefühlsregungen gekitzelt, die sie bis zu diesem Zeitpunkt nicht gekannt hatte.

Langsamen, entschlossenen Schrittes hatte der Fremde die Höhle durchquert und war direkt vor ihr stehen geblieben. Er trug eine weit geschnittene Leinenhose, die ihm tief auf den Hüften saß und den Blick auf hypnotisierende Tätowierungen freigab, die in eigentümlichen Mustern über seine blasse Haut glitten. Seine Hand hatte mit gebieterischer Arroganz Taylas Kinn umfasst und sie voll unverhohlener Neugierde gemustert.

Und dann hatte er einen einzigen Satz gesagt.

»Du gehörst mir.«

Mit einem Kopfschütteln riss sich Tayla nun aus der Vergangenheit.

»Ein echter Drache«, brachte sie jetzt keuchend hervor und wünschte sich inständig, sie könnte das tief empfundene Gefühl abschütteln, wie erschreckend richtig sich seine besitzergreifende Behauptung angefühlt hatte.

»Baine.«

Entgeistert betrachtete Tayla den kleinen Gargoylen. »Du kennst ihn?«

Levet machte eine abfällige Bewegung mit seiner klauenbesetzten Hand. »Wir haben gemeinsame Freunde, auch wenn wir einander noch nie persönlich begegnet sind. Was hat dir dieses Monster angetan?«

»Nichts«, erwiderte sie.

Und das war die Wahrheit. Er hatte nichts weiter getan, als sich zu ihr hinabzubeugen und ihr einen brennenden Kuss auf die Lippen zu hauchen. Aber der Kuss hatte sich angefühlt, als bedeutete er … alles.

Ihr war damals immer noch schwindlig gewesen von seiner Berührung, als der ältere Drache plötzlich aufgesprungen war und den schweren Thron weggeschoben hatte, auf dem er gerade noch gesessen hatte. Es folgte ein kurzer, wenn auch wütender Schlagabtausch zwischen den beiden Männern in einer Sprache, die sie nicht kannte, obwohl sie herauszuhören glaubte, dass der Drache, der direkt vor ihr stand, Baine hieß, und der ältere Drache, sein Vater, Synge.

Während die beiden sich stritten, war ein Diener erschienen und hatte sie in eine andere Höhle gebracht, die mit Satinvorhängen und prächtig gewebten Teppichen ausstaffiert war. »Ich wurde in seinen Harem gebracht, wo ich entschied, dass mir die Rolle als Konkubine nicht sonderlich zusagt.« Sie zuckte mit den Schultern. »Weshalb ich mich aus dem Staub gemacht habe.«

Levet gab ein ungläubiges Geräusch von sich. »Du … bist gegangen? Und der Drache hat dich einfach ziehen lassen?«

Tayla rümpfte die Nase. In einem Zustand blinder

Benommenheit war sie damals durch Wandvorhänge in einen riesigen Raum voller wunderschöner Brunnen und noch schönerer Frauen geschoben worden. Doch sobald sie erkannt hatte, wo sie sich befand und was von ihr erwartet werden würde, war sie in Panik geraten.

»Ich habe nicht um Erlaubnis gebeten.«

»*Sacrebleu*«, hauchte Levet. »Das ist unmöglich. Niemand kann aus einer Drachenhöhle fliehen.«

»Ich hatte Glück. Zufälligerweise habe ich das Talent, Portale zu erschaffen.« Sie leckte sich mit der Zunge über die trockenen Lippen. Hatte sie etwa unten ein Geräusch gehört? War Baine bereits im Haus? »Ich war jahrelang auf der Flucht, und als ich mich schließlich entschlossen habe, dieses Teehaus zu eröffnen, habe ich es mit Schutzzaubern belegen lassen, um meinen Aufenthalt geheim zu halten.«

Ein sonderbarer Ausdruck legte sich über Levets knorpeliges, kleines Gesicht.

»*Oui*.« Er räusperte sich verlegen. »Was das anbelangt …«

Sie runzelte die Stirn. »Ja?«

»Erinnerst du dich, wie wir besprochen haben, meine magischen Dienste einzusetzen, um einen perfekten Seelenverwandten für dich zu finden?«

»Ich erinnere mich, dir gesagt zu haben, dass ich gar keinen Seelenverwandten brauche«, fauchte sie in einem ungewohnt scharfen Unterton. »Was hat das mit den Schutzzaubern zu tun?«

»Es besteht die klitzekleine Möglichkeit, dass ich …«

»Fee.« Der kraftvolle Klang von Baines Stimme hallte in der Luft. »Die Spielchen sind vorbei. Komm auf der Stelle zu mir!«

Eine gefährliche Mischung aus Angst und Erregung peitschte durch Tayla, während jegliche Farbe aus ihrem Gesicht wich.

»Oh … Mist«, murmelte sie.

»Es tut mir leid, *ma belle*«, entschuldigte sich Levet mit flatternden Flügeln, watschelte um sie herum und wollte den Korridor hinuntereilen. »Ich sorge dafür, dass er verschwindet.«

Tayla packte ihn an der Schulter. »Bist du verrückt?«, zischte sie. »Du kannst dich keinem reinblütigen Drachen in den Weg stellen.«

»Das ist alles meine Schuld. Ich muss es wiedergutmachen.«

Seine Schuld? Tayla hatte nicht den blassesten Schimmer, was er damit meinte. Levet hatte doch gar nicht gewusst, dass sie von einem verärgerten Drachen gejagt wurde.

Bevor sie eine Erklärung verlangen konnte, löste Levet sich geschickt aus ihrem Griff und hastete die Treppe in überraschendem Tempo hinunter.

»Levet«, murmelte sie, und ihre Hände ballten sich frustriert zu Fäusten. Verdammt!

Der törichte Gargoyle rannte in sein eigenes Verderben.

Tayla war hin- und hergerissen: Sie konnte sich nicht entscheiden, ob sie dem eigensinnigen Dämon nachlaufen und versuchen sollte, ihn in seinem idiotischen Heldenmut aufzuhalten, oder ob sie lieber aus dem Fenster springen sollte, um den Drachen fortzulocken – aber die Entscheidung wurde ihr im nächsten Moment aus der Hand genommen.

»Hallo, Fee.« Die dunkle Stimme mit ihrem betörenden Akzent schmiegte sich wie eine Liebkosung um ihren Körper.

Oder eher wie eine Schlinge.

Erschrocken sog Tayla den berauschenden Geruch nach exotischen Gewürzen und roher Männlichkeit in sich ein.

Sie hatte nicht einmal gespürt, dass er das Haus betreten hatte, aber Baine verfügte offenbar über eine Magie, die es ihm erlaubte, seine Gegenwart zu verbergen. Was bedeutete, dass er es vorhin bewusst darauf angelegt hatte, dass sie seine Hitze im Garten bemerkt hatte. Mist!

Jede einzelne ihrer Nervenenden kreischte bei seinem plötzlichen Erscheinen auf.

Da es nun zu spät für eine Flucht war, zwang sich Tayla, sich langsam umzudrehen und dem Mann entgegenzutreten, der inzwischen in der Mitte des Korridors stand.

Beim Anblick seiner überwältigenden Schönheit, die im Grunde verboten gehörte, presste es ihr die Luft aus den Lungen.

Er war mit Sicherheit das mächtigste Geschöpf, das jemals auf Erden gewandelt war. Warum zum Teufel musste er dazu ein Gesicht haben, das aussah, als wäre es von Engeln gemeißelt worden? Mit glatten schwarzen Haaren, die so seidig weich schimmerten und ihm bis auf die breiten Schultern fielen? Und Augen, in denen ein bernsteinfarbenes Feuer loderte?

Und einem Körper …

Allmächtiger! Selbst jetzt war sie wie hypnotisiert von den prächtigen Tätowierungen, die über seinen schlanken, muskulösen Oberkörper huschten.

War das der Grund, warum er immer nur eine weit geschnittene Hose trug?

Weil er wusste, dass naive, unglückselige Frauen bei seinem Anblick an nichts anderes denken konnten, als daran, wie es sich anfühlen mochte, mit den Händen über die eigentümlichen Symbole zu streichen? Und einen Pfad heißer Küsse über seine glatte Brust hinab zu den harten Muskeln seines Unterleibs zu ziehen? Und ihn zu Boden zu werfen, damit sie sich auf ihn stürzen und ihn …

Mit aller Gewalt knallte Tayla die Tür zu ihrer lebhaften Fantasie zu und rief sich eindringlich ins Gedächtnis, dass sie in großen Schwierigkeiten steckte.

In Mit-einem-Fuß-im-Grab-Schwierigkeiten.

»Wie bist du hier reingekommen?«, fragte sie.

Er zuckte nur mit den Schultern und musterte sie mit einem langsamen, gründlichen Blick, der ihr durch Mark und Bein drang. Tayla zitterte. Seine Augen glühten mit einer Inbrunst, die ihre Haut zu versengen drohte. Sie wusste nicht, was hinter diesen schrecklich schönen Gesichtszügen vor sich ging, aber sie spürte, dass seine Gedanken unbeherrscht und gierig und besitzergreifend waren.

Um Himmels willen! Alles, was sie über Drachen gehört hatte, entsprach also der Wahrheit.

Drachen gierten wirklich nach ihrem Schatz.

»Feen sind nicht die Einzigen, die Portale erschaffen können«, warnte er sie, während er schließlich die Augen hob, um ihrem misstrauischen Blick zu begegnen. »Sag mir deinen Namen!«

»Das geht dich einen feuchten …« Baines Macht durchzuckte sofort die Luft und erstickte jegliche freche Antwort im Keim. »Tayla«, keuchte sie jetzt kleinlaut. »Mein Name ist Tayla.«

»Tayla.« Er wiederholte ihren Namen langsam, als würde er ihn sich auf der Zunge zergehen lassen. Dann nickte er bedächtig. »Ja.«

»Hat …« Sie musste innehalten und sich laut räuspern. »Hat dein Vater dich geschickt?«

Ihre Frage schien ihn zu überraschen. »Wie kommst du auf den Gedanken, Synge könnte mich schicken?«

»Die Trolle …«

»Mein Vater hat keinen Anspruch auf dich«, unterbrach er sie mit barscher Stimme. »Ich habe für dich bezahlt. Jetzt gehörst du mir.«

»Was meinst du damit, du hast für mich bezahlt?«

»So, wie ich es gesagt habe.« Baine zuckte mit den Schultern. »Er hat ein kleines Vermögen verlangt, und ich habe es ihm gegeben. Ich hoffe, du bist es wert.«

»Nein«, hauchte sie, und ihr Herz hämmerte allein bei dem Gedanken, diesem unglaublich schönen Geschöpf zu gehören.

Es folgte ein langes, nervenaufreibendes Schweigen, während seine Augen erneut mit unbarmherziger Gier über ihren angespannten Körper glitten, als wollte er sich überzeugen, dass sein kostbarer Schatz im Lauf der Jahre weder beschädigt noch an Schönheit eingebüßt hatte. Und dann, ohne Vorwarnung, packte er Tayla am Handgelenk – eine Berührung, die Wellen köstlicher Begierde durch sie branden ließ.

»Es ist Zeit, nach Hause zu gehen.«

Sie schaffte es kaum, ein leises Keuchen auszustoßen, da zerschmolz die Welt um sie herum auch schon in finsterste Dunkelheit.

Es war ein wohldurchdachter Schachzug, das Portal zu nutzen, das sich genau vor seiner Drachenhöhle öffnete. Baine wusste immer noch nicht, wie sie aus dem Harem seines Vaters geflohen war, aber er ging davon aus, dass irgendjemand so nachlässig gewesen war, damals das Tor nicht sorgfältig genug geschlossen zu haben.

Dieses Portal hier wurde rund um die Uhr bewacht,

was bedeutete, dass Tayla sich nicht unbemerkt davonschleichen konnte.

Seine Hand hielt ihr Handgelenk noch immer fest umklammert, als er aus dem Portal trat und eine uniformierte Wache fortwinkte, die in Habachtstellung dastand.

»Willkommen zu Hause, Mylord«, murmelte einer der Soldaten, dessen Blick anerkennend über die zauberhafte Fee an Baines Seite glitt.

Baines Augen verengten sich, als ihm geradezu schmerzhaft bewusst wurde, dass Tayla im Moment nichts weiter als einen winzigen Hauch von Nichts trug, der ihre Schönheit unverhohlen zur Schau stellte. Seine Macht vibrierte jäh in der Luft. Er war ein Drache. Was bedeutete, dass es niemandem gestattet war, seine Schätze zu begehren.

Insbesondere nicht diesen.

»Öffne die Tür«, fauchte er.

Es folgte ein aufgeregtes Durcheinander an Händen und Füßen, als sein Diener geschäftig herbeieilte, um seinem Befehl nachzukommen, und nach wenigen Sekunden zog der Drache Tayla bereits in seine Höhle. Selbst in der Sicherheit seines Baus preschte er weiter durch die langen Korridore und blieb erst stehen, als sie den leeren Thronsaal erreicht hatten.

Und endlich allein waren.

Baines Blick flog mit einer geradezu zwanghaften Faszination, die er nicht steuern konnte und die ihn zur

Weißglut trieb, genüsslich über ihren Körper. Er hatte sich bereits vergewissert, dass sie unversehrt war. Und dass sie keinerlei Waffen trug. Nicht, dass sie irgendetwas besitzen könnte, um ihn zu verletzen. Aber sie könnte versuchen, seinen Wachen etwas anzutun oder womöglich sich selbst.

Es gab keinen Grund, sie weiterhin gierig anzustarren, als verzehre er sich nach ihrem Anblick. Oder dass seine Hände zuckten und sich am liebsten nach ihr gestreckt hätten, um sich zu überzeugen, dass sie real war. Oder dass er immer wieder tiefe Atemzüge holte, nur um von ihrem herben, zitronigen Geruch zu kosten.

Es war genau wie damals, als seine Augen sie zum ersten Mal erblickt hatten.

Er war zur Drachenhöhle seines Vaters beordert worden, um ein weiteres Mal zu erklären, warum er nicht plündernd und brandschatzend durch die Länder streifte, um wie seine Brüder die Schatzkammer seiner Familie zu füllen. Das Letzte, was er erwartet hatte, war der plötzliche Blitz, der ihn beim Anblick einer halbnackten Fee getroffen hatte, die auf einmal mitten in der feuchten Drachenhöhle stand.

Doch genau das war geschehen.

In jenem Moment war die Welt zusammengeschrumpft, bis nichts mehr übrig geblieben war außer dem wunderschönen Geschöpf mit den prachtvollen dunkelgoldenen Haaren und den großen grünen Augen, in denen eine faszinierende Unschuld lag.

Er hätte auf dem Absatz kehrtmachen müssen. Es gab Millionen wunderschöner Frauen. Alle von ihnen in der Lage, ihn zu erregen, ohne ihm gleichzeitig das Gefühl zu geben, als habe er endlich den wahren Grund erkannt, warum sein Herz schlug.

Stattdessen war er vor sie getreten und hatte sie unverfroren als sein Eigentum beansprucht.

Synge war von der Dreistigkeit seines Sohns nicht sonderlich erbaut gewesen. Die Fee war Schutzgeld von den Trollen gewesen. Und Synge teilte nicht gern. Mit niemandem.

Sobald Baine die Frau nach zähen Verhandlungen endlich für sich gewonnen hatte, war sie von einem Diener weggeführt worden und hatte es dann aber irgendwie geschafft zu fliehen.

Allerdings hatte er seinem Vater dennoch drei Truhen mit Gold und einen kostbaren Edelstein geben müssen.

Was der Grund war, weshalb er mit unbeugsamem Willen nach der geflohenen Fee gesucht hatte. Immerhin hatte er sie mit legalen Mitteln gekauft. Sie gehörte also ihm.

Das zumindest hatte er sich immer eingeredet.

Jetzt spürte er, dass alles viel komplizierter war. Oder vielleicht war es erschreckend einfach. Denn er wollte diese Fee mehr, als er in seinem langen, langen Leben jemals eine andere Frau gewollt hatte.

Und sie wollte ihn.

Er hatte den köstlichen Geruch ihrer Erregung in der Sekunde erschnuppert, als er ihre Wange berührt hatte, aber aus irgendeinem ihm unerfindlichen Grund weigerte sie sich, den Umstand zu akzeptieren, dass sie zu ihm gehörte.

Selbst jetzt spürte er ihren inneren Zwiespalt und die Entschlossenheit, die Hitze zu ignorieren, die zwischen ihnen brannte.

»Wie ich sehe, bist du immer noch derselbe Rüpel«, murmelte sie.

»Rüpel?«

»Peiniger. Tyrann. Despot«, erklärte sie.

Er wölbte eine Augenbraue und zog mit der Hand eine sanfte Linie über ihre entblößte Schulter. Seine Finger kitzelten bei der Berührung ihrer weichen, warmen Haut.

»Wäre ich ein Rüpel, hätte ich dich bereits übers Knie gelegt und dir eine Tracht Prügel verpasst«, erwiderte er, während seine Finger den Ausschnitt ihres Nachthemds nachfuhren. Sein inneres Feuer loderte vor einem Hunger, den er schon sehr, sehr bald stillen wollte. »Doch deine blasse, perfekte Haut ist völlig unversehrt.«

Tayla erbebte, als seine zarten Fingerkuppen den oberen Teil ihrer Brust liebkosten. Das Jadegrün seiner Augen funkelte im Licht der Fackeln.

»Du bist in mein Haus eingedrungen und hast mich entführt«, sagte sie mit zitternder Stimme. »Nur ein

Tyrann würde einer unschuldigen Frau so etwas antun.«

Baine lauschte ihren törichten Anschuldigungen nur mit halbem Ohr. Er wollte nicht reden. Er wollte nur … sie.

Jeden goldenen, seidenweichen Zentimeter von ihr.

In seinem Bett. Gegen die Wand. In seiner Schatzkammer, umgeben von kostbaren Edelsteinen.

»Aber du bist keine unschuldige Frau, nicht wahr, Tayla?«, murmelte er geistesabwesend, weitaus mehr an ihren aufgerichteten Brustwarzen interessiert, die sich unter dem hauchdünnen Material ihres Nachthemds abzeichneten.

Er spürte, wie sie erstarrte. »Was meinst du?«

»Ich habe dich meinem Vater abgekauft. Was bedeutet, dass du mir gehörst«, rief er ihr ins Gedächtnis.

Sie schüttelte den Kopf, und ihr Herz hämmerte so laut, dass er das wilde Klopfen fast hören konnte.

»Niemand ist das Eigentum eines anderen.«

»Wieso hat dein Vater dich dann verkauft, um seine Schulden zu begleichen?«

Verblüfft zuckte sie zusammen, als hätte er sie geschlagen. »Was hast du gesagt?«

Er zögerte, als er merkte, dass ihre Überraschung nicht gespielt war. »Dein Vater hatte einen Vertrag mit den Trollen abgeschlossen.«

Ihr Gesicht wurde aschfahl.

»Mein … Vater?«, keuchte sie und schlug Baines

Hand weg, die er nach ihr ausgestreckt hatte und zart über ihre Haut strich. »Wovon redest du nur?«

Baines Miene verfinsterte sich. Er wollte sie unbedingt berühren.

Ihre samtweiche Haut unter seinen Fingerspitzen befriedigte zumindest teilweise ein Verlangen, das ihn schon seit fünfundzwanzig Jahren quälte.

Doch ihm war die Woge bestürzter Angst nicht entgangen, die ihre Augen eben verdunkelt hatte. Diese Frau hatte nicht den blassesten Schimmer, was ihr Vater getan hatte, um seine Haut zu retten.

Dieses Wissen war … erbaulich, erkannte er mit jäher Genugtuung.

Einerseits besänftigte es einen Teil der Wut, die ihn ihretwegen geplagt hatte. Ihm hatte der Gedanke missfallen, ihr mangele es derart an Integrität, dass sie vor ihren Verpflichtungen davonlief.

Außerdem erklärte es eines seiner größten Probleme.

Baine mochte über unsägliche Macht verfügen, aber er war gleichzeitig gerissen und klug und setzte lieber seine Intelligenz als rohe Gewalt ein, um seine Ziele zu erreichen.

»Du wusstest das nicht?«, fragte er mit sanfter Stimme.

»Da gibt es nichts zu wissen.« In einer unbewussten Abwehrhaltung schlang sie die Arme um die Taille. »Ich habe spätabends im Geschäft meines Vaters gearbeitet, und auf einmal sind Trolle durch die Hintertür gestürzt und haben mich entführt.«

»Trolle stürmen normalerweise nicht in öffentliche Gebäude, um Frauen zu kidnappen«, widersprach er. »Sie waren dort, um das einzig Wertvolle zu holen, das dein Vater noch besaß.«

»Das ist eine Lüge«, zischte sie. »Mein Vater war ein erfolgreicher Geschäftsmann, der …«

»Dein Vater war ein notorischer Spieler.« Baine ärgerte sich über ihre standhafte Weigerung, die Wahrheit zu erkennen.

Sie zuckte zusammen. »Früher einmal, aber er hat damit aufgehört, als er den Laden eröffnet hat. Er hat es mir damals versprochen.«

»Versprechen von einem Spielsüchtigen sind so viel wert wie Gold von einem Kobold«, schnaubte Baine.

Tayla verzog das Gesicht. Es war ein offenes Geheimnis, dass Kobolde selbst dem billigsten Schrott den Anschein von Gold verpassen konnten. Nur ein Narr würde eine Münze von diesen hinterlistigen Dämonen annehmen.

»Woher weißt du das?«

Baine wollte nicht zugeben, dass er Jahre darauf verwandt hatte, jedes noch so kleine Detail über sie in Erfahrung zu bringen. Angefangen von der Tatsache, dass ihre Mutter gestorben war, als sie noch ein kleines Kind gewesen war, bis hin zu dem Umstand, dass sie nichts mehr liebte als das Backen. Er wusste, dass sie früher davon geträumt hatte, einen eigenen Laden zu eröffnen, und kaum, dass sie den Kinderschuhen entwachsen war, zu arbeiten begonnen hatte, nur um ihren Nichtsnutz von einem Vater zu unterstützen.

Baine ging nun zu dem reich verzierten Tisch, der neben dem Podest mit dem Thron stand. Mit geschickter Hand klopfte er auf eine Rosenholzschatulle, die mit Einlegearbeiten aus Gold verziert war. Augenblicklich sprang der Deckel auf.

Die Schatulle war auf magische Weise mit seiner riesigen Bibliothek verbunden, und er konnte sich bei Bedarf jedes Buch oder Manuskript schicken lassen, das er benötigte.

Nachdem er die Hand in die Schatulle gesteckt hatte, zog er eine Schriftrolle heraus und drehte sich zu Tayla zurück. Dann marschierte er zu der Fee, blieb genau vor ihr stehen und rollte das zerbrechliche Pergament auseinander.

»Ist das die Unterschrift deines Vaters?« Er deutete auf den Namen, der in die untere Ecke des Pergaments gekritzelt war.

Selbst im Fackellicht war es unverkennbar, dass der Name mit Blut geschrieben war. Was bedeutete, dass er nicht gefälscht sein konnte.

Tayla beugte sich vor, mit ehrlicher Verwirrung im Gesicht. »Was ist das?«

»Die Übereinkunft zwischen deinem Vater und Skragg, dem König der Trolle aus den Mohavebergen.«

Erschrocken sog sie die Luft ein, als ihre wütende Weigerung allmählich durch etwas ersetzt wurde, das möglicherweise Angst war, während sie die fein säuberlichen Zahlenreihen überflog, bis sie die Gesamtsumme am unteren Rand der Schriftrolle erreichte.

»Das kann nicht stimmen«, murmelte sie schließlich mit geradezu lächerlichem Starrsinn, um das zu leugnen, was ihr direkt ins Auge sprang. »Selbst wenn mein Vater weiterhin um Geld gespielt hätte, hätte er niemals einhunderttausend Dollar Schulden angesammelt.«

Baine zuckte mit den Schultern. »Die Trolle haben den Ruf, von ihren Opfern unverschämt hohe Zinsen zu verlangen. Was auch der Grund ist, weshalb sich nur die sehr Dummen oder sehr Verzweifelten von ihnen Geld leihen.«

»Okay.« Mit durchgedrücktem Rücken fuhr sich Tayla über die ausgetrockneten Lippen. »Wenn mein Vater diesem Skragg wirklich Geld geschuldet hätte, dann hätte er die Edelsteine aus dem Laden nehmen können, um ihn zu bezahlen.«

»Das hat er auch getan«, erklärte Baine, und ein sonderbares Gefühl führte dazu, dass sein Magen verkrampfte.

Ihm gefiel es ganz und gar nicht, wie sich ihre Augen vor Schmerz verdunkelten. Oder wie ihr Körper zitterte. Aber sie musste die Wahrheit erfahren, nicht wahr?

Wenn sie erkannte, dass sie kein Recht hatte, vor ihm wegzulaufen, dann müsste er sie nicht gefangen halten.

Sein Finger glitt zu der Zahl in der Mitte des Pergaments.

»Das ist die Summe, die er noch schuldig war, nachdem er alles in seinem Laden verpfändet hatte. Als die Edelsteine fort waren, hatte er nichts von Wert zu bieten.« Baine fing Taylas argwöhnischen Blick auf. »Nichts abgesehen von dir.«

3

Tayla hatte das Gefühl, als sei sie mit dem Kopf voraus gegen eine Backsteinmauer geknallt.

Der Gedanke, ein willkürliches Opfer der Trolle gewesen zu sein, war schrecklich genug. Ebenso die Vorstellung, von einem erbarmungslosen Drachen gejagt zu werden.

Doch das hier …

Das war noch viel schlimmer.

Gewiss, Elfen waren von Natur aus launische, zügellose Wesen, und wenn sie ehrlich war, musste für den Egoismus ihres Vaters Odel im Grunde ein neues Wort erfunden werden. Was sicherlich auch erklärte, weshalb ihre älteren Brüder ihrem Vater den Rücken gekehrt hatten, sobald sie auf eigenen Beinen gestanden hatten.

Aber sie Sklavenhändlern zu überlassen, nur um seine eigenen Spielschulden zu begleichen, war einfach unvorstellbar.

»Ich kann das nicht glauben«, hauchte sie.

»Das ist die Wahrheit, kleine Fee. Es steht hier Schwarz auf weiß.« Er zögerte bewusst. »Und in Blut.«

Beschämt senkte Tayla den Kopf, unfähig, seinem lodernden bernsteinfarbenen Blick zu begegnen. Sie wollte nicht akzeptieren, dass sie wahrhaftig das Eigentum dieses arroganten Drachen war. Und auf jeden Fall vermeiden, dass er mitbekam, wie sich der Stachel der Demütigung in sie bohrte.

»Er hatte mir doch versprochen, dass er nie wieder …«, murmelte sie betreten.

Baine beugte sich vor, um ihr ins Ohr zu flüstern. »Gibst du zu, dass der Vertrag rechtens ist?«

Sie zitterte, als dieses gefährliche, brodelnde Gefühl, das sie bei niemand anderem als diesem Drachen verspürte, durch ihren Körper peitschte.

»Habe ich denn eine andere Wahl?«, murmelte sie.

Seine Lippen berührten eine erogene Stelle knapp über ihrem Kiefer. Oder vielleicht machte die Hitze seiner Lippen jeden Zentimeter ihres Körpers zu einer erogenen Zone.

Gefährlich, gefährlich, gefährlich …

»Und dass die Trolle dich nach Treu und Glauben meinem Vater übergeben haben und es mein gutes Recht war, dich zu kaufen?«

»Ich habe niemals zugestimmt, deine Konkubine zu werden«, entgegnete sie mit heiserer Stimme.

»Na schön.« Sein Mund zog einen heißen Pfad über ihren samtweichen Hals. »Dann muss diese Schuld beglichen werden.«

Sie taumelte, und eine köstliche Woge der Lust überrollte sie, als er ihre Haut dort, wo seine Lippen sie berührten, mit einer Demonstration seiner Macht brandmarkte.

Es hätte wehtun müssen – sie war überzeugt, dass sein Drachenfeuer ihr den Hals versengt hatte. Doch stattdessen spürte sie, wie sie feucht wurde.

Himmel noch mal!

Was war nur los mit ihr?

»Ich kann das Geld nicht sofort aufbringen«, keuchte sie verzweifelt. »Zumindest nicht auf einen Schlag. Aber ich habe …«

»Nicht du.« Er riss den Kopf hoch. Seine eleganten Gesichtszüge wirkten mit einem Mal hart. »Die Schulden sind die deines Vaters, und nur er kann sie begleichen.«

»Ich weiß nicht, wie ich ihn erreichen kann«, murmelte sie.

Das war die Wahrheit. Sie war Odel absichtlich aus dem Weg gegangen, aus Sorge, ihre Verfolger könnten ihn benutzen, um sie zu finden.

Welche Ironie des Schicksals! Die ganze Zeit über hatte sie versucht, ihn zu beschützen, während er sie, ohne mit der Wimper zu zucken, als Pfand eingesetzt hatte.

Baine musterte sie mit arroganter Genugtuung. »Dann gehörst du jetzt mir.«

Im nächsten Moment hob er die Hand und spuckte einen gleißenden Schwall Feuer, der Tayla fast geblendet hätte. Dann, während er die Flamme allmählich ersterben ließ, brachte er eine feine Goldkette zum Vorschein.

Eine Drachenmarke.

Panik schoss durch Tayla, als er ihr die Kette behutsam über den Kopf streifte und sich das kostbare Metall warm auf ihre nackte Haut legte.

Die Goldkette mochte kunstvoll gefertigt sein, doch sie war viel mehr als nur ein hübsches Schmuckstück. Sie war das sichtbare Zeichen, dass sie ab jetzt Baine gehörte. Und niemand, nicht einmal sie selbst, konnte es ablegen.

»Nein!«

Sein Kopf senkte sich wieder, und sein Atem verstärkte nur ihre Panik, während seine Lippen an ihrer Kinnpartie entlangglitten. Seine Berührung war fast nicht zu spüren, aber sie entfachte ein ungeahntes Prickeln der Begierde in ihr. Wie konnte sie gleichzeitig verängstigt, wütend und erregt sein?

»Doch«, murmelte er.

»Baine.«

Sein Mund versengte den sanften Schwung ihrer Kehle, und der Nachhall seines Drachenfeuers ließ Tayla erschaudern.

»Mir gefällt der Klang meines Namens auf deinen Lippen«, hauchte der Drache.

Der Drang, seinen Namen wieder und immer wieder zu flüstern, war schier übermächtig. *Mist, Mist, Mist!*

»Wenn du mir etwas mehr Zeit einräumen würdest, könnte ich dich ausbezahlen …«

Er brachte sie zum Schweigen, indem er ihren Mund mit einem Kuss bedeckte, der sie bedingungslos kapitulieren ließ.

»Ich habe fünfundzwanzig Jahre gewartet«, flüsterte er schließlich gegen ihre pulsierenden Lippen. »Die Schuld wird sofort beglichen.«

Ohne jegliche Vorwarnung riss er Tayla in seine Arme und trug sie zu einer der Doppeltüren hinter dem Thron.

»Wohin bringst du mich?«, fragte sie, und es überraschte sie nicht, dass ihre Worte nur als leises Flüstern herauskamen.

»In den Harem«, erklärte er, trat durch die Tür und schritt durch einen langen Korridor, an dessen Wänden unschätzbar kostbare Wandteppiche hingen. »Wohin denn sonst?«

Wohin denn sonst, natürlich!

Fest an seine Brust gepresst betrachtete sie zitternd sein erschreckend schönes Gesicht, während er sie mühelos eine lange, breite Treppenflucht hinuntertrug.

Eine Stimme in ihrem Hinterkopf kreischte ihr warnende Worte zu. Sie musste fliehen. Der Drache war gefährlich. Und nicht nur, weil er sie jederzeit in eine schön knusprig gebratene Fee verwandeln könnte.

Damals, als sie Baine zum ersten Mal getroffen hatte, hatte sie sich eingeredet, ihre heftige Reaktion auf seine

Schönheit wäre ihrem geschwächten Zustand geschuldet gewesen.

Sie war entführt, in Angst und Schrecken versetzt und durch ein Portal in eine Drachenhöhle geworfen worden.

Jede Frau in ihrer Lage wäre ein wenig durcheinander.

Doch jetzt konnte sie nicht mehr vorgeben, ihre Gefühle wären etwas anderes als die unverfälschte Begierde einer jungen Frau nach einem betörend schönen Mann. Sie musste sich aus dem Staub machen, bevor ihre verräterische Sehnsucht sie etwas tun ließe, was sie später bereuen würde.

Doch selbst, als der heftige Drang, endlich die Flucht zu ergreifen, durch ihren Körper peitschte, gab es einen anderen Teil in ihrem Kopf, der ihr zuflüsterte, dass das Unrecht wäre.

Wie könnte sie weglaufen?

Sosehr sie den Gedanken auch hasste, ihr Vater hatte sie doch als Pfand eingesetzt. Es mochten zwar Odels Schulden sein, aber er hatte sie beglichen, indem er seine Tochter verkauft hatte.

Wäre ihr Verhalten nicht ebenso unehrenhaft wie das ihres Vaters, wenn sie einen erneuten Fluchtversuch wagte?

Gefangen in ihrer eigenen dunklen Gedankenwelt nahm sie ihre Umwelt kaum wahr, bis Baine unvermittelt stehen blieb und sie behutsam absetzte. Während sie einen Schritt von der versengenden Hitze seines Körpers zurückwich, ließ sie den Blick über den riesigen Innenhof schweifen, in dessen Mitte, eingerahmt von glatten Marmorsteinen, ein riesiger Brunnen stand.

Über ihren Köpfen erhob sich eine wabenförmige Kuppel, die einen goldenen Lichtkranz aus Sonnenstrahlen hereinließ. Illusion? Wahrscheinlich, aber es fühlte sich real an. Der Boden war mit wunderschönen Mosaiken in den lebhaftesten Tönen von Blau, Gelb und Rot gefliest, und vor den Fenstern waren hauchzarte, verschnörkelte Gitter befestigt. Es gab bronzene Vasen, größer als Tayla selbst, und Kronleuchter, die mit atemberaubenden Edelsteinen verziert waren.

Am anderen Ende des Atriums folgten Rundbogentüren, die in Privatgemächer führten, wo Tayla einen flüchtigen Blick auf niedrige, weich gepolsterte Sofalandschaften und riesige Samtkissen erhaschte. Zweifellos waren die Räume voller wunderschöner Frauen, die es sich zur Lebensaufgabe gemacht hatten, ihren Herrn zu beglücken.

Für ein Gefängnis war es eigentlich gar nicht mal so übel.

Mit kritischem Blick betrachtete sie den Springbrunnen, der eine funkelnde Kaskade an Wasser in die Luft spritzte. Okay. Gut, es war besser als »gar nicht mal so übel«. Ganz genau so stellte sie sich das Paradies vor.

Doch es war gleichzeitig eben doch ein Gefängnis.

Sie stieß ein wehmütiges Seufzen aus, als Baine

unvermittelt ihr Kinn umfasste und ihr Gesicht anhob, um sie zu zwingen, in seine nachdenklichen Augen zu schauen.

»Tu das nicht«, befahl er in barschem Ton.

Tayla runzelte die Stirn. »Was soll ich nicht tun?«

»So gekränkt aussehen«, knurrte er, und seine bernsteinfarbenen Augen brannten vor Enttäuschung. »Das … das versetzt mir einen Stich.«

»Das versetzt dir einen Stich?«, fragte sie. War das sein Ernst? Hatte er etwa erwartet, sie würde einen Freudentanz aufführen? »Was ist mit mir? Ich habe gerade erfahren, dass mein Vater mich wie ein Möbelstück verscherbelt hat.«

Er musterte sie eindringlich, während seine Finger sanft an ihrer Kehle bis zu der kleinen Verbrennung hinabglitten, die er dort mit seinem Drachenkuss hinterlassen hatte.

»Fürchtest du dich vor der Zeit mit mir?«, fragte er, und etwas in seiner dunklen Stimme verriet ihr, dass ihm der Gedanke, sie könne Angst vor ihm haben, missfiel. »Ich würde dir niemals wehtun.«

Seine Worte hörten sich sonderbar an – doch sie glaubte ihm. Seine Berührung war besitzergreifend, aber gleichzeitig so unfassbar zart. Als würde er seine Kraft bewusst zügeln, um ihre Haut keinesfalls zu verletzen.

Sie erbebte. *Böse Tayla.* Nein, sie durfte nicht über seine sanfte Liebkosung nachdenken. Oder sich vorstellen, wie seine schlanken Finger langsam über ihren nackten Körper fuhren, während er behutsam ihre Beine auseinanderschob und …

»Darum geht es nicht«, murmelte sie abrupt. *Himmel noch mal!* Dieser Drache spielte offensichtlich mit ihrem Verstand.

Da zupfte Baine an der winzigen Schleife, die durch den Ausschnitt ihres Nachthemds gefädelt war, und seine Fingerknöchel glitten über die Rundung ihrer Brust.

Funken stoben knisternd über ihre Haut.

»Was ist es dann?«, wollte er wissen.

Mit aller Gewalt versuchte sie, sich zu erinnern. Sie wollte auf irgendetwas hinaus. Natürlich wollte sie auf etwas hinaus. Aber das Denken fiel ihr so schrecklich schwer, wenn ihre Brustwarzen steinhart waren.

»Ich habe ein Leben. Ein Geschäft«, brachte sie schließlich heraus. »Ich will kein Teil deines Harems sein.«

Baine stieß ein verärgertes Seufzen aus. Warum machte sie alles so kompliziert?

Eigentlich müsste sie den Umstand zu schätzen wissen, dass er sie in seinen Harem gebracht hatte, der ihr jegliche Annehmlichkeit bot. Und dass er sie mit einer solch zärtlichen Rücksicht behandelte, die ihm bisher fremd gewesen war.

Und es war nicht so, als würde sie seine Begierde

nicht erwidern. Ihre Erregung erfüllte die Luft wie das feinste Parfüm.

Hin und her gerissen zwischen dem Verlangen, sie ins nächstbeste Bett zu zerren, um ihr zu beweisen, dass ihr Widerstand nur gespielt war, und seinem Stolz, der verlangte, dass sie ihre Begierde freiwillig eingestand, erstarrte Baine, als er plötzlich Char in seinem Hinterkopf flüstern hörte.

Verdammt!

Was nun?

»Wähl ein Schlafgemach und zieh eines der Kleider an«, befahl er mit einer arroganten Handbewegung in Richtung des Bogenportals. »Ich werde zum Abendessen zurück sein.«

Unvermittelt griff die Fee nach seinem Arm.

»Baine«, flüsterte sie in sanftem Protest.

Sein Blick war wie festgefroren auf den Fingern, die auf seiner nackten Haut lagen. Sie waren schmal und blass und köstlich feminin im Vergleich zu den wirbelnden Tätowierungen, die über seinen Körper glitten.

Es war das erste Mal, dass sie ihn aus freien Stücken angefasst hatte. Das Gefühl war … eine berauschende Katastrophe.

»Du hast zugegeben, dass du mir gehörst«, sagte er barsch. Es war ihm nicht recht, dass sie seine heftige Reaktion miterlebte.

Nach einer kurzen Pause nickte sie widerstrebend.

»Ja.«

»Dann tu, was ich dir befehle.«

Im nächsten Moment hatte er ihre Hand abgeschüttelt und durchquerte hastig das Atrium. Er hatte eben die Tür erreicht, als ihre Stimme ihn zum Stehenbleiben zwang.

»Wie lang?«, fragte sie.

Er drehte sich zu ihr zurück, und bei ihrem Anblick, wie sie dort mitten im Innenhof stand, völlig allein, durchzuckte ihn ein sonderbar stechender Schmerz. Mit ihren gestrafften Schultern und dem Kinn, das stolz zur Seite geneigt war, hätte sie ein törichtes Bild abgeben müssen – immerhin könnte er sie mit einem einzigen Flammenstrahl vernichten.

Doch er hatte nie zuvor etwas Schöneres gesehen.

Ihre Haare fielen ihr in sanften Wellen den Rücken hinab und funkelten mit einem verborgenen goldenen Feuer durch die Sonnenstrahlen, die durch das Kuppeldach fielen. Ihre Augen hatten die Farbe eines lupenreinen Smaragds, in dem Splitter von Jade steckten. Und ihr schlanker Körper zeichnete sich verführerisch unter dem dünnen Stoff ihres Nachthemds ab.

»Was?«

»Wie lange werde ich deine Gefangene sein müssen?«

Er sah sie entnervt an. Was für eine widerspenstige Fee!

Jahrhundertelang hatte er sich mit Frauen vergnügt, die darum gebuhlt hatten, in sein Bett zu dürfen. Ein paar hatten für dieses Privileg sogar getötet. Warum nur tat diese Fee so, als sei es eine Bestrafung, seine Geliebte zu sein?

»Du bist meine Kurtisane, nicht meine Gefangene«, erklärte er. »Und du wirst bei mir bleiben, bis ich dir erlaube, dass du gehen darfst.«

Ihre Lippen wurden schmal. »In anderen Worten, ich bin doch deine Gefangene.«

»Du bist sehr stur.«

»Nicht stur, ich bin es nur leid, dass mein Leben von Männern zerstört wird, die glauben, sie könnten mich besitzen.«

Baine stieß ein ungeduldiges Schnauben aus und schickte sich wieder an, aus dem Atrium zu hasten.

»Mach dich für meine Rückkehr bereit«, befahl er in einem Tonfall, der keinen Widerspruch duldete.

Er eilte bereits die Treppe hinauf, als er das Geräusch von zersplitterndem Glas hörte. Tayla musste eine seiner kostbaren Vasen zerstört haben. Seine Lippen zuckten. Im nächsten Moment riss er den Kopf zurück und lachte vor ungehemmtem Vergnügen.

Ein wenig hoffte er, dass es die orangefarbene Vase mit den kitschigen Opalen war, die er von einer uralten Tante geschenkt bekommen hatte.

Er hasste dieses Ding.

Mit verbissener Miene weigerte er sich, seine sonderbare, unvorhersehbare Reaktion auf die Fee zu hinterfragen, und konzentrierte sich stattdessen auf den schlanken Mann, der auf dem obersten Treppenabsatz stand.

»Char«, murmelte Baine und kam direkt vor seinem Diener zum Stehen. »Vielleicht habe ich mich nicht klar genug ausgedrückt, aber ich wollte unter keinen Umständen gestört werden.«

Sein Gegenüber verzog schuldbewusst das Gesicht, seine Augen verdunkelten sich so sehr, dass sie wie schwarzer Rauch erschienen. »Deine Worte waren klar und deutlich, aber wir haben ein Problem.«

In Baines Kopf schrillten Alarmglocken. »Raus mit der Sprache!«

»Dein Vater.«

»Was ist mit ihm?«

»Er ist hier.«

Was zum Teufel war nur los? Baine erstarrte. Er hätte nicht überraschter sein können, hätte Char ihm erzählt, dass wie durch ein Wunder die Zahnfee erschienen war.

Kopfschüttelnd eilte er zum Thronsaal, und seine langen Schritte überwanden die Distanz im Bruchteil weniger Sekunden.

»Hat er einen Grund für seinen Besuch angegeben?«

Char musste sich beeilen, um mit Baines Tempo mitzuhalten. Sein Ausdruck war grimmig. »Nein, aber er hat Geschenke dabei.«

»Verdammt!« Baines erster Schreck verwandelte sich rasch in Argwohn, während er seinem Gefährten einen warnenden Blick zuwarf. »Versetz die Wachen in Alarmbereitschaft!«

Instinktiv griff Char nach seinem Dolch mit der diamantenen Klinge, der wie immer unter seinem Hemd versteckt war. »Du glaubst, es wird Schwierigkeiten geben?«

Baine presste die Zähne zusammen. »Wenn mein Vater mit Geschenken kommt, will er mich entweder für ein Vorhaben gewinnen, das mir ganz und gar nicht zusagt. Oder …«

»Oder was?«, fiel ihm Char ins Wort.

»Es ist eine Kriegserklärung.«

Nachdem Baine schwungvoll die Flügeltür aufgeschoben hatte, betrat er den Thronsaal. Augenblicklich umfing ihn ein Schwall Hitze. Obwohl er sich gegen die Macht seines Vaters gestählt hatte, zuckte er unmerklich zusammen.

Synge war ein großes, grausames, gefährlich kluges Raubtier. Momentan trat er in menschlicher Gestalt auf, mit dunklen Haaren, die er kurz geschoren trug, und Augen von der Farbe von poliertem Silber. Er hatte eine lederne Hose und ein schwarzes T-Shirt an, das aussah, als sei es ihm auf die breite Brust gemalt worden. Ungeduldig schritt der ältere Drache im Saal auf und ab.

Seine Tätowierungen ähnelten denen von Baine, auch wenn es nicht ganz so viele waren und sie nicht über seine Haut wirbelten. Stattdessen verblassten sie immer wieder und verschwanden sogar tagelang.

Der ältere Drache zog rohe Gewalt der Intelligenz vor und hatte sich niemals die Mühe gemacht, Wissen anzusammeln.

Baine verharrte neben der Tür und wartete ab, dass sein Vater innehielt und sich zu ihm umdrehte, bevor er eine kleine Verbeugung machte.

»Vater.«

Der ältere Mann kam auf ihn zu, sein breites, grob gehauenes Gesicht eine nicht zu deutende Maske.

»Baine.«

»Was verschafft mir die Ehre?«

Mit einer hochgezogenen Augenbraue kam Synge einen Meter vor ihm zum Stehen. »Kann ein Vater seinem Sohn denn keinen Besuch abstatten?«

Baine lachte harsch. Sein Vater hatte ihn in der Sekunde aus der Familienhöhle geworfen, als er alt genug gewesen war, um eine Bedrohung für ihn darzustellen. Synge teilte nicht. Weder seinen Harem noch seine Macht und schon gar nicht seinen Drachenschatz.

Und während der Drache gelegentlich nach seinem ältesten Sohn geschickt hatte, um seiner bitteren Enttäuschung über ihn Ausdruck zu verleihen, hatte er kein einziges Mal einen Fuß in Baines Drachenhöhle gesetzt.

»Natürlich darf er das, aber während der vergangenen fünfhundert Jahre ist es kein einziges Mal vorgekommen, weshalb du mir meine Überraschung nicht verübeln darfst«, erwiderte Baine ironisch.

Synge verschränkte die Arme vor der Brust, und ein hässliches Lächeln legte sich auf seine Lippen.

»Und du behauptest, ich hätte keine Manieren.«

Baine zuckte mit den Schultern. Er wusste nicht, weshalb sein Vater hier war, und im Grunde kümmerte es ihn auch nicht. Sein einziges Interesse galt der Frau, auf die er fünfundzwanzig Jahre gewartet hatte.

»Ich habe keine Zeit für Spielchen«, sagte er mit eisiger Stimme.

»Das ist mir zu Ohren gekommen«, entgegnete sein Vater in einem seltsamen Tonfall.

Baine erstarrte. Eine düstere Vorahnung kroch an seiner Wirbelsäule hinunter und sorgte dafür, dass sich seine Eingeweide verkrampften.

»Was ist dir denn zu Ohren gekommen?«, fragte er.

»Dass du meine hübsche, kleine Fee hast.«

Mist. Warum war ihm nicht früher gekommen, dass das plötzliche Auftauchen seines Vaters etwas mit Tayla zu tun hatte? Er glaubte schließlich nicht an Zufälle.

Mit eiserner Gewalt hielt Baine die Aggression in Zaum, die allein bei dem Gedanken in ihm explodierte, ein anderer Mann könne an seiner Gespielin interessiert sein, und er ballte die Hände zu Fäusten.

»Wer hat dir das erzählt?«

»Das spielt keine Rolle.« Synges T-Shirt riss fast entzwei, als dieser absichtlich die Muskeln anspannte. »Ich will sie.«

»Nein.«

Gefährliche Vibrationen ließen die Luft erzittern. Niemand widersprach Synge.

»Die Trolle haben sie mir gebracht.«

»Und ich habe sie dir abgekauft.«

Synge machte eine ausladende Handbewegung in Richtung der schweren Truhe, die auf Baines Thron stand.

»Ich erstatte dir den Kaufpreis zurück.«

Baine zwang sich, tief einzuatmen. *Ruhig Blut!* Jede Faser seines Körpers wollte sich auf Synge stürzen.

Es spielte keine Rolle, dass der Drache sein Vater war. Oder dass Synge ihm ein Vermögen für die Fee bot. Sein archaisches Wesen wusste nur, dass ein anderer Mann versuchte, ihm seine Frau wegzunehmen.

Sobald es ihm gelungen war, seine Gewaltfantasien in Schach zu halten, schaltete sich sein Gehirn wieder ein und ermöglichte ihm, das unerwartete Auftauchen seines Vaters mit der dringend benötigten Logik zu überdenken.

Die erste Frage lautete, wie zum Teufel Synge herausgefunden haben konnte, dass er Tayla aufgespürt hatte. In seinem Haushalt musste ein Spion sein, natürlich. Nichts sonst konnte erklären, wie der ältere Drache so rasch von der Fee erfahren haben konnte.

Drachenfeuer züngelte über seine Haut. Er würde später mit dem Verräter abrechnen.

Im Moment galt sein Interesse allein dem Umstand, was genau sein Vater von Tayla wollte. Er musste einen schwerwiegenden Grund haben, um seinem Sohn ein unschätzbares Vermögen in Gold und einen Edelstein von der Größe eines Baseballs anzubieten.

»Warum?«, fragte Baine.

Synge wirbelte abrupt herum und schritt zur gegenüberliegenden Wand, wo er vorgab, sich für eine der Marmorstatuen zu interessieren, die in einem schmalen Alkoven stand.

»Ich will die Fee«, sagte er.

Baines Augenbrauen zogen sich jäh zusammen. Sein Vater war weder raffiniert noch hinterhältig genug, um eine finstere Verschwörung auszuhecken. Er war ein brutaler Rüpel, der seine Meinung unverblümt, wenn nicht gar unverschämt von sich gab.

Was verheimlichte er?

»Warum?«, hakte Baine nach.

»Aus demselben Grund, weshalb ich auch jede andere Frau will.« Synge drehte sich zu ihm zurück. Seine Gesichtsfarbe war leicht rötlich verfärbt. »Damit sie mein Bett wärmt.«

Er log.

Die Frage lautete nur … warum?

»Wäre das die Wahrheit, hättest du eine Konkubine aus deinem eigenen Harem ausgewählt«, erwiderte Baine. »Du hast es doch nicht nötig, dafür zu zahlen, dass dir das Bett gewärmt wird.«

Synge spähte zur Schatztruhe auf dem Thron. »Du warst ebenfalls bereit, für sie zu zahlen.«

Baine schüttelte den Kopf. »Raus mit der Sprache! Warum willst du sie?«

Ein tiefes Knurren hallte in der Brust seines Vaters. »Sie ist ein wunderschönes Geschöpf, das mir nicht mehr aus dem Sinn gegangen ist, nachdem sie …« Dann folgte eine winzige Pause. »Verschwunden ist.«

Baine machte einen Schritt nach vorne. Die Luft knisterte vor Macht. »Das nehme ich dir nicht ab.«

»Du bekommst dein Gold zurück«, fauchte Synge, dessen aggressiver Ton seinen Sohn einschüchtern sollte. »Und jetzt gib mir die Fee!«

»Nein!«

Anspannung pulsierte in der Luft. Die Vorahnung einer blutigen Konfrontation war regelrecht greifbar.

Dann, mit unverhohlener Anstrengung, verbarg Synge seine Feindseligkeit.

»Du bist also doch mein Sohn«, spottete er. »Na schön. Du willst mehr Gold? Ich bin bereit, mit dir zu verhandeln.«

Es sah seinem Vater nicht ähnlich, dass er feilschte und sich nicht einfach nahm, was er begehrte, sodass Baine am liebsten vor Freude geschrien hätte.

Wie oft hatte er sich gewünscht, dass sein Vater einmal vor ihm zu Kreuze kroch?

Stattdessen hatte sich jetzt jeglicher logische Gedanke verflüchtigt, während das Tier in Baine brüllte und sich seine Haut mit einem Mal zu eng anfühlte für die kochende Wut, die in ihm brodelte.

Um Tayla feilschen?

Eher würde die Hölle gefrieren!

»Sie ist nicht verkäuflich«, keuchte er.

Die silbernen Augen des älteren Drachen brannten vor sonderbarer Verzweiflung. »Natürlich ist sie das.« Synge trat einen Schritt vor, und die Worte, die Baine von seinem Vater niemals zu hören geglaubt hatte, purzelten ihm über die Lippen. »Nenn den Preis.«

Baine würde später über das eigentümliche Verhalten seines Vaters nachdenken. Erst einmal müsste der Bastard mit unmissverständlicher Klarheit verstehen, dass er Tayla niemals in die Hände bekäme.

»Es gibt absolut nichts, was du mir bieten könntest, das mich in Versuchung bringen könnte.« Der Thronsaal erbebte bei der Wucht seiner Wut. »Sie gehört mir.«

Synge machte einen Schritt auf seinen Sohn zu, die Hände zu festen Fäusten geballt.

»Ich habe es auf die sanfte Tour versucht, Baine, aber ich werde die Fee so oder so bekommen.«

Baine wirbelte auf dem Absatz herum und hastete zum Ausgang. Er musste zu Tayla. Um sich zu vergewissern, dass sein Kleinod nicht gestohlen worden war, während Synge ihn abgelenkt hatte.

»Soweit es mich angeht, ist diese Unterhaltung beendet«, informierte er seinen Vater.

»Sei kein Narr, Baine«, warnte ihn Synge. »Wenn du dich mir in den Weg stellst, werde ich dich zerstören.«

Baine zögerte keine Sekunde. Noch während er die Tür aufriss, winkte er seinen wartenden Diener herbei.

»Char, mein Vater wird jetzt gehen.« Er sprintete geradewegs zur Treppe. »Mach ihm unmissverständlich klar, dass er hier nicht mehr willkommen ist.«

4

Tayla schritt nervös im Atrium auf und ab, als sie das Geräusch sich nähernder Schritte vernahm.

Baine.

Eine Woge der Erregung strich über ihre Haut.

Es war keine halbe Stunde her, seit sie ihn gesehen hatte, aber ihr Körper reagierte, als hätte sie ihr ganzes Leben nur darauf gewartet, den Hauch seines Drachenfeuers zu spüren.

Diese Erkenntnis ärgerte sie zutiefst.

Sie wollte nicht von dem schrecklich schönen Geschöpf erregt sein. Nicht, wenn er dafür verantwortlich war, dass ihr Leben in Trümmern lag.

Na gut. Das war vielleicht etwas ungerecht. Im Grunde war ihr Vater dafür verantwortlich, dass ihr Leben aus dem Ruder gelaufen war, aber dennoch … Baine war immerhin derjenige, der sie gefangen hielt, nicht wahr?

Entschlossen schob sie das kitzelnde Verlangen beiseite, das in ihrer Magengrube Saltos schlug, und beobachtete, wie er mit übernatürlicher Anmut auf sie zukam.

Wäre sie nicht derart von ihrer unwillkommenen Reaktion auf ihn abgelenkt gewesen, hätte Tayla womöglich seinen grimmigen Gesichtsausdruck und das hektische Wirbeln seiner Tätowierungen bemerkt, als er genau vor ihr stehen blieb.

Stattdessen schürte sie mit aller Gewalt die Flammen ihrer Wut und wappnete sich zum Angriff.

»Wir müssen …« Seine gefauchten Worte verstummten, als sich sein Blick auf ihr Nachthemd senkte. »Warum hast du dich nicht umgezogen?«

Sie funkelte ihn aus schmalen Augen an. Während seiner Abwesenheit hatte sie einen kurzen Rundgang durch ihr neues Zuhause gemacht, erstaunt über die verhaltene Eleganz der verschiedenen Räumlichkeiten. Wo war der billige Stripclubcharakter, den sie in einem Harem erwartet hatte?

Noch größer war die Überraschung, als sie erkannte, dass sie vollkommen allein war. Es gab keinen Hinweis darauf, dass auch nur eine einzige andere Frau in den riesigen Zimmerfluchten lebte.

Doch dann hatte sie die Wandschränke aufgerissen und Dutzende hauchzarter Kleider gefunden, mit denen der Drache offenbar verführt werden wollte.

Allein der Gedanke, Kleidung zu tragen, die Baines früheren Geliebten gehört hatte, jagte ihr einen Schauder des Ekels über den Rücken.

»Ich trage keine abgelegten Kleidungsstücke anderer Frauen!«

Er blickte finster drein. »Warum glaubst du, sie würden anderen Frauen gehören?«

Sie rümpfte die Nase. »Sie riechen nach …«

»Wonach?«

»Parfüm«, erklärte sie.

»Ah.« Unverhofft entspannten sich Baines Gesichtszüge, fast, als würden ihn ihre Worte amüsieren. »Und der Gedanke an meine anderen Konkubinen stört dich?«

Ja. Darauf kannst du wetten.

Lieber hätte sie sich jedoch die Zunge herausgerissen, bevor sie eingestanden hätte, dass seine anderen Geliebten ihr wirklich etwas ausmachten.

»Ich will meine eigene Kleidung.«

Seine Hand strich über das Band, das den Ausschnitt ihres Nachthemds säumte.

»Die Kleider wurden allein für dich angefertigt«, murmelte er. »Keine andere Frau hat sie je berührt.«

»Oh.« Tayla zögerte. Die Kleider gehörten also ihr. Das erschien ihr … überraschend aufmerksam. Sie biss sich auf die Unterlippe, während ihr Herz laut klopfte, als seine Finger die obere Rundung ihrer Brüste umspielten. Mist. Wenn sie sich nicht zusammenriss, würde sie noch wie Eis in der Sonne schmelzen. »Ich bevorzuge dennoch meine eigene Kleidung«, brachte sie keuchend hervor.

Die bernsteinfarbenen Augen loderten vor verschmitzter Belustigung. »Warum?«

Warum? Sie hatte ihre Gründe. Mehrere ausgesprochen vernünftige Gründe.

Wenn sie sich doch nur an einen einzigen erinnern könnte!

Sie räusperte sich, um den Kloß in ihrer Kehle hinunterzuschlucken, und zwang sich mit aller Gewalt, sich nur auf den Umstand zu konzentrieren, dass sie nichts weiter als der Besitz dieses Mannes war. Ein Teil seines Drachenschatzes, der nach Belieben benutzt und weggeworfen werden konnte, sobald ein neueres, hübscheres Kleinod auf der Bildfläche erschien.

»Du hast mich gezwungen, mein Zuhause, mein Geschäft und meine Freunde zurückzulassen«, schleuderte sie ihm entgegen. »Ich will etwas, das mir gehört!«

Er musterte ihren starrköpfigen Ausdruck und wunderte sich zweifellos, weshalb er sie unbedingt in seinem Harem wollte.

»Bist du immer so schwierig?«, erkundigte er sich schließlich.

»Falls du eine gehorsame Sklavin willst, dann solltest du eine andere Frau auswählen.«

In seinen bernsteinfarbenen Augen blitzte ein Durcheinander von Gefühlen auf.

Besitz. Begierde. Ein verwirrender Anflug von Müdigkeit.

»Ich habe dich ausgesucht«, erklärte er.

»Ich Glückspilz«, murmelte sie und redete sich ein, dass seine Worte sie nicht vor Entzücken erbeben ließen.

Auch wenn es ihr nicht gänzlich gelang, sich selbst zu belügen.

Oder den Drachen auszublenden, der mit selbstgefälliger Genugtuung ihr Zittern spürte.

»Wohl wahr«, stimmte er ihr zu, schlang einen Arm um ihre Taille und zog sie fest an seinen betörend heißen Körper. Dann, die Finger genüsslich in ihren Haaren vergraben, schob er ihren Kopf zurück, damit sie seinem hungrigen Blick begegnete. »Du hast Glück, dass ich gewillt bin, deine gespielte Entrüstung, die einfach nur lächerlich ist, zu übergehen.«

Ihr Mund wurde trocken, und ihr Körper versagte ihr jede Gegenwehr, als sie sich an seine harten Muskeln schmiegte. Ihr Stolz hingegen begann sich augenblicklich zu rühren über die egozentrische Annahme, er sei unwiderstehlich.

Was er natürlich war. Doch das würde sie niemals offen zugeben.

»Hast du etwa Wahnvorstellungen?«, knurrte sie.

Baines Hand legte sich auf ihren Lendenwirbel und presste sie gegen die harte Ausbuchtung seiner Erregung.

»Ich bin zumindest ehrlich, was mehr ist, als man von dir behaupten kann, meine süße Tayla.«

Ihr Magen zog sich zusammen, während eine pulsierende Leere in ihrem Körper hämmerte.

Sie wollte die Beine um seine Taille schlingen und spüren, wie sein großer Schwanz ganz langsam tiefer und tiefer in sie eindrang. Und sie wollte seine Lippen auf ihrer Kehle fühlen, wo er sie mit Drachenküssen versengte.

Diese betörend eindringlichen Bilder brannten sich mit erschreckender Wucht in sie ein.

Puh. Es war offensichtlich schon zu lange her, dass sie mit jemandem geschlafen hatte. Mit einem Mal keuchte sie vor brutaler Lust auf.

»Nein«, murmelte sie, während ihre Hände auf seiner Brust landeten.

»Ich kann deine Lust riechen.« Seine Finger krallten sich in ihre Haare. »Es ist ein Duft, der mich die vergangenen fünfundzwanzig Jahre verfolgt hat.«

Panik durchzuckte sie. Was war nur los mit ihr? Im Grunde müsste sie seine Berührung mit schicksalsergebener Verachtung über sich ergehen lassen, oder?

Immerhin konnte er mit ihrem Körper tun und lassen, was er wollte, aber ihr Stolz verlangte, dass sie zumindest vorgab, als geschähe das gegen ihren Willen.

Stattdessen schmolz sie in seinen Händen wie eine rückgratlose Sexsklavin.

»Weil du mich mit irgendeiner sonderbaren Drachenmagie verzauberst«, schleuderte sie ihm verzweifelt entgegen.

Er hob den Kopf und starrte sie mit einem verwirrten Stirnrunzeln an. »Drachenmagie?«

»Tu nicht so, als wäre es kein Kinderspiel für dich, dass dich Frauen begehren.«

»Das mag der Wahrheit entsprechen«, gab er ohne jede Bescheidenheit zu. »Aber das hat nicht das Geringste mit Magie zu tun.«

Seine Zunge berührte den Puls, der an ihrem Schlüsselbein hämmerte, und Tayla kniff die Augen zusammen. Oh … verdammt. Sie wollte ihrem Stolz nicht zuhören. Nein, sie wollte nur noch im Gleichklang zu dem goldenen Vergnügen pulsieren, das wie warmer Honig durch sie hindurchfloss.

»Baine«, hauchte sie.

Plötzlich presste er harte Küsse auf ihren Ausschnitt. »Sag das noch einmal«, befahl er.

»Baine«, murmelte sie, nicht, weil er ihr befohlen hatte, seinen Namen zu wiederholen. Himmel noch mal, nein! Sonderbarerweise war es das einzige Wort, das sie noch zu formen imstande war, während seine Lippen das Tal zwischen ihren Brüsten nachzeichneten.

Ihre Nägel bohrten sich in seine Brust, und seine Hüften pressten sich instinktiv vor. Mit nichts weiter als zwei dünnen Lagen Stoff zwischen ihnen konnte sie den perfekten Umriss seiner Erregung spüren, die gegen ihren Unterleib rieb.

Ein einziger Ruck an seiner weit geschnittenen Dojo-Hose und sie könnte ihre Finger um seine Erektion legen und …

Diese Fantasie hatte kaum vor ihrem geistigen Auge Gestalt angenommen, als Tayla unsanft in die Gegenwart gerissen wurde, und zwar durch Baine, der einen leisen Fluch ausstieß, widerwillig den Kopf hob und sie nachdenklich beäugte.

»Wir können das hier leider nicht beenden«, knurrte er. »Wir müssen weg.«

Sie blinzelte. *Weg?* Ihr Körper zitterte vor Verlangen, und er wollte weg?

»Wohin?«, keuchte sie abgehackt.

»Meine Drachenhöhle ist nicht mehr sicher.«

Oh. Sie schüttelte kaum merklich den Kopf und versuchte, sich auf seine warnenden Worte zu konzentrieren. Was zum Teufel könnte eine Drachenhöhle bedrohen?

Eine Horde Dämonen? Der Ausbruch von Ebola? Eine Invasion Außerirdischer?

Nichts davon schien wahrscheinlich.

»Was bedeutet das?«

Seine Finger glitten sanft über ihre Wange, bevor er einen Schritt zurückwich. »Das ist eine Frage, die nur du beantworten kannst.«

»Ich?«

Bevor sie wegen seiner rätselhaften Anschuldigung auf eine Erklärung pochen konnte, packte Baine sie bereits an der Taille. Leise Worte der Macht flüsternd, öffnete er ein Portal und zog Tayla mit sich.

Baine trat aus dem Portal, immer noch den Nachhall von herber Zitrone und warmer, williger Frau auf den Lippen.

Das war …

Er mühte sich ab, das richtige Wort zu finden.

Ärgerlich, entschied er schließlich.

Baine verstand das Konzept von Begierde. Und er musste seinen Schatz bewachen. Immerhin war er ein Drache. Dieser Drang war ihm angeboren, ähnlich wie das Atmen. Doch das überwältigende Verlangen, dieses Wesen zu berühren und zu halten und zu beschützen, war inzwischen zu einer echten Obsession geworden, die jeden einzelnen seiner Gedanken erfüllte.

Wäre er klug, würde er für Schadensbegrenzung sorgen und einfach umkehren.

Es gab eine Million Frauen, die seinen Harem bevölkern könnten. Allesamt in der Lage, seine Lust zu stillen, ohne sein gut organisiertes Leben durcheinanderzubringen.

Doch selbst, als ihm die Stimme der Vernunft in seinem Hinterkopf zuflüsterte, er solle Tayla freilassen und zu seiner Drachenhöhle zurückkehren, umfasste er ihren Ellbogen nur noch fester, während er ihr aus dem Portal half.

Diese Frau gehörte ihm. Es spielte keine Rolle, was er tun oder wen er umbringen müsste – er würde sie nicht mehr gehen lassen.

Fast, als könnte Tayla die Intensität seiner Gefühle spüren, begann sie zu zittern, und ihre Augen wurden riesig, als sie das große, in Dunkelheit gehüllte Herrenhaus erkannte.

»Du hast mich nach Hause gebracht?«, hauchte sie, und ihre Lippen umspielte ein Lächeln.

Er zuckte mit den Schultern, doch seine Brust verkrampfte beim Anblick ihrer Freude. »Du hast gesagt, du bräuchtest deine Sachen.«

Ohne Vorwarnung wand sie sich aus seiner Umklammerung und eilte zu der breiten Veranda.

»Ich …«

Sie stieß einen erstickten Laut aus, als er sie unvermittelt am Arm packte und sie schlitternd zum Stehen kam. Verdammt! Seine Gedanken hatten sich allein um die Frau gedreht, sodass er die Gefahr ausgeblendet hatte, die sie hier womöglich erwartete.

Idiot!

»Warte, Tayla«, fauchte er.

Sie erstarrte, als sie plötzlich das eingeschlagene Fenster und die Haustür erblickte, die aus den Angeln gerissen worden war.

»Was hast du getan?«, fragte sie in verärgertem Tonfall.

Baine schnaubte beleidigt. Er hatte sie stets mit größtmöglicher Zuvorkommenheit behandelt. Wie konnte sie es wagen, ihm zu unterstellen, er habe ihr Zuhause wie ein dahergelaufener Tagedieb mutwillig zerstört?

»Wie kommst du auf den Gedanken, dies könnte mein Werk sein?«

»Du bist mein einziger Feind.«

»Ich bin nicht dein Feind …« Er brach den lächerlichen Streit ab, als er plötzlich den Geruch von Granit in der Luft erschnupperte.

Als er den Kopf drehte, erblickte er einen winzigen Gargoylen, der um die Hausecke bog und geradewegs auf Tayla zuhastete.

»Ah, *ma belle*«, rief das sonderbare Wesen, während seine großen Flügel vor Aufregung flatterten. »Bist du verletzt?«

Tayla wirkte irritierenderweise erfreut, den Gargoylen zu sehen. »Mir geht es gut.«

»Dem Himmel sei Dank. Ich war so …« Der Gargoyle stieß ein erschrecktes Quieken aus, als Baine eines seiner verkümmerten Hörner packte und ihn hochhob. »Aua!«

Baine runzelte die Stirn. Er kannte diesen Geruch. Der kleinwüchsige Dämon hatte sich kürzlich mit den Vampiren getroffen, die ihn um Hilfe gebeten hatten.

Warum war er hier in Taylas Haus? Und noch wichtiger, wie konnte er sich anmaßen, ihr mit einer solchen Vertrautheit zu begegnen?

Kein Mann, egal, wie klein er sein mochte, durfte seine Frau berühren.

»Wer bist du?«, fauchte er.

Der Gargoyle zuckte mit den Flügeln. »Ich bin der mächtige Levet. Gewiss habt Ihr von mir gehört.«

»Nein, habe ich nicht.« Baine gestattete seinem Feuer, über seine Haut zu tanzen. Eine sichtbare Warnung der tödlichen Flammen, die er mit einem einzigen

Hauch heraufbeschwören konnte. »Du wirst für den Schaden, den du angerichtet hast, bezahlen.«

Da legte ihm Tayla eine Hand beruhigend auf den Arm. Augenblicklich löschte er sein Feuer. Die Flammen hätten sie nicht verletzt, aber ihre Haut war so zart, dass er nicht einmal den allerkleinsten Rußfleck riskieren wollte.

Außer es handelte sich um sein Drachenmal, rief er sich still ins Gedächtnis. Köstliche Freude erfüllte ihn bei dem Gedanken, dass sie die goldene Kette trug, die jedem Mann nachdrücklich zu verstehen gab, dass sie bereits vergeben war.

»Baine, nicht«, flehte sie.

Der Drache starrte finster auf den Gargoyle herab, der sich als Levet vorgestellt hatte. »Dieses Geschöpf hat es gewagt, deinen Besitz zu beschädigen.«

»*Moi?*« Der Gargoyle rümpfte die winzige Schnauze. »Warum sollte ich mein eigenes Zuhause polieren?«

Baine runzelte die Stirn. Was zum Teufel redete der Winzling da nur?

»Demolieren«, korrigierte Tayla den Gargoyle. »Es heißt, dein Zuhause demolieren.« Sie wandte sich wieder an Baine. »Lass ihn bitte los.«

Ein sonderbarer Schlag traf Baine mitten in die Brust. »Du wohnst mit diesem … Ding zusammen?«

»He!«, quietschte Levet.

»Er ist ein Dämon mit Gefühlen, kein Ding«, widersprach Tayla vehement. »Und er ist mein Freund.«

Die flammenden Worte, mit denen sich Tayla für diese Kreatur einsetzte, trugen nicht gerade dazu bei, Baines Verärgerung zu besänftigen.

Nach wie vor starrte er das Geschöpf finster an. »Warum bist du so klein?«

Levets Schwanz schlang sich um seine Krallenfüße, die immer noch über dem Boden schwebten.

»Ich bin nicht klein. Ich bin nur hübsch kompakt.«

Baine verengte die Augen zu Schlitzen. »Hmm.«

Tayla machte ein ungeduldiges Geräusch und trat einen Schritt beiseite, um das hässliche Gesicht des Gargoyle zu betrachten.

»Was ist passiert?«

»Ich habe alle Hebel in Bewegung gesetzt, um dich zu befreien, als eine Horde Trolle ins Haus gestürzt kam«, erklärte Levet.

Baine ließ den Gargoyle unvermittelt los, während seine gespannte Aufmerksamkeit nun allein dem Haus galt.

Zuerst wollte sein Vater Tayla zurückkaufen. Und jetzt Trolle?

Das konnte kein Zufall sein.

Tayla presste sich eine Hand auf die Brust, als würde ihr der Anblick dieser Zerstörung körperliche Schmerzen zufügen.

»Warum sollten sie mein Haus kurz und klein schlagen?«, hauchte sie.

Levet schob sich an Taylas Seite. »Ich glaube, sie haben nach etwas gesucht.«

»Wonach?«

»Nach dir.«

»Oh.« Sie biss sich auf die Oberlippe. Ihre Augen verdunkelten sich im verblassenden Mondlicht zu einem Jadegrün. »Ich habe immer befürchtet, dass sie mich bestrafen wollen, weil ich geflohen bin«, flüsterte sie und blickte mit so großer Verletzlichkeit in ihren Augen zu Baine, dass sich sein Magen verkrampfte. »Glaubst du, sie waren deshalb hier?«

Er hatte nicht den blassesten Schimmer, aber er würde jeden Winkel der Welt durchkämmen, bis er die Trolle gefunden und zur Verantwortung gezogen hatte.

»Wir müssen deine Sachen holen und von hier verschwinden.«

»Du denkst, sie könnten zurückkehren?«

Er nickte bedächtig. »Jetzt, wo sie deine Fährte aufgenommen haben, ist diese Möglichkeit nicht von der Hand zu weisen.«

»Wie haben sie überhaupt meine Fährte aufnehmen können?« Ihre Augenbrauen zogen sich unvermittelt zusammen. »Und apropos, wie ist es dir eigentlich gelungen? Ich habe das Haus mit unzähligen Zaubern belegen lassen, die mich vor jeder Gefahr hätten schützen müssen!«

Baine zuckte mit den Schultern, als Levet sich leise räusperte. »Was das angeht …«

»Später«, unterbrach ihn Baine. Er hatte keine Zeit, sich den Kopf darüber zu zerbrechen, warum die Zaubersprüche versagt hatten. Jetzt zählte nichts weiter, als Tayla so schnell wie möglich an einen sicheren Ort zu bringen. »Wir können hier nicht bleiben.«

»Herrisch wie eh und je!«, murmelte Tayla, während sie die Treppe zur Veranda hochstieg und durch die eingeschlagene Tür trat.

Baine wich nicht von ihrer Seite. Mit seinen zum Reißen gespannten Sinnen hatte er sich bereits vergewissert, dass sich kein weiterer Eindringling im Haus befand, doch er wollte überprüfen, ob die Trolle Fallen hinterlassen hatten.

Er vertraute diesen verschlagenen Kreaturen nicht.

Schweigend bewegten sie sich durch das Haus, das mit einer Fülle an verschnörkelten Möbelstücken und Spitzenzierdecken überquoll. Ein Anflug brennender Wut durchzuckte Baine beim Anblick mehrerer Porzellanfiguren, die zerbrochen waren, und dem widerlichen Gestank der Trolle, der den warmen Geruch von frisch gebackenem Brot übertünchte, der immer noch in der Luft hing.

Das hier war Taylas Höhle.

Ein gemütliches Heim, wo sie sich zu Hause gefühlt hatte.

Er würde jeden einzelnen Troll zermalmen, der es gewagt hatte, in ihre Privatsphäre einzubrechen.

Tayla stieg die Treppe in den ersten Stock hoch und eilte zur letzten Tür am Ende des Korridors.

Die Gelegenheit beim Schopfe packend, um einen

raschen Blick in das innerste Heiligtum einer Frau zu werfen, wäre er fast mit ihr zusammengeprallt, als sie plötzlich stehen blieb und sich nach einem Koffer streckte, der direkt neben der Tür stand.

Baine runzelte verwirrt die Stirn und nahm ihr den Koffer ab. »Hattest du etwa die Absicht, von hier wegzugehen?«

Sie zuckte mit den Schultern. Ihr Gesichtsausdruck war mit einem Mal undurchschaubar. »Ich bin seit Jahren auf der Flucht. Deshalb bin ich immer allzeit bereit, sofort zu verschwinden.«

Baine betrachtete sie mit gerunzelter Stirn, während er über die Wunde nachdachte, die in ihr seit Jahren nicht verheilen konnte.

Er musste nicht fragen, wer ihr diese Verletzung beigebracht hatte.

Ihr nichtsnutziger Vater.

Mit sanfter Hand umfasste er ihr Kinn und schob ihren Kopf nach hinten.

»Du wirst mich nicht verlassen«, sagte er, und seine Worte hallten wie eine Warnung in der Luft. »Nie wieder.«

Ihre Augen funkelten vor alles verzehrender Wut, die sie selbst ihren Schmerz vergessen ließ. Baine verbarg ein Lächeln. Genau so wollte er sie sehen: lebendig, stark, ihm die Stirn bietend, obwohl sie jeden einzelnen Kampf verlieren würde.

Ihre Lippen teilten sich, doch bevor sie etwas sagen

konnte, watschelte der Gargoyle mit seinem auf Hochglanz polierten Schwanz den Korridor hinab.

»Wohin gehen wir?«, fragte das eigentümliche Geschöpf.

»Du gehst nirgendwohin«, fauchte Baine. »Zumindest nicht mit uns.«

Der Gargoyle schlug empört mit den Flügeln. »Aber …«

»Verschwinde!«, raunzte Baine.

Tayla drehte sich zu dem Drachen. »Ich würde gerne unter vier Augen mit Levet reden.«

Das Tier in Baine fauchte vor empörter Wut. Es spielte keine Rolle, dass Levet eine kleinwüchsige Kreatur war, die in keinerlei Hinsicht einem ausgewachsenen Drachen gewachsen war.

Oder dass Tayla behauptet hatte, sie seien lediglich Freunde.

Er wollte keinen anderen Mann in der Nähe seiner Frau.

»Es ist zu gefährlich«, ermahnte er sie. »Wir müssen von hier verschwinden.«

»Es dauert nur einen Moment.« Sie hielt seinem Blick stand und zwang sich, das Zauberwort zu sagen. »Bitte.«

Baine unterdrückte einen Fluch.

Er könnte sie jederzeit zwingen, sofort mit ihm zu kommen. In einer Demonstration seiner Macht könnte er ein Portal öffnen und sie mit sich hindurchzerren, bevor sie auch nur einen einzigen Laut des Protests ausstoßen könnte.

Warum tat er es dann nicht?

Auf diese Frage gab es keine einfache Antwort.

»Du hast fünf Minuten«, fauchte er und zeigte mit einem drohenden Finger auf den Gargoyle. »Solltest du sie anfassen, reiße ich dir beide Flügel aus.«

Kaum hatte Baine diese Warnung ausgestoßen, drehte er sich um und trug Taylas Koffer die Treppe hinunter ins Freie.

Als wäre er nichts weiter als ein unbedeutender Hotelpage, bemerkte er mit ungläubigem Entsetzen.

5

Tayla beobachtete, wie Baine widerwillig die Treppe hinabstieg.

Im Grunde hatte sie nicht erwartet, dass er ihrem Wunsch nachkommen würde. Baine war ein Drache – er befolgte keine Befehle, er erteilte sie. Jetzt holte sie tief Luft. Himmel! In Baines Nähe zu sein war dasselbe, als würde man von einem Blitz getroffen werden. Sie hatte das Gefühl, als wäre sie von Kopf bis Fuß von seinem inneren Feuer versengt worden.

Aber auf eine gute Art.

»Er scheint ein wenig sehr besitzergreifend zu sein, nicht wahr?«, murmelte Levet.

Tayla zuckte mit den Schultern, und eine plötzliche Röte schoss ihr in die Wangen, als sie den nachdenklichen Blick des Gargoylen auffing.

»Er ist ein Drache und glaubt, dass ich Teil seines Drachenschatzes sei«, erklärte sie.

»Und das ist alles?«

Natürlich war es das. Auch wenn ein kleiner Teil von ihr wünschte …

Nein. Das könnte nicht sein.

Niemals.

»Ist das denn nicht genug?«, fragte sie.

»Vielleicht.«

Verärgert schüttelte sie den Kopf. Sie wollte nicht über den Umstand sprechen, dass sie nichts weiter als die Beute eines Drachen war.

»Sieh mal, es tut mir leid, aber ich werde eine Weile fort sein«, gestand sie. »Falls du keine Angst vor den Trollen hast, kannst du gerne wohnen bleiben und deine Partneragentur weiterhin von hier aus führen.«

Levet schnaubte beleidigt. »Ich habe keine Angst vor Trollen.«

»Gut.« Der Hauch eines Lächelns stahl sich auf ihre Lippen. Sie würde diesen winzigen Dämon schrecklich vermissen. »Es wäre ein beruhigender Gedanke, wenn ich wüsste, dass du dich um das Haus kümmerst.«

»*Non*«, protestierte er mit flatternden Flügeln. »Ich werde einen Weg finden, dich von diesem unerfreulich unhöflichen Drachen zu befreien.«

Sie schüttelte bereits den Kopf, bevor er den Satz beendet hatte. »Das ist unmöglich.«

»Pah!« Er machte eine wegwerfende Handbewegung mit seinen klauenbewehrten Fingern. »Das Wort *unmöglich* gibt es in meinem Wortschatz nicht, *ma belle*. Habe ich dir denn nie erzählt, dass ich ein zertifizierter RISR bin?«

Tayla runzelte die Stirn. Eigentlich beherrschte sie

den Levet-Jargon inzwischen recht gut, aber diese Abkürzung war ihr neu.

»RISR?«

»Ritter in schimmernder Rüstung.«

Ah. Natürlich. Sie verkniff sich ein leises Kichern.

»Ich zweifle nicht an deinen … Fähigkeiten, aber das ist eine Sache der Ehre. Ich muss bei Baine bleiben, bis er mich freiwillig gehen lässt.«

»Das verstehe ich nicht.«

»Mein Vater, Odel, hat den Trollen Geld geschuldet«, gestand sie widerstrebend. »Viel Geld.«

»Dann … *mon dieu!*« Levets Schwanz peitschte um seine Füße, als ihm dämmerte, was ihre Worte bedeuteten. »Es sind doch die Schulden deines Vaters«, empörte er sich.

Ein vertrauter Stich der Enttäuschung traf sie. Odel war ein Experte darin, sein Leben zu verpfuschen und andere die Scherben aufräumen zu lassen.

»Er hat sie mit mir bezahlt«, erklärte Tayla rasch.

»Du willst damit sagen, dass Odor …«

»Odel«, korrigierte sie ihn.

»Odel«, murmelte Levet angewidert. »Er hat dich benutzt, um seine Spielschulden zu begleichen?«

Sie nickte bedächtig. »Ja.«

Levets Flügel sanken schlaff nach unten. »Tu das bitte nicht, *ma belle!*«

Als hätte sie eine andere Wahl!

Tayla verzog jäh das Gesicht. Verdammt. Es gab fast

nichts, was sie mehr hasste, als Leute, die in Selbstmitleid zerflossen.

Es war ihre Entscheidung gewesen, für die Schulden ihres Vaters geradezustehen.

Weshalb sie jetzt nicht herumjammern und sich beschweren würde.

»Ich muss gehen. Aber ich werde so schnell wie möglich zurückkehren.«

Mit diesen Worten strich sie dem Gargoylen sanft über das verkümmerte Horn, bevor sie die Treppe hinabeilte. Der Spur winziger Schockwellen von Macht folgend, die durch die Luft vibrierten, fand sie Baine auf der Veranda vor, wo er mit ihrem Koffer in der Hand auf sie wartete.

Sie hatte ihn fast erreicht, als ihre Füße beim Anblick einer winzigen Porzellanfigur erstarrten. Die Figur war wohl zersplittert, als sich die Trolle gewaltsam Zutritt zu ihrem Haus verschafft hatten.

Mit einem bekümmerten Seufzen bückte sie sich, um die zerbrochenen Teile, die auf dem Boden verstreut lagen, behutsam aufzusammeln.

Es war kein teures Kunstwerk gewesen. Im Grunde war es eine billige Zierfigur von irgendeinem Feenfestival. Doch es war eines der wenigen Besitztümer ihrer Mutter gewesen, die ihr Vater im Laufe der Jahre noch nicht verscherbelt hatte.

Was die Figur für Tayla unbezahlbar machte.

Ein warmer Luftzug umhüllte sie, noch bevor Baine

an ihrer Seite stand. Seine Stimme war ungewöhnlich sanft.

»Man kann das reparieren.«

»Vielleicht«, murmelte sie, während sie die Teile auf einen nahen Beistelltisch legte.

Sie würde sich später um die Zerstörung kümmern.

Als sich Tayla wieder umdrehte, hätte ihre Überraschung kaum größer sein können, denn Baine strich ihr plötzlich mit zärtlichen Fingern über die Wange und wischte eine Träne weg, von der sie nicht einmal gewusst hatte, dass sie an ihrem Gesicht herabrollte.

»Du wirkst … traurig«, warf er ihr mit rauer Stimme vor, als würde ihre emotionale Reaktion ihn ärgern.

Tayla schniefte, während ihr Blick zur Tür huschte, die schräg in den Angeln hing.

»Ich hätte es besser wissen müssen und gar nicht erst versuchen dürfen, ein Zuhause für mich zu schaffen«, murmelte sie, wobei sie mehr mit sich selbst als mit dem Drachen redete, der sie mit nachdenklicher Miene musterte. »Jedes Mal, wenn ich das versuche, endet es in einer Katastrophe.«

Seine Finger glitten unbewusst zu ihrem Mund, wo er den Schwung ihrer Lippen nachfuhr. »Dein Vater hat dir kein sicheres Zuhause geboten?«

Sie zuckte verächtlich mit den Schultern. »Er hat es gelegentlich versucht, aber die meiste Zeit über musste er vor seinen Gläubigern davonlaufen.«

Seine Berührung wurde zunehmend heißer auf ihrer

Haut, als müsste er sich regelrecht zügeln, sein Drachenfeuer in Schach zu halten.

»Nichtsnutziger Kerl!«

»Das spielt keine Rolle.« Sie straffte ihre Schultern. Hatte sie sich eben nicht das Versprechen abgenommen, nicht in Selbstmitleid zu versinken? »Nicht mehr.«

»Du stehst jetzt unter meinem persönlichen Schutz«, knurrte er, während er sanft ihr Kinn umfasste und ihren Kopf in den Nacken schob. Sein Bernsteinblick flammte mit unverhohlenem Besitzanspruch über ihr Gesicht. »Im Gegensatz zu deinem Vater werde ich immer dafür sorgen, dass du in Sicherheit bist.«

Sie zitterte. Allerdings nicht vor Angst.

Nein. Das köstliche Beben war die unmittelbare Reaktion auf die starken Arme, die sich jäh um sie schlangen und sie gegen seinen harten, halbnackten Körper pressten.

»Selbst vor dir?«, hauchte sie.

Seine Arme zogen sie noch fester an sich, während sich sein Kopf senkte. »Ich weiß meine Kostbarkeiten zu schätzen«, versicherte er ihr, und seine Lippen liebkosten erst ihre Stirn, dann ihren Nasenrücken.

Ein Stöhnen entrang sich ihrer Kehle, als seine Hände ihren Hintern umfassten und sie fest an seine pulsierende Erregung drückten. Seine Lippen glitten über ihre Wangen und ihren Mund, bevor sie ihren Kiefer nachfuhren.

Jede noch so winzige Berührung entflammte ein Feuerwerk an Funken in Tayla, die schwindelerregende Lust durch sie peitschten.

Mmm.

Ihre Finger landeten auf der nackten Haut seiner Brust, und ein verräterisches Verlangen krallte sich in ihrer Magengegend fest. Er war heiß und ein Ausbund an purer Männlichkeit.

Sie wusste nicht, ob er sie wirklich so sehr schätzte, aber er wusste definitiv, wie er ihre Begierde entfesselte.

Drachenmagie …

Sein geschickter Mund erkundete ihre Kehle und versengte die Haut über ihrem rasenden Puls, bevor er zu den Rundungen ihrer Brüste hinabglitt.

»Baine«, rief sie erstickt, als sich ihre Brustwarzen zu schmerzhaften Knospen verhärteten und sich Feuchtigkeit zwischen ihren Beinen sammelte.

Am liebsten hätte sie jetzt mit der Zungenspitze jede einzelne faszinierende Tätowierung nachgezogen, die über seine Haut tanzte. Sie wollte mit den Händen über seine Muskeln streichen, die wie in Stein gemeißelt schienen und aussahen, als habe ein antiker Künstler ihn erschaffen. Sie wollte, dass er sie auf den nächsten Tisch hob. Sie wollte die Beine spreizen, damit er sich zwischen sie pressen und das unerträgliche Pochen beenden könnte.

Doch selbst, als ihr die nicht gerade jugendfreien Fantasien durch den Kopf schossen, kam ihr in den

Sinn, dass sich Levet im ersten Stock befand und sie genau vor einer eingetretenen Tür standen.

Mit einem zufriedenen Stöhnen hob Baine den Kopf und starrte nachdenklich auf sie herab.

»Du hast recht«, murmelte er, und eine überraschende Röte breitete sich auf seinen markanten Wangenknochen aus. »Hier ist nicht der richtige Ort.«

Sie betrachtete sein wunderschönes Gesicht, während er die Finger um ihre Taille legte und mit der freien Hand die Luft zerschnitt.

War er peinlich berührt?

Das wäre … merkwürdig.

Baine war eines der tödlichsten und stärksten Geschöpfe, die jemals auf Erden gewandelt waren. Es bestand kein Zweifel, dass sich ihm unzählige Frauen an den Hals warfen. Ganz abgesehen von dem Umstand, dass er einen Harem mit vielen Kurtisanen besaß.

Warum sollten ihn ein paar Küsse verunsichern?

Sie hingegen hatte jeden Grund, von ihrer schamlosen Reaktion überrascht zu sein. Der Mann hatte sie entführt. Er zwang sie, seine Konkubine zu werden.

Es erschien nicht richtig, sich den Kopf darüber zu zerbrechen, wie schnell sie ihn entkleiden könnte, damit er das beendete, was er angefangen hatte.

Dichte Dunkelheit umgab Tayla im nächsten Moment, als Baine sie in sein geöffnetes Portal zerrte, bevor sie plötzlich ins grelle Sonnenlicht traten.

Tayla blinzelte und hob eine Hand, um ihre Augen

zu schützen, als sie ihre neue Umgebung neugierig beäugte. Ihr stockte der Atem.

Es war unglaublich.

Einfach unglaublich.

Wie benommen ließ sie den Blick über die sanften Hügel und Wiesen voller Wildblumen schweifen, die in der leichten Brise tanzten. In der Ferne konnte sie den Umriss einer Bergkette mit schneebedeckten Gipfeln erkennen, während sich das Funkeln der Sonne in einem nahen See widerspiegelte. Doch es war das kleine, strohgedeckte Landhaus direkt vor ihr, das sie in seinen Bann zog.

Dieses Haus war perfekt.

Blütenweiß gestrichen und mit grünen Fensterläden war es von Gänseblümchen und hübschen pinken Tulpen umrahmt. Ein Pfad aus Natursteinplatten führte von der Veranda zu der schmalen Straße, auf der Tayla stand. Herrgott noch mal, der Garten war sogar von einem hübschen Lattenzaun umzäunt!

Es war ein Zuhause wie aus dem Bilderbuch.

»Was ist das für ein Ort?«, hauchte sie.

Baine war genau neben ihr. Nah genug, dass sie seine köstliche Wärme spüren konnte, ohne ihn direkt zu berühren.

Wie schade!

Nein. Böse Tayla, schalt sie sich innerlich. Keinesfalls wollte sie sich nach dem heißen Drachen verzehren.

»Deine Fantasie«, antwortete er, und seine dunklen

Augenbrauen hoben sich belustigt, als sich rote Flecken auf ihren Wangen bildeten.

Mist. Er konnte ihre Gedanken doch nicht etwa lesen, oder?

»Meine?«, quietschte sie.

»Meine Magie passt die Umgebung den Wünschen meiner Gäste an.«

Blinzelnd kehrte ihr Blick zum Cottage zurück. Baine hatte recht. Das Haus sah aus, als sei es direkt aus ihren Träumen entnommen. Ein malerisches Fleckchen Erde, an dem eine Fee in Frieden leben konnte.

»Ist es eine Illusion?« Sie konnte den Anflug von Enttäuschung nicht unterdrücken.

»Nein. Es ist real.« Er trat einen Schritt vor und drückte das von Rosen umrankte Tor auf. »Nur eine Sache der Wahrnehmung.«

Okay. Das ergab Sinn. Irgendwie.

»Aber wo sind wir?«, hakte sie nach.

»Wir sind versteckt zwischen zwei Dimensionen.« Er blickte sich um, als wollte er sich vergewissern, dass sie tatsächlich allein waren. »Hier sollte uns niemand aufspüren können.«

Seine Beteuerung erinnerte Tayla an ihre abrupte Abreise.

»Warum mussten wir deine Drachenhöhle verlassen?«

»Das besprechen wir später.« Mit geradezu hypnotisierender Anmut drehte er sich um, hob sie schwungvoll hoch und presste Tayla zärtlich an seine Brust. An seine sehr nackte, betörende Brust. »Du bist müde«, erklärte er.

Sie erbebte. Niemals würde sie sich an das elektrisierende Kitzeln gewöhnen, das sie packte, sobald dieser Mann in der Nähe war.

»Ist das eine Frage oder ein Befehl?«, erwiderte sie sarkastisch.

Er trug sie über die Steinplatten bis zur Veranda. »Ich spüre deine Erschöpfung.«

Wie auf ein Stichwort sank ihr Kopf an seine Brust, und ihre Muskeln begannen zu schmerzen.

Tayla hatte nicht den blassesten Schimmer, wie spät es war, aber es schien eine Ewigkeit vergangen zu sein, seit sie ihr Nachthemd angezogen und sich bettfertig gemacht hatte.

»Es war eine lange Nacht«, gestand sie mit müder Stimme ein.

»Ja.«

Ein sonderbares Kribbeln lag in der Luft, dann verschwand mit einem Mal die Sonne, und sie standen unter einem samtschwarzen, mit fernen Sternen gesprenkelten Himmel.

Wow.

»Ein netter Trick«, murmelte sie, auch wenn sie nicht offen zugeben wollte, wie tief beeindruckt sie in Wirklichkeit war.

»Nur einer von vielen«, erklärte er selbstgefällig und

senkte gleichzeitig den Kopf, um ihrer Antwort mit einem Drachenkuss zuvorzukommen.

Hmm.

Eigentlich war Tayla fest entschlossen gewesen, ihm ins Gesicht zu schleudern, dass er ein arroganter Mistkerl war.

Stattdessen gab sie sich seufzend dem köstlichen Sturm seines Kusses hin, während die Erschöpfung, gegen die sie in den vergangenen Stunden erfolgreich angekämpft hatte, schließlich die Oberhand gewann.

Im Gegensatz zu vielen anderen Halbblütern ging Craven problemlos als Mensch durch.

Sein Gesicht war kantig, mit grob gemeißelten Zügen, seine blonden Haare waren kurz rasiert.

Gewiss, er war fast zwei Meter zehn groß und hatte dicke Muskelstränge, wegen derer er sich T-Shirts und Jeans maßschneidern lassen musste. Und seine Augen blitzten rot auf, wenn er sich ärgerte. Was fast immer der Fall war.

Doch die meisten Menschen nahmen einfach an, er wäre nur einer dieser steroidfanatischen Fitnessfreaks, der seine Sonnenbrille nie absetzte, weil er annahm, sie würde ihn cool aussehen lassen.

Idioten.

Seit Jahren lebte er nun schon unter ihnen, von seiner Mutter in der Kunst der schwarzen Magie unterwiesen. Sie hatte es sich zur Lebensaufgabe gemacht, ihn zu trainieren, damit er die Monster umbrachte, die sie entführt und vergewaltigt hatten, als sie fast noch ein Kind gewesen war. Der Umstand, dass Craven einer dieser gewaltsamen Begegnungen entsprungen war, versüßte ihr nur den Gedanken an Rache.

Craven hatte ihr bereitwillig geholfen.

Neben der mächtigen Magie lag sein Augenmerk auf den Kampfkünsten. Mit Anfang zwanzig war er bereits ein Meister darin, mit jeder noch so unbekannten Waffe zu töten, ebenso wie mit bloßen Händen.

Er war ein Auftragsmörder, der Dämonen aufspürte und erbarmungslos niedermetzelte.

Erst nach dem Tod seiner Mutter waren ihm Zweifel in Bezug auf seine gnadenlose Jagd gekommen – allerdings nicht aus moralischen Gründen.

So sehr er es nämlich genoss, Dämonen zu vernichten, ließen sich mit dieser Art von Arbeit doch keine Rechnungen bezahlen. Welche menschliche Agentur würde für die äußerst beeindruckende Sammlung an Trollköpfen bezahlen, die an seiner Wand hing? Herrgott noch mal, Menschen bemerkten nicht einmal, dass sie nichts weiter als Vieh waren, von Raubtieren gejagt, die in den Schatten lauerten.

Das war der Zeitpunkt gewesen, als er die Entscheidung getroffen hatte, eine kleine Gruppe von Gleichgesinnten zusammenzutrommeln, die über ähnliche Fähigkeiten wie er verfügten, und ihre Dienste an den Höchstbietenden zu verkaufen.

Auftragsmörder, die für den richtigen Preis einfach alles taten.

Es war ein lukratives Geschäft, aber Craven war immer noch nicht zufrieden.

Er wollte das große Geld. So viel, dass er sich zur Ruhe setzen und in dem Luxus leben konnte, den er sich so sehnlichst herbeiwünschte.

Es war ein Traum, dessen Schicksal es gewesen wäre, unerfüllt zu bleiben, hätte sein Erster Kommandant Reece vor zwanzig Jahren nicht zufällig einen betrunkenen Troll belauscht. Der hatte damit herumgeprahlt, dass er wüsste, wie man heimlich in die Höhle eines Drachen kam.

Craven war nicht dumm. Die Wahrscheinlichkeit, dass die Worte des Trolls nichts weiter als heiße Luft waren, war erschreckend hoch. Es war allgemein bekannt, dass Trolle gerne große Töne spuckten. Aber selbst für den unwahrscheinlichen Fall, dass der Dämon die Wahrheit sagte, lohnte es sich, diesen Kerl zu entführen.

Bedauerlicherweise hatte sich Skragg als ein wenig nutzbringender Komplize entpuppt. Der Troll behauptete, er kenne eine Fee, die ihnen helfen könne, aber bislang wäre es ihm nicht gelungen, die Flüchtige zu stellen. Das Einzige, was er ihm hatte bieten können, waren ein paar Haarsträhnen von ihr, die Craven für seinen Wahrsagezauber benutzt hatte.

Im Laufe der Jahre hatte Craven die Angelegenheit

fast vergessen. Bis der Zauber tags zuvor urplötzlich ausgelöst worden war.

Jetzt stand er auf dem oberen Treppenabsatz einer verlassenen Burg an der norwegisch-schwedischen Grenze und blickte zu dem Troll hinab, der eben mit Cravens Erstem Kommandanten Reece die riesige Halle betreten hatte.

Der grobschlächtige Kerl trampelte schwerfällig durch den Raum. Sein nackter Körper war von einer dicken braunen Haut bedeckt, und seine Gesichtszüge waren sogar noch grotesker als die seiner meisten Artgenossen. Er hatte mächtige Hauer, die aus seinem Unterkiefer herausragten, und seine roten Augen schimmerten im Licht der Fackeln, die an den holzvertäfelten Wänden steckten.

Reece hingegen war schlank, weil er zur Hälfte ein Elf war. Er hatte lange schwarze Haare, die er sich, um sie aus dem schmalen Gesicht zu halten, zu einem Zopf gebunden hatte. Seine Gesichtszüge waren zart und fein, was unter Cravens hartgesottener, brutaler Bande von Verbrechern zu Problemen hätte führen können, hätten seine grünen Augen nicht vor eiskalter Brutalität gefunkelt.

Reece lag das Töten im Blut.

Außerdem konnte er Portale erschaffen, mit denen die anderen Auftragsmörder um die Welt reisten.

Den Blick starr auf den Troll gerichtet, der am Fuß der Treppe mit einem eigenartigen Ruck zum Stehen kam, stemmte sich Craven die Hände in die Hüften.

»Skragg«, fragte er mit zu Schlitzen verengten Augen. »Wo ist die Frau?«

Der Troll schüttelte den riesigen Kopf. »Sie nicht dort.«

»Das ist unmöglich«, fauchte Craven. »Der Zauber wurde ausgelöst.«

»Sie nicht dort«, wiederholte Skragg.

Trolle. Dämonen, die keine einzige Sprache fließend beherrschten.

Craven wandte sich an seinen Ersten Kommandanten, der trotz seiner langen Lederjacke in der kühlen Morgenluft zitterte. Sein Elfenblut bevorzugte wärmere Gefilde.

»Reece?«, knurrte er.

»Unser inkohärenter Freund hat recht«, sagte der Elfe mit frustriertem Gesichtsausdruck. »Die Fee war verschwunden, als wir ihr Haus erreicht hatten.«

Craven murmelte einen unterdrückten Fluch. Er hatte zwanzig Jahre gewartet, um die Fee in die Finger zu bekommen, und diese zwei Idioten hatten einfach auf dem Absatz kehrtgemacht, nur weil sie nicht an dem ersten Ort zu finden war, an dem sie gesucht hatten?

»Warum zum Teufel seid ihr ihrer Fährte nicht gefolgt?«, schnaubte er empört.

»Sie ist durch ein Portal verschwunden«, erwiderte Reece. »Es war unmöglich, sie zu verfolgen.«

Verdammt!

»Denkst du, sie wird zurückkommen?«

Der jüngere Mann zuckte mit den Schultern. »Das Haus scheint ihr momentaner Unterschlupf zu sein.«

»Dann wirst du dort Wache halten, bis sie zurückkehrt«, befahl er mit eisiger Stimme.

Es war eine Verschwendung von Reeces unzähligen Talenten, ihn für eine so hirnlose Observierung einzuteilen, insbesondere da sie nicht den kleinsten Anhaltspunkt hatten, wohin die Fee verschwunden war oder wann sie zurückkehren würde.

Aber unter gar keinen Umständen würde er sich die Chance auf einen Drachenschatz entgehen lassen.

Reece verzog unerwartet das Gesicht. »Das könnte sich als schwierig herausstellen.«

»Warum?«

»Sie lebt nicht allein.«

»Eine weitere Fee?«

»Nein, ein Gargoyle.«

Craven stutzte. Natürlich hatte er von Gargoyles gehört. Aber wie jeder andere Dämon mit einem funktionierenden Gehirn tat er alles in seiner Macht Stehende, um einen großen Bogen um sie zu machen.

»Was kann die Gilde für ein Interesse an der Fee haben?«

Reece hob die Hände. »Keine Ahnung. Außerdem hat es in dem Haus nach Drachen gestunken.«

»Verdammt!« Cravens Verärgerung verwandelte sich schlagartig in Angst. Das Schicksal wäre doch gewiss nicht so grausam, mit dem Schatz direkt vor seiner Nase herumzuwedeln und ihn dann in allerletzter Sekunde wieder wegzureißen? »Ist die Fee bei ihm?«

»Synge, nein«, grunzte der Troll. »Baine.«

»Baine?« Craven schüttelte frustriert den Kopf. »Was zum Teufel faselt der Kerl da nur?«

»Skragg behauptet, dass die Fee zuerst in Synges Besitz war und dass sein Sohn Baine sie nun habe«, erklärte Reece.

Craven blickte finster drein. Als würde das die Sache auch nur im Geringsten besser machen!

»Arbeiten die beiden zusammen?«

Skragg machte eine Handbewegung, als würde er sich die Kehle durchschneiden. »Nicht mögen.«

Craven schüttelte den Kopf. Es mochte Trollblut in seinen Adern fließen, aber er hatte den größten Teil seines Lebens darauf verbracht, diese Bastarde zu töten und nicht mit ihnen zu kommunizieren.

Es war erneut Reece, der für ihn übersetzte.

»Skragg ist überzeugt, dass sich Vater und Sohn nicht sonderlich nahestehen«, sagte der Elfe.

»Er will die Kleine also benutzen, um seinen Vater zu betrügen?«

Reece zuckte mit den Schultern. »Oder um sie gegen einen Teil seines Schatzes zu tauschen.«

Unvermittelt knallte Cravens Faust auf das massive Holzgeländer, ohne dass er den Staub zu bemerken schien, der von der teilweise zerstörten Balkendecke herabrieselte.

»Wir müssen sie finden«, knurrte er.

Reece stieß ein bellendes Lachen aus. »Könnte ich ein Portal in eine Drachenhöhle öffnen, bräuchten wir die Fee nicht.«

»Dann müssen wir einen Weg finden, um den Drachen aus seiner Höhle zu locken«, verkündete Craven. In seiner Stimme schwang die Warnung mit, dass er diesmal kein Versagen dulden würde. »Ich will diese Fee, und nichts wird mich aufhalten.«

6

Baine trug die inzwischen tief schlafende Tayla in ein Zimmer im hinteren Teil des Cottages und legte sie vorsichtig in die Mitte des großen Bettes. Dann, nachdem er die weiche Steppdecke auf ihrem schmalen Körper ausgebreitet hatte, stand er reglos da und betrachtete ihre fein geschnittenen Gesichtszüge.

Es gab keinen Grund, noch länger zu verweilen.

Sie war an einem geheimen Ort, wo sie sicher war. Und es würde mehrere Stunden dauern, bevor sie erwachen würde und ihm die Lust bereiten konnte, auf die er so lange gewartet hatte.

Es war also eine offensichtlich irrationale Zeitverschwendung, dabei zuzusehen, wie sich ihre seidenweichen goldenen Haare über das Kissen ergossen. Und sich ihre sinnlichen Lippen teilten, wenn sie im Traum ein leises Seufzen ausstieß.

Doch obwohl er seinen Füßen befahl, ihn aus dem Cottage zu bringen, konnte er den Blick nicht von ihr lösen, als sie so verführerisch in seinem Bett lag. Wie viele Nächte hatte er von genau diesem Moment geträumt?

Mehr als er es sich eingestehen wollte.

Eine Woge der Genugtuung peitschte durch ihn hindurch.

Sie war genau dort, wo sie hingehörte.

Endlich.

Er blieb noch mehrere Minuten festgefroren neben dem Bett stehen, bevor er sich schließlich überwinden konnte, aus dem Cottage zu stürmen und ein Portal in seine Drachenhöhle zu öffnen. Als er dort am Eingang stand, rief er Char zu sich.

Keine fünf Minuten später trat der jüngere Mann aus dem Portal und sah sich mit hochgezogenen Augenbrauen um.

»Das ist …« Seine Lippen zuckten, als er das kleine Cottage und den weiß getünchten Lattenzaun erblickte. »Malerisch.«

Baine überging den Sarkasmus seines Dieners. Wenn Tayla das Landhaus gefiel, war das alles, was zählte.

»Ich möchte, dass du hier Wache hältst.«

Chars Aufmerksamkeit kehrte wieder zu Baine zurück. »Glaubst du, die Fee will wieder fliehen?«

Baine zögerte, bevor er entschieden den Kopf schüttelte. Im Gegensatz zu seiner eigenen Drachenhöhle war dieser Zwischenraum zwischen den Dimensionen nicht mit magischen Schutzzaubern belegt, um Portale zu verhindern. Doch obwohl Tayla die Magie besaß, jederzeit verschwinden zu können, vertraute er darauf, dass sie keinen Fluchtversuch wagen würde.

Im Unterschied zu ihrem rückgratlosen Vater besaß Tayla nämlich Ehrgefühl.

Sie würde nicht fliehen, bis Baine ihre Schuld als beglichen erachten würde.

Etwas, das zu tun er die nächsten Jahrhunderte nicht die Absicht hatte.

Vielleicht sogar niemals …

»Nein, sie wird nicht fliehen«, sagte er. »Aber ich werde nicht zulassen, dass sie ungeschützt zurückbleibt.«

Instinktiv ließ Char den Blick über die leeren Wiesen schweifen. »Schwebt sie in Gefahr?«

»Sie wird gejagt, und ich will wissen, warum.«

Die grauen Augen des Halbblutdrachen verengten sich. Char besaß einen messerscharfen Verstand, was einer der vielen Gründe war, dass er Baines engster Vertrauter war.

»Hat das irgendetwas mit dem Besuch deines Vaters zu tun?«

»Er wollte, dass ich ihm Tayla verkaufe«, gestand Baine, in dessen Magengegend kochende Wut brodelte. Allein die Worte laut auszusprechen ließ den Wunsch in ihm wachsen, Flammen zu spucken und alles zu zerstören, was eine Bedrohung für seinen Schatz darstellte. Mit einem Mal verstand er die Angewohnheit seiner Urahnen, schreckliche Verwüstung anzurichten. »Im Grunde hat er mich gewarnt, dass er über Leichen gehen würde, um Tayla in die Finger zu bekommen.«

Char runzelte die Stirn. »Hat er einen Grund genannt?«

»Nein.« Baine stemmte die Fäuste in die Hüften, und winzige Rauchfahnen kringelten sich um ihn, während er sich bemühte, seinen lodernden Zorn im Zaum zu halten. »Aber vermutlich will er sie aus demselben Grund, aus dem die Trolle sie wollen.«

»Trolle?« Char stieß ein ersticktes Husten aus. »Soll das ein Witz sein?«

Baine hob eine Augenbraue. »Mache ich jemals Witze?«

»Äh …« Char räusperte sich. »Nein.«

»Pass gut auf sie auf!«

Sobald Baine die Worte ausgesprochen hatte, drehte er sich zu dem Portal um, nur um erneut innezuhalten, als ihm Char warnend eine Hand auf die Schulter legte.

»Warte, Baine!«, befahl er. »Du willst jetzt nicht allein deinem Vater gegenübertreten, oder?«

»Noch nicht.« Feuer tanzte mit einer solch sengenden Hitze über Baines Haut, dass Char hastig zurückwich. »Zuerst muss ich einen Verräter entlarven.«

Nachdem Baine mit grimmiger Entschlossenheit das Portal durchschritten hatte, betrat er seine Drachenhöhle und eilte geradewegs zum Thronsaal. Auf dem Weg sandte er mental einen Befehl an seine gesamte Dienerschaft aus, sich sogleich vor ihm zu versammeln.

Er war kein grausamer Herr. Im Gegensatz zu den meisten Drachen führte er seine Angestellten mit strenger, aber gleichzeitig immer gerechter Hand. Denn er war überzeugt, dass seine Dienerschaft ihm mehr Ergebenheit und Loyalität entgegenbrächte, wenn er sie mit Respekt behandelte, als wenn er versuchen würde, sie mit Angst einzuschüchtern.

Nun kochte er vor Wut bei dem Gedanken, dass er hintergangen worden war.

Während sich Baine auf seinem Thron niederließ, betrachtete er schweigend seine Dienerschar, die im Gänsemarsch den langen Saal betrat. Unter ihnen befanden sich Halbblutdrachen und Werwölfe, die seine persönliche Leibgarde bildeten. Dann gab es die flatterhaften Elfen, die seinen Haushalt führten, und ein Dutzend Vampire, um Dämonen aufzuspüren, die ihm für erbrachte Dienste Geld schuldeten.

Blutsauger waren die besten Schuldeneintreiber.

Er wartete, bis sie alle mit gesenkten Köpfen vor ihm auf die Knie gingen, bevor er das Wort an sie richtete.

»Einer unter euch hat mich verraten.«

Entsetzen vibrierte wie ein kleines Erdbeben durch den Saal.

Baine erfüllte die Luft mit der niederdrückenden Schwere seiner Macht und hörte nicht auf, bis er das verzweifelte Wimmern der Elfen hörte.

»Gestehe, und du wirst einen schnellen Tod finden.« Baine machte eine kunstvolle Pause und beobachtete eindringlich die verschiedenen Dämonen, die vor ihm knieten. »Sollte ich kostbare Zeit darauf verschwenden müssen, die Wahrheit herauszufinden, werde ich dich so langsam zermalmen, dass du winselnd um deinen Tod betteln wirst.«

Es folgte ein langes, angsterstícktes Schweigen, bevor sich einer seiner Soldaten mit grimmiger Miene erhob.

Baine überkam blankes Entsetzen, als er erkannte, dass es Fist war, eine seiner Lieblingswachen. Verdammt. Es war schlimm genug, hintergangen worden zu sein, ohne dass es sich bei dem Verräter auch noch um jemanden handeln musste, den er tatsächlich schätzte.

»M… Mylord …«

»Schweig!«, knurrte Baine und brachte Fists stockende Worte zum Schweigen, während er mit einer Hand den Rest der Diener wegscheuchte. »Raus mit euch!«

Baine wartete, bis die Menschenansammlung aus dem Saal gehastet war, bevor er die Tür mit seiner machtvollen Magie versperrte und sich wieder Fist zuwandte.

»Jetzt darfst du reden.«

Mit zitterndem Körper senkte der Halbblutdrache den völlig kahl geschorenen Kopf.

»Ich bitte Euch um ein rasches Ende«, keuchte er.

»Sieh mich an!« Baine versuchte nicht einmal, das Feuer, das unablässig über seine Haut flackerte, oder die Rauchfäden, die sich um seine Füße kringelten, zurückzuhalten.

Fist taumelte, und sein Gesicht erblasste zu einem

aschfahlen Weiß, als er sich zwang, den Kopf zu heben und sich Baines stechendem Blick zu stellen.

»Mylord.«

»Nenn mir den Grund!«, fauchte Baine.

»Euer Vater hält meine Gefährtin gefangen.«

Die schlichten Worte bohrten sich mit unerwarteter Wucht in Baine.

Noch vor wenigen Tagen hätte er die Erklärung als eine bedeutungslose Entschuldigung abgetan. Wie könnte eine Gefährtin wichtiger als das Treuegelöbnis sein, das jemand seinem Herrn gegeben hatte?

Aber auf einmal stieg ein Bild in ihm auf, was er tun würde, hielte jemand Tayla als Geisel gefangen.

Die Antwort kam ohne jedes Zögern.

Er würde die Welt in Schutt und Asche legen.

Mehrere Welten.

Obwohl sie nicht einmal seine Gefährtin war … Natürlich nicht.

Rasch schüttelte er den Kopf und wischte diese verrückte Gedankenspielerei beiseite. Im Moment spielte nichts weiter eine Rolle als die Frage, warum zum Teufel sein Vater einen Spion in seine Drachenhöhle eingeschleust hatte.

»Wie lange schon?«

»Seit fünfundzwanzig Jahren.«

Baine sprang auf. Er hatte es *gewusst!*

Alles hatte letzten Endes mit Tayla zu tun.

»Erzähl mir genau, was mein Vater von dir will.«

»Er sagte, Ihr würdet nach einer Fee suchen«, erklärte Fist und zuckte erschrocken zusammen, als Baines Zorn durch die Luft peitschte und die Kronleuchter zum Zerspringen brachte. »Mir wurde aufgetragen, ihm Bescheid zu geben, sobald Ihr sie findet.«

Baine trat von dem Podest und blieb direkt vor Fist stehen.

»Warum?«

Fist hob unbewusst die Hand, um sich den Schweiß wegzuwischen, der ihm von der Augenbraue tropfte.

»Nun, er meinte, sie hätte Informationen, die er bräuchte.«

Baine zögerte und rief sich die Erinnerung an jene Nacht ins Gedächtnis, als Tayla seinem Vater als Pfand überbracht worden war.

Er hatte damals die Begierde seines Vaters für die wunderschöne Fee gespürt. Welcher Mann würde nicht mit ihr schlafen wollen? Doch der ältere Drache hatte kein weiteres Interesse an ihr gezeigt, als sie seinem großen Harem hinzuzufügen. Ganz im Gegenteil, er war überaus willig gewesen, sie Baine für einen unverschämt überteuerten Preis zu überlassen.

Wenn sie Informationen besaß, die er unbedingt brauchte, warum hatte er sie dann damals nicht in seinen Kerker geworfen, wo er ihr gewaltsam die Zunge hätte lösen können?

»Hat er gesagt, um welche Informationen es sich handelt?«, bohrte Baine weiter, auch wenn er nicht überrascht war, als der Soldat kleinlaut den Kopf schüttelte.

»Nein.«

Natürlich hatte sein Vater nichts preisgegeben. Synge mochte ein brutaler Schlächter sein, aber er war nicht dumm.

Dennoch spürte Baine, dass Fist etwas wusste. »Nein, aber …?«

Fist verzog das Gesicht. »Ich hatte das Gefühl, dass er besorgt ist.«

»Wegen der Fee?«

»Wegen der Information, die sie besitzt.«

Baine drehte sich weg und starrte gedankenverloren die Statuen an, die die Wände säumten. Ein habgieriger Synge war gefährlich.

Ein verängstigter Synge war tödlich.

»Verdammt«, murmelte er. Was zum Teufel war hier im Gange?

Selbstvergessen schritt er vom einen Ende des Saals zum anderen.

Welche Informationen könnte Tayla nur besitzen, die eine Bedrohung für Synge darstellten?

Hatte es etwas mit ihrem Vater zu tun? Oder hatte sie etwas gehört oder gesehen, während sie sich in Synges Drachenhöhle aufgehalten hatte?

In seine dunklen Gedanken versunken kostete es Baine einen Moment, bis er Fists leises Flehen hörte.

»Mylord.«

Baine drehte sich um und betrachtete seinen Diener mit einem ungeduldigen Stirnrunzeln. »Was?«

»Ich weiß, ich verdiene es nicht, dass Ihr Gnade vor Recht ergehen lasst, aber ich habe große Angst, was Euer Vater meiner Gefährtin antun könnte, sollte er herausfinden, dass ich meinen Verrat gestanden habe«, sagte Fist mit angsterstarrter Stimme. »Könntet Ihr meinen Tod bitte wie einen Unfall aussehen lassen?«

»Du wirst nicht sterben«, fauchte Baine. Der Kerl würde für seinen Verrat bezahlen, aber Baine war kein blindwütiger Narr. Er wusste, dass hasserfüllte Zerstörung nicht immer die beste Lösung war. Fist könnte sich in naher Zukunft noch als nützlich erweisen. »Zumindest nicht heute.«

Fist war klug genug, um zu erkennen, dass es einen Grund geben musste, weshalb er noch nicht zu einem winzigen Häufchen Asche verbrannt worden war.

»Was wollt Ihr von mir?«, fragte er hoffnungsvoll.

»Ich will, dass du meinen Vater kontaktierst.«

»Warum?«

Baine dachte einen langen Moment nach. Synge hatte nicht Tausende Jahre überlebt, weil er faul gewesen war. Es war ausgeschlossen, dass er einfach die Flinte ins Korn werfen würde, wenn er Tayla tatsächlich in die Finger bekommen wollte.

Genau in diesem Augenblick schmiedete der alte verschlagene Rohling wahrscheinlich ein Komplott, um sie heimlich zu stehlen.

Baine musste einen Weg finden, um den älteren Drachen abzulenken, bis er herausfand, welche Informationen Tayla besaß.

»Erzähl ihm, dass du zufällig mitbekommen hast, dass ich eine Auktion für die Fee plane, und zwar mit den Trollen«, befahl er schließlich.

Fists Augen wurden groß. »Trolle?«

»Ja.« Baine nickte und hastete sogleich zur Tür. Mit einem Mal wollte er nichts weiter, als wieder bei Tayla zu sein. Allein der Gedanke, dass ein anderer Mann sie ihm wegnehmen wollte … *Verdammt.* »Erzähl meinem Vater, dass ich mit den Verhandlungen anfangen werde, sobald ich mich an ihren süßen Reizen sattgesehen habe.«

Dieses Ablenkungsmanöver müsste ausreichen, zumindest so lange, bis Baine die Trolle aufgespürt hatte und wusste, weshalb sie sich derart für seinen Schatz interessierten.

»Und das ist alles?«

Baine überging die Verwirrung seines Dieners. »Fürs Erste.«

»Wie Ihr wollt.«

Baine zögerte an der Tür, dann warf er einen Blick über die Schulter.

»Fist.«

Der jüngere Mann erstarrte. »Ja?«

»Nachdem du meinen Vater unterrichtet hast, wirst du in den Kerker gesperrt, bis ich über dein weiteres Schicksal entschieden habe.«

Der Soldat verneigte sich tief. »Ja, Mylord.«

Nicht gewillt, noch mehr kostbare Zeit auf den Verräter zu verschwenden, verließ Baine den Thronsaal. Er würde eine seiner Wachen schicken, um den Werwolf in den Kerker werfen zu lassen.

Eine wichtigere Aufgabe erwartete ihn, die seine gesamte Aufmerksamkeit erforderte.

Je schneller sie erledigt war, desto schneller könnte er zu Tayla zurückkehren.

Levet wusste, dass die meisten Menschen ihn für ebenso flatterhaft und launisch wie eine Tauelfe hielten. Das störte ihn nicht. Wer wollte schon ein langweiliger, alter Dämon sein, der nichts als Verantwortung im Kopf hatte?

Das Leben sollte Spaß bieten.

Doch es gab Momente, in denen er so beharrlich wie ein reinblütiger Werwolf auf der Jagd sein konnte.

Was der Grund war, weshalb er die vergangenen vier Nächte darauf verwandt hatte, jeden heruntergekommenen Schutzraum abzuklappern, in dem sich Dämonen verstecken konnten, die von der Bildfläche verschwinden wollten.

An diesem Abend befand er sich in einer dunklen, erbärmlich feuchten Straße in London. Das betreffende

Etablissement wurde größtenteils von Vampiren besucht, doch allmählich gingen ihm die Ideen aus, wo er noch suchen könnte. Und noch schlimmer, der Waldelf, den er angeheuert hatte, damit er ihm die Portale für seine Reisen erschuf, betrank sich zunehmend hemmungslos mit dem Nektar, den Levet ihm als Gegenleistung für seine Dienste versprochen hatte. Wenn der Idiot in Ohnmacht fallen sollte, bräuchte Levet selbst einen Unterschlupf, wo er den Tag in sicherer Dunkelheit verbringen konnte.

Glücklicherweise war er mit dem aktuellen Vampirclanchef von London befreundet. Er war sich sicher, dass Victor überglücklich wäre, ihn als seinen Gast begrüßen zu dürfen.

Okay, vielleicht nicht überglücklich, gestand sich Levet widerwillig ein. Aber Victors wunderschöne Gefährtin Juliet würde darauf bestehen, dass er ihn in sein Geheimversteck ließe.

Nachdem Levet den betrunkenen Elf unter einer Straßenlaterne abgesetzt hatte, eilte er die Treppe hinab, die zu den Kellergewölben unter dem ruhigen Pub führte. Entschlossen betrat er den großen Raum mit den Massivholzdielen und der niedrigen Balkendecke und blickte zu den düsteren Nischen, die die Wände säumten.

Levet bemerkte die bedauernswerten Menschen kaum, die halb versteckt in den Schatten kauerten, die Augen glasig vor Drogen, ihre dünnen Körper entblößt, um jeden Zentimeter heiler Haut zu zeigen, der ihnen noch geblieben war. Wenn sie ein Mitternachtssnack für Vampire sein wollten, dann war das ihre Sache.

Er watschelte zum hinteren Teil des Raums, wo ein Elf die lange Bar mit einem Geschirrtuch wischte. Als Levet an der Theke ankam, hüpfte er flügelschlagend hoch und nahm auf einem der leeren Barhocker Platz.

Hochnäsig blickte der Elf in Levets Richtung und verzog das hübsche Gesicht zu einem vorhersehbar spöttischen Lächeln. Mit seinen langen goldenen Haaren, die er sich aus dem schmalen Gesicht gestrichen hatte, und seinem schlanken, in hautenges Leder gehüllten Körper war er so wunderschön wie die meisten Elfen, doch in seinen grünen Augen blitzte ein hässliches Funkeln.

»Was willst du?«

Levet beugte sich vor, seine Stimme ein leises Flüstern. »Ich suche nach einem bestimmten Feenwesen.«

»Ich habe hier keine Fee, aber eine Elfe, die dich in den siebten Himmel bringt.« Der Mann nickte in Richtung einer schmalen Tür, die sich kaum von der Wandvertäfelung abhob. »Zweihundert Dollar plus Trinkgeld.«

Levet bebte vor Verärgerung. »Mache ich auf dich etwa den Eindruck, dass ich meine Frauen kaufen müsste?«

»Verdammt, und ob!« Die grünen Augen huschten

mit unverhohlener Abscheu über ihn hinweg, als plötzlich Habgier in seinem smaragdenen Blick aufblitzte. »Im Grunde müsste ich dir das Doppelte abknöpfen.«

Der Elf war offensichtlich verrückt, entschied Levet. Das war die einzige Erklärung für sein Unvermögen, zu erkennen, dass er eine Frauenschwarte war. Oder war das Wort »Frauenschwarm«?

Was auch immer.

»*Mon dieu*«, murmelte Levet, gezwungen, auf das Offensichtliche hinzuweisen. »Ich bin der weltberühmte Levet. Die Frauen lieben mich.«

»Ja, klar«, spottete der Elf. »Sunny wird dich für vierhundert Dollar plus Trinkgeld lieben.«

Levet stieß ein genervtes Seufzen aus. Sich mit diesem Idioten zu streiten war zweifellos reine Zeitverschwendung.

»Ich suche ein männliches Feenwesen.«

»Ah, warum hast du das nicht gleich gesagt?«, knurrte der Barkeeper mit einem Achselzucken. »Damit kann ich auch dienen.«

»Pah!« Genug war genug. Mit einem raschen Flügelschlagen hüpfte Levet vom Barhocker und bahnte sich einen Weg zu dem Bogenportal, das zu den Hinterzimmern führte.

»Hey!« Der Elf hängte sich an seine Fersen. »Was zum Teufel tust du da?«

»Ich muss dein prächtiges Etablissement durchsuchen«, erklärte Levet.

»Das darfst du nicht!« Mit schnellen Schritten stellte sich der Elf Levet in den Weg, wo er im nächsten Moment einen schrillen Schrei ausstieß, als der Gargoyle eine rasche Handbewegung machte und die Haare des Dummkopfs in Brand setzte. »Ach, du heilige Scheiße!«, jammerte der Elf und stürzte zum Spülbecken hinter der Bar, wo er seine qualmende Lockenpracht ins Wasser tauchte.

»Möchtest du eine weitere Kostprobe meiner überirdischen Kraft sehen?«, fragte Levet, als sich der Elf schließlich wieder aufrichtete, um ihn böse anzufunkeln.

Der Barkeeper erblasste, als Levet erneut die Hand hob und Funken über seine Klauen tänzelten.

»Nein.«

»Eine weise Entscheidung.«

Nachdem Levet mit hocherhobenem Kopf aus der Tür getreten war, wartete er kurz ab und watschelte dann so schnell wie möglich durch den schmalen Korridor. Der Elf würde sich nicht lang einschüchtern lassen. Wahrscheinlich holte er bereits Verstärkung.

Levet marschierte an den Boxringen vorbei, die im Moment leer waren, dann an den offenen Kämmerchen für all jene Dämonen, die keine Privatsphäre bei ihrem Liebesspiel brauchten, bevor er systematisch sämtliche Türen aufriss, in der Hoffnung, zufällig auf Taylas Vater zu stoßen.

Hey, es ist nicht völlig aussichtslos.

Als er das Ende des Korridors erreicht hatte, drückte er schließlich die letzte Zimmertür auf. Sogleich erblickte er eine hübsche Elfe mit einem Heiligenschein aus goldenen Locken und großen kobaltblauen Augen, die ihn voll ängstlichem Argwohn betrachteten. Sie versuchte rasch, ihre Furcht hinter einem aufgesetzten Lächeln zu verbergen.

»Hallo.«

»Oh. *Pardon.*« Levet vollführte eine kleine Verbeugung und vergewisserte sich, dass sich sein Schwanz um seine Füße kringelte. Ihr sollte keinesfalls entgehen, wie schön dieser im düsteren Kerzenlicht schimmerte. »Ich wollte dich nicht stören.«

»Ist schon in Ordnung.« Ihre schlanken Hände flatterten an ihrem hauchdünnen Kleid hinab, durch das ihr nackter Körper hindurchschimmerte. »Bist du mein nächster Kunde?«

»*Non!*« Levet schloss die Tür hinter sich und trat einen Schritt vor. Er hatte sein Ziel nicht vergessen, Odel ausfindig zu machen, aber sein inbrünstiger Wunsch, die Rolle des Ritters in schimmernder Rüstung zu spielen, war zu verlockend. »Du bist eine …«

»Hure?« Sie sprach das Wort, das Levet zu umgehen versucht hatte, unverblümt aus. »Ja.«

Levet machte einen weiteren Schritt auf sie zu, während er den Blick durch das karge Zimmer schweifen ließ, in dem nichts weiter als ein Bett und ein schmaler Schrank standen. Es gab keine Bilder, keine Blumen, keine Spur des üblichen weiblichen Schnickschnacks, der normalerweise einen Raum in ein Zuhause verwandelte. »Vergib mir, *ma belle*, aber wirst du hier etwa gegen deinen Willen festgehalten?«

»Ich …« Ihre blauen Augen huschten zur Zimmerecke, wo ein winziges rotes Licht blinkte. Eine versteckte Kamera in der Wandvertäfelung. Was für ein … Klischee! »Nein, natürlich nicht«, fuhr die Elfe fort.

Levet widerstand dem Drang, die Augen zu verdrehen. Stattdessen wandte er sich zur Seite, damit er die Flügel weit genug ausbreiten konnte, um ihren Zuschauern die Sicht zu nehmen.

»Gibt es mehr als eine Kamera?«

Sie schüttelte kaum merklich den Kopf. »Nein.«

»Können sie hören, was wir reden?«

»Ich glaube nicht.«

»*Bon.*« Die Flügel weiterhin ausgebreitet ergriff Levet behutsam die Hand der Elfe. »Wie heißt du?«

»Sunny.«

»Sunny.« Er drückte sanft ihre Hand. »Wo ist deine Familie?«

Sie biss sich auf die Unterlippe. »Sie kamen zu diesem Unterschlupf, um sich vor einem Vampir zu verstecken, der meinen jüngeren Bruder gejagt hat, weil dieser seine Gefährtin verführt hatte.«

Levet verzog das Gesicht. Diese Geschichte kam ihm nur allzu bekannt vor. Männliche Elfen hatten die Angewohnheit, jede Frau in ihr Bett ziehen zu wollen, die ihnen über den Weg lief. Unabhängig davon, ob diese einen besitzergreifenden Gefährten hatte oder nicht.

»Du hast dich verkauft, um die Rechnung zu bezahlen?«

»Ja.«

»Willst du fliehen?«

Sie sog erschrocken die Luft ein. »Das ist unmöglich.«

»Für mich ist nichts unmöglich«, versicherte er dem zarten Wesen. Es war offensichtlich, dass die arme Elfe traumatisiert war. Doch wer könnte ihr das verübeln? Zweifellos hatte ihre Familie sie schmählich im Stich gelassen, nachdem die Gefahr vorüber gewesen war, und sie hatte es für ihre Pflicht erachtet, ihren Körper in diesem heruntergekommenen Etablissement zu verkaufen. »Ich bin ein zertifizierter Ritter in schimmernder Rüstung.«

»Ich …« Die Elfe blinzelte und blinzelte wieder. »Ich verstehe nicht.«

»Noch nicht. Aber das wirst du bald«, versicherte ihr Levet, während er ihr einen sanften Kuss auf die eiskalten Fingerspitzen drückte. »Zuerst brauche ich jedoch deine Hilfe.«

Unvermittelt stieß die Elfe ein resigniertes Seufzen aus. »Natürlich. Was willst du?«

»Nicht das, was du denkst«, tadelte er sie mit einem Schnalzen der Zunge. Nachdem er ihre Finger losgelassen und eine wegwerfende Handbewegung gemacht hatte, holte er das Foto von Odel heraus, das er in Taylas Fotoalbum gefunden hatte. »Hast du dieses Feenwesen gesehen?«

»Oh.« Eine leichte Röte kroch der Frau in die Wangen, als sie sich vorbeugte, um das unscharfe Gesicht zu mustern, das vor ihr schwebte. Dann machte sie auf einmal ein überraschtes Geräusch. »Tatsächlich, ich kenne ihn.«

Levets Schwanz zuckte um seine Füße. *Endlich!*

»Er war hier?«

»Ja.« Die Elfe nickte bestimmt. »Ich habe ihn gestern Abend im Pub gesehen.«

»Wo sind diese Grüfte?«, fragte er und bezog sich auf die Räumlichkeiten, die Dämonen mieteten, wenn sie untertauchen wollten.

»Und wenn sie herausfinden, dass ich dir geholfen habe …«

»Niemand wird davon erfahren«, unterbrach er sie. Es bedurfte wirklich nicht viel, damit diese Elfe in Panik geriet.

Nicht, dass es ihm unter normalen Umständen etwas ausgemacht hätte. Eine hysterische Elfe wäre nicht abgeneigt, getröstet zu werden. Und er besaß eine Vielzahl hübscher Techniken, um wunderschöne Elfen zu beruhigen. Doch im Moment war es wichtiger, Odel aufzuspüren. Immerhin war es der einzige Weg, um Tayla vor dem Drachen zu retten.

»Da kannst du dir nicht sicher sein«, hauchte sie.

»Ich verspreche es dir.«

»Wie?«

Er machte eine unbestimmte Handbewegung. »Ich schwöre, egal, was geschehen wird, ich werde zurückkommen, um dich zu befreien.«

Hoffnung blitzte kurz in den unglaublich blauen Augen auf, bevor Sunny einen ängstlichen Blick in Richtung der Kamera warf.

»Das ist unmöglich«, flüsterte sie.

»Was habe ich dir über dieses Wort gesagt, *ma belle*?«, tadelte er sie im lockeren Plauderton. Dann ließ er das Bild von Odel rasch in seiner Tasche verschwinden und straffte die Schultern. »Erklär mir, wie ich zu den Grüften gelange.«

Nach einem kurzen Zögern beugte sich Sunny vor und flüsterte ihm leise ins Ohr.

»Nimm die Hintertreppe ins Untergeschoss«, sagte sie. »In der letzten Zelle gibt es eine Tür, die hinter der optischen Täuschung einer Backsteinmauer versteckt ist.«

»Ah.« Levet tätschelte ihr liebevoll die Wange. »Illusionen sind mein Spezialgebiet.« Mit diesen Worten drehte er sich um und watschelte zur Tür, wo er kurz innehielt und ihr ein beruhigendes Lächeln zuwarf. »Ich komme bald zurück.«

Sie verdrehte die Augen. »Natürlich.«

»Ich mache keine hohlen Versprechungen«, schwor er und verschwand aus dem Zimmer, bevor diese großen blauen Augen ihn dazu verleiten könnten, den Grund zu vergessen, weshalb er überhaupt in diesem grässlichen Pub war.

Zuerst musste er Odel finden.

Dann würde er zu Sunny zurückkehren.

Und dann … nun ja, vielleicht würde er ausnahmsweise für sich selbst Amor spielen und Sunny die Galanterie eines Märchenprinzen alias Levet zuteilwerden lassen.

Tayla war sich nicht sicher, wie lange sie geschlafen hatte.

Es fühlte sich so an, als seien es viele Stunden gewesen, aber zwischen den Dimensionen verging die Zeit in einem eigenen Rhythmus. Wenige Minuten oder mehrere Wochen hätten verstrichen sein können, seitdem sie das Cottage betreten hatte. Und da Tag und Nacht offensichtlich von Baine kontrolliert wurden, konnte die fahle Dämmerung, die am Horizont aufzog, kaum als Beweis gelten, dass es wirklich früher Morgen war.

Dennoch fühlte sie sich zum ersten Mal seit vielen Jahren vollkommen ausgeruht. Was alles war, was zählte.

Voller Elan sprang sie aus dem Bett, strich sich die zerzauste Mähne aus dem Gesicht und folgte der wild hämmernden, männlichen Macht, die in der Luft surrte.

»Hallo?«, rief Tayla, während sie durch das gemütliche Wohnzimmer spazierte, das mit hübschen Polstermöbeln und winzigen Abstelltischchen vollgestellt war, auf denen sich unzählige Porzellanfiguren drängten.

Sie hielt kurz inne und bewunderte alles, konnte sie sich doch nur allzu gut vorstellen, wie sie dort vor dem Kamin saß, an einer Tasse Tee nippend und … Energisch schüttelte sie den Kopf. War sie verrückt geworden? Tee in einer Drachenhöhle trinken?

Offensichtlich litt sie an einer Art Stockholm-Syndrom.

Also zwang Tayla ihre Füße, sie aus der Haustür zu tragen, wo sie mit einem leichten Stirnrunzeln den Blick über den scheinbar leeren Garten schweifen ließ.

»Baine?«

Es folgte ein Rascheln von Blättern, bevor unvermittelt eine schlanke Gestalt hinter dem nächsten Baum hervortrat und sich Tayla direkt in den Weg stellte.

»Er ist nicht hier.«

Tayla hielt erschrocken den Atem an, während ein schneller Blick von ihr die kurzen silbernen Haare und sturmgrauen Augen des Fremden registrierte. Der Mann war wunderschön, aber sie ließ sich weder von dem jungenhaften Lächeln noch den sportlichen Kakihosen oder dem schlichten grauen Kaschmirpullover täuschen.

Sicher verfügte er nicht über dieselbe Macht wie Baine, aber er war trotzdem ein tödliches Raubtier, das sie zermalmen könnte, bevor auch nur der Gedanke an Flucht in ihr aufkäme.

»Wer bist du?«, fragte sie und wich vorsichtig einen Schritt zurück.

Er verschränkte die Arme vor der Brust und beäugte sie mit unverhohlener Neugier.

»Char.« Er verneigte sich übertrieben höflich. »Baines ergebenster Diener.«

Eine köstliche Hitze legte sich um sie und strich wie eine zarte Umarmung prickelnd über ihre Haut. *Wow*. Hätte Baine sie nicht bereits mit seiner Magie bezirzt, hätte sie wohl jetzt vor brennendem Verlangen weiche Knie bekommen.

»Du bist auch ein Drache?«, fragte sie.

»Zur Hälfte.«

Ah. Das erklärte, warum seine Macht weniger stark ausgeprägt war.

Es erklärte jedoch nicht, weshalb er an dem geheimen Ort war, den Baine erschaffen hatte.

»Warum bist du hier?«

»Mir wurde aufgetragen, dich zu beschützen.«

»Mich zu beschützen?« Tayla runzelte die Stirn. Das klang nicht gut. »Wovor?«

Char zuckte mit den Schultern. »In dieser Hinsicht hat sich Baine recht vage ausgedrückt. Er erwähnte etwas in Bezug auf Trolle.«

Könnten die Trolle sie etwa hierherverfolgen? Der Gedanke schien unwahrscheinlich. Gab es noch einen anderen Grund, weshalb er um ihre Sicherheit fürchtete?

Oder nahm er an, sie könnte wieder einen Fluchtversuch wagen?

Natürlich. Das musste es sein.

Der Gedanke enttäuschte sie.

»Wo ist Baine?«, fragte sie und erstarrte, als Char sie langsam umrundete, während seine Hitze weiterhin über ihre Haut tänzelte.

Betrachtete er etwa ihren Hintern? Oder überlegte er, ob er sie zum Mittagessen verspeisen wollte?

Keine der beiden Möglichkeiten war beruhigend.

Nachdem er seine Runde beendet hatte, blieb der Halbblutdrache vor ihr stehen und begegnete ihrem wachsamen Blick mit einem geheimnisvollen Lächeln.

»Er muss sich um eine persönliche Angelegenheit kümmern.«

Eine persönliche Angelegenheit? Was sollte das bedeuten?

Tayla verengte die Augen zu Schlitzen, während sich das unerfreuliche Bild von Baine in ihr Gehirn brannte, wie er in seinem Harem stand, mit einer Schar wunderschöner Frauen zu seinen Füßen.

Nicht, dass sie auch nur eine Spur von anderen Frauen bemerkt hätte, als sie in seinem Harem gewesen war. Oder es sie auch nur im Geringsten etwas anginge. Aber dennoch …

Es war allgemein bekannt, dass Drachen eine unersättliche Libido hatten.

»Etwas Persönliches?«

Chars Augenbraue schoss in die Höhe, als er den Anflug von Eifersucht bemerkte, zu der sie kein Recht hatte.

»Nicht so persönlich«, versicherte er ihr. »Er hat herausgefunden, dass es unter seinen Dienern einen Verräter gibt.«

»Oh.« Sie biss sich auf die Unterlippe. Baine stellte einen Verräter? Ganz allein? »Er ist nicht in Gefahr, oder?«

Char musterte ihren bangen Gesichtsausdruck. »Bist du besorgt?«

»Ich …« Tayla schlang sich die Arme um die Hüfte und versuchte zu spät, die Woge der Angst zu verbergen.

Es war schlimm genug, sich selbst eingestehen zu müssen, dass sie von dem arroganten Baine fasziniert war. Sie wollte es nicht noch in die ganze Welt hinausposaunen.

»Nur wenn er mich weiterhin hier gefangen halten sollte«, murmelte sie.

Char riss den Kopf zurück und stieß ein amüsiertes Lachen aus. »Ich dachte schon, er hätte den Verstand verloren. Allmählich verstehe ich seine Faszination.«

Seine grauen Augen verdunkelten sich, als sein Blick an Taylas Körper hinabglitt und genüsslich jede Kurve unter ihrem viel zu kurzen Nachthemd in sich aufnahm.

Tayla seufzte resigniert. War es eine unumstößliche Drachenregel, dass sie mit jeder Frau flirteten, die ihnen über den Weg lief?

»Nein, mit deiner ersten Annahme lagst du richtig«, entgegnete sie trocken. »Er hat den Verstand verloren.«

Sein Lächeln wurde noch breiter, und seine Nasenlöcher weiteten sich wieder, als würde er ihren Geruch in sich aufsaugen.

»Etwas an dir ist anders.«

Tayla machte einen Schritt zurück. »Nein, ich bin eine gewöhnliche Fee.« Sie zuckte mit den Schultern. »Außer du meinst meine Backkünste. Ich muss gestehen, meine Scones sind außergewöhnlich. Du solltest mein Teehaus besuchen und sie probieren.«

»Hmm.« Sein Blick verharrte auf ihren Lippen. »Ich frage mich, wie du wohl schmeckst.«

Schmeckst? Seine Worte verhießen nichts Gutes. Tayla schluckte einen Kloß hinunter, der sie zu ersticken drohte.

»Es ist nicht sonderlich nett, seine Gäste zu essen.«

Er trat auf sie zu. »Nicht mal einen kleinen Bissen?«

»Nein!«

»Ich kann dir versprechen, es würde dir gefallen.«

Wahrscheinlich wäre dem wirklich so gewesen. Hätte sie nicht zuvor Baine getroffen.

Aber so …

Fast, als hätte allein der Gedanke an ihn den Mann herbeigerufen, folgte eine ohrenbetäubende Explosion seiner Macht, die die Erde zum Erzittern brachte.

»Noch einen Schritt, Char, und ich muss dich häuten und zu einem Sofa verarbeiten«, versprach eine tiefe männliche Stimme.

Sie drehten sich beide um und erblickten Baine, der in der Haustür des Cottages stand.

Obwohl in Baines Augen ein bernsteinfarbenes Feuer loderte und seine Tätowierungen in schwindelerregender Geschwindigkeit über seine Haut glitten, sah Char mit überraschend gleichmütiger Miene zu Tayla.

»Es gibt keinen Grund, so selbstsüchtig zu sein«, protestierte der Halbblutdrache. »Sie ist ein köstliches Geschöpf und wirklich zu schade, um sie nicht zu teilen.«

Baine schritt geradewegs auf seinen Diener zu, und die Luft surrte vor Hitze, die Tayla versengt hätte, wäre sie ein Mensch.

»Seit wann hast du diese Todessehnsucht?«

Char bot ihm die Stirn. »Etwa seit der Zeit, als du eine Obsession für Feen entwickelt hast.«

Blitzschnell schoss Baines Arm vor und legte sich um Chars Kehle. In einer Demonstration seiner unermesslichen Kraft hob er den Halbblutdrachen hoch und ließ ihn schließlich ein Stück über dem Boden zappeln.

»Sie gehört mir«, sagte er mit weicher Stimme.

Chars Gesicht wurde immer röter, als sich Baines Finger in seinen Hals bohrten, doch der Halbblutdrache schien sich über die gewalttätige Reaktion seines Herrn sogar zu freuen.

War er verrückt?

»Verstanden.«

»Sag es«, beharrte Baine.

»Sie gehört dir, Mylord.«

»Unsinn«, murmelte Tayla jäh.

Die beiden Männer tauschten verwirrte Blicke aus, fast als wären sie überrascht, dass sie immer noch da war. Dann legte sich ein untrügliches Zeichen von Belustigung auf Baines Lippen.

»Unsinn?«, fragte er und stellte seinen Diener wieder auf den Boden.

»Ich mag momentan gezwungen sein, für die Schulden meines Vaters geradezustehen, aber ich gehöre niemandem«, erklärte sie.

»Sie braucht wohl noch etwas Anleitung«, verkündete Char, während er sich leicht über die Verbrennungen an seinem Hals strich, die in Windeseile heilten.

»In der Tat«, stimmte Baine ihm zu. »Aber ich denke, ich bin der Sache gewachsen.«

Taylas Augen verengten sich, und ein warnender Finger schoss in Richtung des nervenden Drachen.

»Dein Freund ist nicht der Einzige mit Todessehnsucht«, warnte sie ihn.

Char lachte. »Ist sie nach dem Aufstehen immer so griesgrämig?«

Hitze umfing Tayla, als Baine auf sie zukam, und

ein kaum gezügelter Hunger ließ seine wunderschönen Gesichtszüge versteinern.

»Ich schätze, das werde ich bald herausfinden.«

Fieberhafte Erregung peitschte durch sie hindurch, die ihr Herz heftig hämmern ließ und ihren Mund austrocknete.

Er war so exotisch. Und herrlich. Und berauschend männlich.

Wer könnte es ihrem Herzen verübeln, dass es allein bei dem Gedanken, in seinen Armen aufzuwachen, vor Aufregung wild pochte?

»Baine«, hauchte sie, und ihre Wangen verfärbten sich rosa.

Char stieß einen erstickten Laut aus, als er ihre Schamröte bemerkte. »Erstaunlich«, bemerkte er.

Baine pflichtete ihm entschlossen zu. »Ja.«

Tayla runzelte die Stirn. Was zum Teufel meinten die beiden nur? Es musste etwas sein, das nur Drachen verstanden.

»Hast du den Verräter ausfindig gemacht?«, fragte Char und lenkte das Gespräch zum Glück auf wichtigere Themen.

Baine presste die Zähne in grimmiger Wut aufeinander. »Fist.«

»Verdammt!« Char wirkte geschockt, dann blitzten seine Augen düster auf. »Ist er tot?«

»Noch nicht.«

Bei Chars Lächeln gefror Tayla das Blut in den

Adern. »Gut. Es wird mir ein Vergnügen sein, mich um den Verräter zu kümmern.«

Baine hob eine schlanke Hand. »Er ist im Kerker. Ich möchte, dass er fürs Erste am Leben bleibt.«

Chars Lippen verzogen sich vor Verwunderung zu einem schmalen Strich. »Das schafft einen schwierigen Präzedenzfall.«

Baine zuckte mit den Schultern. »Er könnte sich noch als nützlich herausstellen.«

Mit einem widerwilligen Nicken akzeptierte Char, dass sein Herr ihm kein grünes Licht gegeben hatte, um den Verräter zu vernichten.

»Na schön. Was kann ich dann für dich tun?«

»Ich will, dass du die Trolle ausfindig machst, die bei Tayla eingebrochen sind«, sagte Baine.

Taylas Augen weiteten sich überrascht. Warum interessierte er sich für die Trolle?

»Das ist ein Kinderspiel«, erwiderte Char achselzuckend. »Was soll ich mit ihnen anstellen?«

»Behalt sie fürs Erste gut im Auge.«

Char blickte zu Tayla, bevor er seine Aufmerksamkeit wieder auf Baine richtete.

»Und du?«

»Verschwinde jetzt, Char«, murmelte Baine, während er sich mit einem sonderbaren Glitzern in den bernsteinfarbenen Augen zu Tayla zurückdrehte.

Tayla nahm geistesabwesend wahr, dass Char kichernd eine wegwerfende Handbewegung machte und in einem Portal verschwand, doch es war unmöglich, sich auf etwas anderes als den großen Drachen zu konzentrieren, der sich an sie heranschlich. Insbesondere, als er sie in seine Arme riss und fest an sich presste.

Ihren leisen Protest ignorierend, trug er sie ins Cottage, während sich eine köstliche Hitze sanft um sie legte.

Dann senkte er den Kopf und flüsterte ihr mit heiserer Stimme ins Ohr: »Endlich sind wir allein, meine süße Tayla.«

7

Baine hatte sich in seinem Leben schon mit unzähligen Frauen vergnügt. Er mochte sich zwar von vielen seiner Artgenossen unterscheiden, die den unstillbaren Drang hatten, ihre Grundbedürfnisse mit endlosen Orgien zu befriedigen, aber er war ebenfalls ein sexuelles Tier, das die Vorzüge eines weiblichen Körpers zu schätzen wusste.

Allerdings konnte er sich nicht erinnern, vor Tayla jemals eine Frau getragen zu haben. Warum hätte er das auch tun sollen? Wenn eine Frau krank war, rief er nach einem Heiler.

Auf einmal dämmerte es ihm, dass es ihn innerlich erfüllte, gerade diese Frau in den Armen zu halten, während er das kleine Cottage betrat, ein Spiegelbild ihrer tiefsten Sehnsüchte.

Taylas feinherben Geruch tief in sich aufsaugend, spürte er, wie sie ein wenig zitterte.

Unvermittelt durchbrach sie die Stille: »Char hat berichtet, dass es einen Verräter gäbe.«

Baine runzelte die Stirn und betrachtete ihr gerötetes

Gesicht. In seiner Arroganz hatte er angenommen, das Zittern wäre ihrer Vorfreude geschuldet.

Hatte er sich etwa getäuscht?

Nachdem er Tayla behutsam in der Mitte des kleinen Wohnzimmers abgesetzt hatte, strich er ihr eine widerspenstige goldene Locke hinters Ohr.

»Hast du Angst vor mir?«, fragte er leise.

»Ich habe …« Sie zögerte, und ihre Augen schimmerten in einem Hauch von Jadegrün. »Ich weiß es nicht.«

Seine Finger fuhren an ihrem Kinn entlang und hinab zu ihrer Kehle.

»Willst du mich?«

Einer unbewussten Einladung gleich leckte sie sich die Lippen, während sie innerlich mit sich rang, ob sie die Wahrheit sagen sollte.

»Ja, aber ich will dich nicht wollen«, murmelte sie schließlich.

Baine machte ein finsteres Gesicht. Er lebte nun schon seit vielen Jahrhunderten. Frauen hatten stets um seine Gunst gebuhlt. Ihm missfiel der Gedanke, dass Tayla ihren beiderseitigen Hunger bedauerte.

»Weil ich ein Drache bin?«

Sie blinzelte rasch, als würde seine Frage sie völlig überrumpeln. »Was genau meinst du?«

»Hegst du Vorurteile gegen meine Art?«

Sie wirkte aufrichtig entsetzt. »Natürlich nicht!«

Etwas tief in seinem Inneren entspannte sich.

»Warum sträubst du dich dann, mich zu wollen?«

»Weil ich von meinem eigenen Vater wie ein Stück Vieh verkauft wurde.« Sie rümpfte die zierliche Nase. »Ich sollte eine Märtyrerin sein, kein williges Opfer.«

Eine Märtyrerin? Baine gelang es kaum, ein Schaudern zu unterdrücken.

»Das hier hat rein gar nichts mit deinem Vater zu tun.«

»Natürlich hat es das.« Sie warf ihm einen Blick zu, der ihm unverhohlen bedeutete, wie begriffsstutzig er war. »Hätte er mich nicht schamlos benutzt, um bei den Trollen seine Schulden zu begleichen, hättest du niemals von meiner Existenz erfahren.«

Baine stieß ein lautes Lachen aus. Wusste sie denn rein gar nichts über das Schicksal?

Die Vorsehung hätte in jedem Fall dafür gesorgt, dass er dieser herrlichen Frau irgendwann begegnet wäre.

Sie war der Sinn seines Lebens.

»Die Charakterschwäche deines Vaters hat unsere beiden Leben sich kreuzen lassen, aber das war nicht der Grund, weshalb ich dich fünfundzwanzig Jahre lang gesucht habe«, sagte er.

Ein Hauch von Verletzlichkeit ließ Taylas Gesichtszüge weicher werden, bevor sie entschlossen den Kopf schüttelte.

»Drachen sind berüchtigt, dass sie ihre Schätze mit allen Mitteln beschützen«, murmelte sie. »Du konntest nur den Gedanken nicht ertragen, dass ich geflohen bin.«

Seine Finger strichen sanft über die dünne Kette, die im Licht der aufgehenden Sonne schimmerte.

»Das stimmt.« Endlich waren sie einmal einer Meinung. Er würde sie immer beschützen. »Du gehörst mir.«

Ihre Augen wurden groß, ihr Puls hämmerte wild an ihrem Halsansatz. »Hör auf, das zu sagen!«

Baine spürte, wie Anspannung durch ihren schlanken Körper vibrierte. Er verstand nicht, warum sie sich derart gegen ihre eigene Lust sperrte. Oder die unbarmherzige Macht, die sie immer enger zusammenschweißte.

Doch er würde sie nicht bedrängen.

Nicht, weil es ihm am Herzen lag, dass sie eine gute Meinung von ihm hatte, ermahnte er sich sogleich. Immerhin war er ein Drache. Und Drachen scherten sich nicht um die Gefühle anderer.

Ihre Bemerkung, sie sei eine Märtyrerin, hatte bei ihm jedoch einen wunden Punkt getroffen. Er wollte keine Frau in seinem Bett, die es sich in den Kopf gesetzt hatte, ihr gegenseitiges Begehren als ein Übel zu erachten.

Er wollte, dass Tayla seinen Berührungen mit Wärme und unersättlichem Verlangen begegnete.

Was bedeutete, dass er sie überzeugen müsste, dass ihr Platz in seinem Harem nichts mit den Schulden ihres Vaters zu tun hatte. Und wie jedes erfahrene Raubtier hatte er bereits nach ihrer Schwachstelle gesucht und war fündig geworden.

Im Gegensatz zu seinen früheren Geliebten hatte

Tayla keinerlei Interesse an Gold oder Juwelen. Nicht einmal an Macht.

Nein. Ihr ganzes Leben lang war ihr die Liebe und Zuneigung verwehrt worden, die der Grundstein der meisten Feenfamilien war. Sie sehnte sich nach jemandem, der sich fürsorglich um sie kümmerte.

Allerdings hatte er kaum Erfahrung darin, eine Frau zu umsorgen. Nun ja, wenn er ehrlich war, hatte er gar keine.

Aber wie schwer konnte das schon sein?

»Ich habe etwas für dich«, sagte er und nahm ihre Hand, um Tayla in die Küche zu führen.

»Für mich?«

Argwöhnisch gestattete sie ihm, sie durch das sonnendurchflutete Zimmer zu dem Holztisch vor dem Fenster zu ziehen.

Dort drückte Baine sie mit sanfter Gewalt auf einen der Holzstühle, während er den Deckel des Bastkorbs öffnete, den seine Diener vor seiner Rückkehr ins Cottage vorbereitet hatten.

Mit großer Sorgfalt holte er die Teller mit gerade erst gebackenem, immer noch warmem Brot heraus, dazu Butter und köstlichen Wabenhonig. Eine Schüssel war mit frischem Obst und Nüssen gefüllt. Zu guter Letzt zauberte er eine Flasche hervor, in der eine goldene Flüssigkeit schimmerte und bei der es sich seiner sicheren Quelle zufolge um den besten Nektar handelte, den es mit Geld zu kaufen gab.

Geschickt goss er die dickflüssige Kostbarkeit in ein Glas und ließ sich auf einem Stuhl auf der anderen Seite des Tischs nieder, wo er gespannt beobachtete, wie Tayla vorsichtig an dem Getränk nippte.

Erstaunt riss sie die Augen auf. »Woher hast du den?«

Er sah ihr zu, wie sie einen goldenen Tropfen von ihrer Unterlippe leckte, und sein Schwanz schwoll vor schmerzhaftem Verlangen an.

»Von den Chantri«, sagte er beiläufig.

Mit einem lauten Keuchen stellte sie das Glas hastig auf den Tisch. »Du hast Verbindungen zur Königsfamilie der Feen?«

Baine verzog abfällig das Gesicht. Er hasste es, mit den arroganten Chantri Geschäfte zu machen. Sie hingen dem Irrglauben an, sie seien den Drachen ebenbürtig. Welch eine unverfrorene Dreistigkeit! Aber gelegentlich erwiesen sie sich als nützlich. Etwa wenn er erlesenste Speisen brauchte, um den Hunger einer kleinen Fee zu stillen.

»Ich sorge dafür, dass mir stets eine Vielzahl von Dämonen zu Dank verpflichtet ist«, murmelte er. »Ich habe eine Gefälligkeit eingefordert, die mir Prinz Magnus noch geschuldet hat.«

»Oh.« Augenblicklich schob sie das Glas ein Stück von sich weg und betrachtete mit hilflosem Erstaunen die Fülle an Köstlichkeiten, die auf dem Tisch standen.

»Ist etwas nicht zu deiner Zufriedenheit?«

»Nein, natürlich nicht.«

Baine runzelte die Stirn. Eigentlich hatte er angenommen, Tayla würde entzückt sein. Immerhin hatte es ihn über eine Stunde gekostet, ins Feenland zu reisen. Und dann hatte er auch noch einen sehr nützlichen Gefallen für diese Köstlichkeiten einfordern müssen.

Warum war sie nicht außer sich vor Freude?

»Du bist …« Er zögerte, wählte seine Worte mit Bedacht. »Sehr schwierig zufriedenzustellen.«

Tayla griff nach einer saftigen Erdbeere und betrachtete sie, als hätte sie nie zuvor ein Stück Obst gesehen.

»Ich verstehe es nur nicht.«

»Was verstehst du nicht?«

Sie hob den Blick und musterte ihn mit unverhülltem Argwohn. »Warum hast du einen so wichtigen Gefallen für mich eingetauscht?«

Er zuckte die Achseln. »Es ist meine Pflicht, dafür zu sorgen, dass du angemessen verköstigt wirst, solange du in meiner Obhut bist.«

»Oh. Deine Pflicht.« Etwas – konnte es Enttäuschung sein? – legte sich auf ihr hübsches Gesicht. »Ich verstehe.«

Baine verzog das Gesicht. Es war ihm unangenehm, sich einzugestehen, dass er ihr alles unbedingt recht machen wollte. Unter allen Umständen. Aber andererseits wollte er nicht, dass sie glaubte, er würde einen solchen Aufwand für jede Frau betreiben.

Es war alles äußerst kompliziert.

»Und ich hatte angenommen, es würde dir zumindest ein Lächeln entlocken«, gestand er widerwillig. »Denn deine Zufriedenheit ist mir wichtig.«

Eine zauberhafte Röte legte sich auf ihre Wangen. »Baine.«

»Iss!«, befahl er mit barscher Stimme.

»Diktator«, murmelte sie, verschlang jedoch das Essen mit einer solchen Begeisterung, dass er sich ein selbstzufriedenes Grinsen nicht verkneifen konnte. Beim Nektar hingegen war sie vorsichtiger und nahm nur kleine Schlucke, als wollte sie jeden einzelnen Tropfen genießen. Schließlich blickte sie auf und musste feststellen, dass er sie mit unverwandter Faszination betrachtete. Ihre Wangen nahmen einen noch tieferen Rotton an. »Bist du nicht hungrig?«

Hungrig? Er war fast am Verhungern.

»Nicht nach Essen«, sagte er mit leiser, belegter Stimme.

Sie verschluckte sich an einer Erdbeere und musste husten. Der Duft ihrer Erregung würzte die Luft, obwohl Tayla Gleichgültigkeit vorspielte.

»Was essen Drachen?«, fragte sie.

Er widerstand dem Drang, sich über den Tisch zu beugen und ihr den Erdbeersaft von den Lippen zu lecken.

Geduld …

»Ich bin ein Raubtier«, erklärte er. »Ich esse, was ich töte.«

Sie rümpfte die Nase. »Gehe ich recht in der Annahme, dass du in deiner anderen Gestalt jagst?«

»Ja.« Eine Idee formte sich in seinem Bewusstsein. Er war kurz unsicher, dann sprang er abrupt auf und streckte ihr die Hand hin. »Willst du es sehen?«

Sie blinzelte. »Dich jagen sehen?«

»Meine andere Gestalt«, korrigierte er sie, ohne sich erklären zu können, warum er mit einem Mal unbedingt ihre Reaktion auf das Tier in ihm sehen wollte.

Er wusste nur, dass er sich vergewissern musste, ob seine natürliche Gestalt sie ängstigte.

»Ich …« Sie zögerte, und für einen kurzen Moment fürchtete er, sie könnte seinen Wunsch ausschlagen. Doch dann erhob sie sich zaghaft und nahm seine Hand. »Ja. Das würde ich sehr gerne.«

Eine eigenartige Erleichterung überflutete ihn, während er sie aus der Hintertür schob.

»Komm mit mir.«

Er zog sie durch den kleinen Garten in die weiten Auen, auf denen bunte Wildblumen wuchsen. Dort ließ er sie neben einem kleinen Bach stehen und wich weit genug zurück, damit sie von seiner Verwandlung nicht erschreckt wurde.

Dann, den Blick fest auf die Frau gerichtet, die ihn mit großen Augen anstarrte, setzte er die Magie frei, die tief in ihm donnerte.

Nach einer heftigen Explosion seiner Macht war er mit Flammen bedeckt, die über seinen Körper huschten und seine Haut in silberne Schuppen verwandelten. Diese schwollen an, während sein Körper immer größer wurde. Tayla hörte, wie seine Knochen barsten und seine Muskeln und Sehnen rissen, als das Tier in ihm die Oberhand gewann. Nach und nach verwandelte er sich in eine eidechsenförmige Gestalt mit langem, stacheligem Schwanz und kurzen Beinen, die in rasiermesserscharfen Krallen endeten.

Sein Kopf war schwer, mit einer schmalen Schnauze, in der sich dreißig Zentimeter lange Zähne reihten, und Augen, in denen ein bernsteinfarbenes Feuer loderte. Mitten auf seinem Rücken waren ihm Lederflügel gewachsen, die sich in geschmeidiger Eleganz ausbreiteten.

Nachdem seine Verwandlung vollständig geglückt war, erzitterte Baine, und pure Ekstase schien durch ihn zu peitschen, als er sich vom Boden abstieß und in den Himmel schnellte.

Er war …

Vergeblich suchte Tayla nach den richtigen Worten, um die überwältigende Schönheit des Geschöpfes einzufangen, das sich über ihr in die Höhe schwang.

In der aufgehenden Sonne schimmerten seine Schuppen wie poliertes Silber, mit einem so intensiven Glanz, dass er Tayla in den Augen schmerzte. Im Kontrast dazu waren seine Flügel dunkel wie die Nacht, während er mit unfassbarer Leichtigkeit durch die Luft schoss.

Tayla hatte immer angenommen, Drachen wären in ihrer natürlichen Gestalt riesig und ungelenk, wie fliegende Alligatoren. Aber Baine war das genaue Gegenteil. Er war ein schlankes, sexy Raubtier, das sie vor Ehrfurcht erschaudern ließ.

Während sie ihm mit atemloser Faszination zusah, wie er über ihr seine Kreise zog, kam ihr nicht einmal in den Sinn, erschrocken nach hinten zu weichen, als er jäh hinabglitt und wenige Meter vor ihr landete. Ganz im Gegenteil, sie machte sogar einen Schritt auf ihn zu, ungeachtet der scharfen Klauen, die riesige Erdklumpen aus dem Boden schlugen, und dem mächtigen Schwall Luft, der ihr das Nachthemd an den Körper presste, als er ein letztes Mal mit seinen gewaltigen Flügeln schlug.

Sie war wie hypnotisiert von dem bernsteinfarbenen Blick, der sie mit erbitterter Intensität musterte und noch näher zu sich lockte.

Einen Schritt. Und dann noch einen. Und noch einen. Bis sie die sengende Hitze spürte, die sein silberner Körper ausstrahlte, und ein Rauchfaden sich um ihre nervöse Gestalt kringelte.

Baine so nahe zu sein war dasselbe, als würde sie neben einem Vulkan stehen, der jede Sekunde ausbrechen könnte. *Einem sehr sexy Vulkan*, flüsterte ihr eine Stimme in ihrem Hinterkopf zu, während sie von betörender Erregung gepackt wurde, als sich der Drache in einem Rausch von Magie in den atemberaubend schönen Mann mit der weit geschnittenen Dojo-Hose zurückverwandelte.

»Und?«, fragte er mit belegter Stimme, und seine bernsteinfarbenen Augen brannten mit einem inneren Feuer.

Immer noch gefangen in ihrer Trance dauerte es einen Moment, bis Tayla begriff, dass er eine Antwort erwartete. Sie blinzelte, überrascht von seiner außerordentlich gefassten Miene. Heischte er etwa nach Komplimenten? Das war … erstaunlich sympathisch.

»Du musst doch wissen, wie umwerfend du bist«, sagte sie mit einem Achselzucken. Um nichts in der Welt würde sie zugeben, wie sehr sie von seinem Anblick überwältigt gewesen war.

»Ja«, pflichtete er ihr bei.

Tayla verdrehte die Augen. »Ts!«

Er kam einen Schritt auf sie zu. Seine Tätowierungen wirbelten über seine Haut, als verberge er ein intensives Gefühl hinter seiner Maske der Gleichgültigkeit.

»Im Grunde möchte ich nur wissen, ob dich meine … Tiergestalt …« Er zögerte und grübelte einen Moment über die richtige Wortwahl nach.

»Was?«, hakte sie nach.

»Stört.«

Sie runzelte die Stirn, aufrichtig erstaunt über seine sonderbare Frage. »Warum sollte sie mich stören?«

Sein Blick ruhte unbeirrt auf ihrem nach oben gewandten Gesicht. »Feen neigen dazu, in Gegenwart größerer Raubtiere nervös zu werden.«

Tayla schnaubte. »Das liegt höchstwahrscheinlich daran, dass wir nicht sonderlich erpicht darauf sind, als ihr Abendessen auf dem Tisch zu landen.«

»Aber du hattest keine Angst«, erwiderte er.

»Nein.« Zu sehr hatte sie seine wilde Schönheit fasziniert, als dass sie sich all die Gründe ins Gedächtnis gerufen hätte, weswegen sie sich fürchten sollte. »Offensichtlich habe ich den Verstand verloren, oder mein Kontingent an Angst ist inzwischen verbraucht.«

Er streckte die Hand aus und spielte mit seinen Fingern in ihren Haaren, während seine nachdenklichen Augen ihren Mund mit nervenaufreibender Intensität betrachteten.

»Es gibt eine logischere Erklärung«, sagte er.

»Und die wäre?«

»Du willst mich.«

Bei seiner unverblümten Behauptung fröstelte sie und konnte kaum den Drang zurückhalten, unter der Liebkosung seiner Finger wie eine Katze zu schnurren.

»Baine«, hauchte sie.

Er senkte den Kopf, und ihre Nasen berührten sich fast. »Gib es zu!«, befahl er.

Fest entschlossen legte sie ihm die Hände auf die Brust. Sie wollte ihn wegschieben. Das zumindest war der Plan gewesen. Doch sobald ihre Handflächen die satinweiche Hitze seiner Haut spürte, konnte sie sich mit einem Mal nicht mehr konzentrieren.

»Warum spielt das eine Rolle?«, murmelte sie, während sie die wie in Stein gemeißelten Muskeln ertastete, die sich unter ihrer leichten Berührung anspannten.

Wow. Bisher hatte sie nicht geahnt, wie wunderschön ein männlicher Körper sein konnte.

Sie hätte ihn den ganzen Tag anfassen können.

Ein zufriedenes Knurren grollte tief in seiner Brust, und seine Finger fuhren in ihr Haar, um ihren Kopf nach hinten zu neigen und ihre Kehle zu entblößen.

»Wenn ich dich in mein Bett nehme, will ich, dass es aus dem Grund passiert, weil du dich nach meiner Berührung verzehrst. Nicht, weil es deine Pflicht ist.«

Oh. Mit aller Gewalt versuchte Tayla, ihr Lächeln zu verbergen. Anscheinend hatte sie mit ihrer Behauptung, es würde ihr widerstreben, ihn so sehr zu wollen, einen wunden Punkt getroffen.

Er war jetzt fest entschlossen, ihr zu beweisen, dass er sie mühelos dazu bringen konnte, ihren Stolz abzulegen.

»Du bist so arrogant«, warf sie ihm vor und vergaß das Atmen, als seine Lippen einen siedend heißen Pfad an Küssen über ihren Hals beschrieben.

»Sag die Worte, Tayla«, beharrte er und fuhr mit seinem Mund über die Drachenmarke, die kühl auf ihrer Brust lag.

Ihre Hände krallten sich an seinen Schultern fest, als

ihre Knie weich wurden und einzuknicken drohten. Himmel noch mal! Seine Lippen waren Magie. Reine Magie. Es war kein Wunder, dass er einen Harem für all die Damen hatte bauen müssen, die sich ihm freiwillig als Konkubinen anboten.

Und wer könnte es ihr verübeln, wenn sie nachgäbe und …

Nein. Böse Fee.

Sie bohrte sich die Nägel in die Haut und versuchte mit aller Gewalt, ihren Verstand nicht zu verlieren.

»Dazu kannst du mich nicht zwingen«, erwiderte sie starrköpfig.

Mit leicht geöffnetem Mund hauchte er brennende Küsse auf die zarte Haut ihrer Brüste, während sich sein Arm um ihre Taille schlang und sie fest an seinen harten Körper presste. Tayla stöhnte auf. Ihre Brustwarzen reagierten mit schier unerträglicher Empfindsamkeit auf die Hitze, die durch den dünnen Stoff ihres Nachthemds sickerte.

»Willst du mich etwa herausfordern?«, fragte er und hob den Kopf, um sie mit einem süffisanten Lächeln zu durchbohren. »Na schön, Wette angenommen.«

Tayla schluckte einen Fluch hinunter. Du liebe Güte! Hatte sie etwa gerade einen Drachen herausgefordert? Das war keine gute Idee. Ganz und gar nicht.

»Nein … ich …« Ihre stotternden Worte fanden ein jähes Ende, als er sich zu ihr hinabbeugte und sie voll gieriger Leidenschaft küsste.

Ihr Körper versteifte sich kurz, bevor sich ihre Lippen mit einem erstickten Stöhnen teilten.

Lust peitschte durch sie hindurch wie ein nicht zu kontrollierender Flächenbrand. Ihre Arme schlangen sich instinktiv um seinen Hals, während seine Zunge in ihren Mund eintauchte. *Mmm.* Er schmeckte nach purer Macht und exotischen Gewürzen.

Baine war wie eine Droge.

Tayla verlor jedes Zeitgefühl, als er sie fest an seine pochende Erektion drückte und sich immer und immer wieder an ihrem Mund berauschte. Unfreiwillig stöhnte sie leise auf.

Er war leidenschaftlich, fordernd und zunehmend erregt, doch Tayla war sich der donnernden Macht durchaus bewusst, die er mit aller Gewalt zurückhielt. Seine überschäumende Kraft knisterte um sie wie ein Gewittersturm und erfüllte die Luft mit funkensprühender Elektrizität.

Das heftige Kribbeln hätte sämtliche Alarmglocken bei ihr schrillen lassen müssen. Tayla mochte stärker als ein Mensch sein, aber sie könnte es niemals mit der Macht oder Magie eines Drachen aufnehmen.

Stattdessen verstärkte es nur ihre Erregung.

Nachdem er ihre Unterlippe mit seinen Zähnen umfangen hatte, knabberte er noch einmal sanft an ihr und hob dann den Kopf weit genug, um Taylas benommenen Gesichtsausdruck zu betrachten.

»Sag die Worte.«

Worte? Welche Worte? Tayla hatte Schwierigkeiten, auch nur einen einzigen klaren Gedanken zu fassen. O ja.

Diese Worte.

Ihre Augen verengten sich. »Und wenn nicht?«

Er sog scharf die Luft ein, während sich bei dem schweren Duft ihrer Erregung, der allmählich die Luft erfüllte, ein verruchtes Lächeln auf seine Lippen legte.

»Dann habe ich wohl nicht genug Überzeugungsarbeit geleistet«, warnte er und packte sie unvermittelt an der Taille, um sie sich über die Schulter zu werfen.

»Baine!«, protestierte sie kreischend. Sie musste nicht fragen, was er vorhatte, immerhin trugen seine langen Schritte sie bereits mit schwindelerregender Geschwindigkeit zurück ins Cottage und den kurzen Korridor hinab. Ein gefährliches Verlangen ließ ihre Muskeln verkrampfen. »Musst du dich nicht um irgendeine Drachenangelegenheit kümmern?«, murmelte sie.

»Nichts ist wichtiger als das hier«, versicherte er und beugte sich vor, um sie behutsam in die Mitte des Betts zu werfen.

Sie landete mit einem sanften Aufprall, der ihr trotzdem sämtliche Luft aus den Lungen presste.

Im Grunde war es nicht die Landung auf der weichen Matratze, die ihr den Atem raubte. Es war Baines Anblick, als er sich vorlehnte.

Mit der Morgensonne, die durch das Rabenschwarz seiner Haare funkelte und die Perfektion seiner Gesichtszüge noch hervorhob, traf sie seine Andersartigkeit wie der Blitz. Die Feen waren ein wunderschönes Volk, und Vampire waren todschick … im wahrsten Sinne des Wortes. Doch Baines Schönheit war wie ein Schlag in den Magen.

So überwältigend, dass sie sich verwirrt fragte, ob er überhaupt real war.

Das Gefühl der Unwirklichkeit wurde jedoch jäh zerstört, als er den Ausschnitt ihres Nachthemds packte und zerriss.

»Hey!«, keuchte sie.

Mit geschmeidiger Eleganz kniete er sich auf die Matratze neben sie. Seine Augen loderten mit einem bernsteinfarbenen Feuer.

»Keine Sorge«, sagte er, während seine Hand über ihre Schulter und an ihrem Arm hinabglitt. »Ich kaufe dir ein Dutzend neuer Kleider«, versprach er mit leiser, hypnotisierender Stimme. »Tausend.«

Tayla erzitterte und war sich des Umstands schmerzhaft bewusst, dass sich ihre Brustwarzen unter Baines glühendem Blick versteiften. Ihr Ego mochte darauf bestehen, dass sie vorgab, es wäre ein riesiges Opfer, mit diesem Mann ein Bett zu teilen, aber ihr Körper weigerte sich mehr und mehr, bei der Lüge mitzumachen.

»Ich kann mir meine eigene Kleidung kaufen«, murmelte sie schnippisch.

Er fuhr sanft die zarte Linie ihres Schlüsselbeins nach. »Ich will dich in der feinsten Seide sehen.«

»Das ist so …« Die Worte blieben ihr in der Kehle stecken, als seine Finger hinabglitten, um die empfindliche Spitze ihrer Brust zu umschmeicheln. »Oh.«

Im nächsten Moment stützte er sich schon mit den Händen auf beiden Seiten ihrer Schultern ab, beugte sich herab und ersetzte seine neckenden Finger mit den Lippen. Oh … ja! Diese feuchte Hitze war genau das, was sie wollte.

Heftiger und heftiger leckte er an ihren Brustwarzen, während seine schimmernden Haare ihr Gesicht streiften und seine Hand einen kühnen Pfad an den angespannten Muskeln ihres Bauchs nachzeichnete. Überall, wo er sie berührte, schossen Funken köstlichsten Vergnügens durch sie hindurch und weckten einen pochenden Schmerz zwischen ihren Beinen.

Tayla seufzte, und ihr Körper bäumte sich auf, als ein schimmerndes, weißglühendes Glücksgefühl durch sie hindurchpeitschte.

Seine Finger fuhren die Rundungen ihrer Hüfte entlang, und er hob den Kopf, sodass sie seinen Gesichtsausdruck sah, starr vor kaum gezügeltem Hunger.

»Aber andererseits sollte solch unglaubliche Haut nie bedeckt sein«, flüsterte er mit belegter Stimme. »Vielleicht werde ich dich in meinem Harem ohne jegliche Kleidung leben lassen, die deine Schönheit verhüllt.«

Sie erzitterte, nicht halb so empört wie sie sein sollte über seine Fantasie, sie splitterfasernackt herumlaufen zu lassen. Allmählich begann sie die Vorzüge zu genießen, seinen Lippen und geschickten Fingern freien Zugang zu gewähren.

Es war nur die Erwähnung seines verfluchten Harems, der sie unsäglich ärgerte.

»Träum weiter«, zwang sie sich zu erwidern.

Sein tiefes Lachen strich über ihren Körper wie eine warme Liebkosung. Köstlich. Fast so köstlich wie seine Hand, die an ihrer Hüfte entlangfuhr, um ihre Beine zu öffnen.

Tayla unterdrückte ein Stöhnen, während ihre Muschi sich vor freudiger Erwartung zusammenzog. Allein der Gedanke, dass er sich auf sie legen und sie mit seinem prallen Schwanz ausfüllen würde, bescherte ihr fast schon einen Orgasmus.

Was würde wohl geschehen, wenn er es tatsächlich tat? Würde sie vor Lust platzen?

»Was diese Drachenangelegenheiten angeht …«, plapperte sie nervös, mit einem Mal zutiefst erschrocken über das schiere Ausmaß ihrer Begierde, die sie zu verzehren drohte.

»Ich kümmere mich momentan um die einzige Drachenangelegenheit, die zählt«, entgegnete er, und sein bernsteinfarbener Blick hielt ihren gefangen, während er sich in einer einzigen fließenden Bewegung seine weite Hose vom Körper riss.

Ihre Nägel bohrten sich in ihre Handflächen. *Nicht hinsehen, nicht hinsehen, nicht hinsehen …*

Sie sah hin.

Und war verloren.

Er war so großartig, wie sie es sich vorgestellt hatte. Nein. Noch großartiger.

Keine noch so kühne Vorstellungskraft hätte den Anblick seines perfekt modellierten Körpers vorausahnen können, der von stahlharten Muskeln durchzogen war und vor hypnotisierenden Tätowierungen schimmerte. Er sah aus, als wäre er von der Hand eines begnadeten Künstlers erschaffen worden.

Und dann sein praller Schwanz …

Lang und hart und so dick, dass sie fürchtete, er wäre zu groß für sie.

»Baine«, schrie sie, derart von ihrem Gefühlschaos übermannt, dass sie nicht einmal mehr protestieren konnte, als er seine Hüften zwischen ihre weit gespreizten Beine presste.

Sein Kopf senkte sich herab, und sein Mund übersäte ihr erhitztes Gesicht mit rastlosen Küssen, bevor er sich leckend einen Pfad an ihrem Hals hinabbahnte.

»Mmm.«

Das tiefe Grollen seiner Lust vibrierte an ihrer Haut, und ihre Hände glitten in die weiche Fülle seiner Haarpracht. Seit ihrem ersten Treffen hatte sie sich gefragt, wie sich diese Pracht wohl anfühlen würde. Jetzt wusste sie es. Wie Satin. Purer Satin.

»Ich liebe deinen Geruch«, murmelte er und knabberte an der zarten Haut ihres Halsansatzes. »So zitronig.«

Zitronig? Tayla versteifte sich. Das klang nicht sonderlich sexy.

»Willst du damit sagen, dass ich sauer bin?«, fragte sie empört.

»Herb«, korrigierte er sie, während seine Lippen ihre Brüste liebkosten und jeder ihrer steifen Knospen nacheinander seine besondere Aufmerksamkeit schenkten. »Verlockend. Süchtig machend.«

Okay. Das klang schon besser. Sie konnte ein leises Stöhnen nicht mehr unterdrücken, als sein Mund seinen Pfad nach unten fortsetzte und die Hitze seines Körpers die Luft wie ein Feuerball aufheizte. Fast, als hätte er die Tür eines Schmelzofens geöffnet und sein inneres Feuer freigesetzt, das den Raum nun zu versengen drohte.

Als Baine ihr erschrockenes Zittern bemerkte, hob er den Kopf und musterte sie mit echter Besorgnis.

»Bin ich zu heiß?«

Ein heiseres Lachen entfuhr ihrer Kehle. »Bei jedem anderen Mann, der das gefragt hätte, hätte ich angenommen …«

Ihre neckenden Worte verstummten, als sie Baines Augen sah, die sie mit unerwartetem Zorn anfunkelten.

»Nein«, keuchte er.

Taylas Herz hämmerte gegen ihre Rippen. Sie hatte einen Blick auf das tödliche Raubtier erhascht, das knapp unter Baines Oberfläche lauerte.

»Du wirst von keinen anderen Männern mehr reden«, befahl er, von purem männlichem Besitzdenken erfüllt. »Du wirst nicht einmal einen einzigen Gedanken an einen anderen verschwenden.«

Völlig überrascht von seiner heftigen Reaktion, schüttelte sie den Kopf.

»Was meinst du?«

Baine beugte sich herab, bis sich ihre Nasenspitzen fast trafen. »Ich bin der einzige Mann, dem deine Gedanken gelten.« Er verschloss ihren Mund mit einem leidenschaftlichen Kuss, der einen Schwall Hitze bis in ihre Zehenspitzen schwemmte. »Und der jemals in deinem Bett sein wird.«

8

Irgendwo in seinem benebelten Gehirn war sich Baine durchaus bewusst, dass er überreagierte.

Seit wann zerbrach er sich den Kopf, ob eine Frau an einen anderen Mann dachte oder nicht? Nie. Jedenfalls bisher. Solange die jeweilige Frau in seinen Armen lag, hatte er einfach angenommen, sie wäre dort, weil sie darauf erpicht war, seine Geliebte zu sein.

Warum auch nicht? Es war nicht so, als gäbe es nicht unzählige Frauen, die nur darauf warteten, in seinen Harem gelassen zu werden.

Jetzt jedoch kämpfte er gegen diesen überwältigenden Drang …

Welchen Drang?

Er hatte seine Besitzansprüche an Tayla bereits mit der Drachenmarke gekennzeichnet, die um ihren Hals hing. Aber da war eine rastlose Sehnsucht in ihm, die nach mehr verlangte.

Vielleicht, weil sie sein habgieriges Verlangen spürte, sie ganz für sich allein zu haben, beäugte ihn Tayla mit wachsamem Argwohn.

»Baine …«

»Schsch. Kein Wort mehr.« Er umschloss ihr Gesicht mit beiden Händen und neigte ihren Kopf nach oben, bevor er sie mit heißblütigem Verlangen küsste.

Du gehörst mir, flüsterte eine Stimme in seinem Hinterkopf.

Als er Taylas Mund mit seiner Zunge teilte, schmeckte er ihre feinherbe Süße, und eine wilde Begierde summte durch seinen Körper. Für eine Sekunde blieb Tayla wie erstarrt unter ihm liegen, als nähme sie sich immer noch vor seiner übersteigerten Besitzgier in Acht. Dann schmiegte sie sich seufzend näher an seinen Körper, und ihre Finger glitten durch sein Haar.

»Diktator«, murmelte sie an seinen Lippen.

Das Tier in ihm knurrte vor Zufriedenheit, als er ihre Kapitulation spürte.

Mit dem Mund fuhr er über ihre Augen, dann die schmale Linie ihrer Nase entlang, bevor er wieder zu ihren weichen Lippen zurückkehrte, die sich nach seinem Kuss zu verzehren schienen. Gleichzeitig schob er sich tiefer zwischen ihre Beine.

Sie stöhnten im Gleichklang, als die Spitze seines Schwanzes an ihren feuchten Spalt glitt. Baine biss die Zähne zusammen. Es wäre so leicht, sich mit einem einzigen tiefen Stoß in ihr zu vergraben und dem grausamen Schmerz ein Ende zu setzen, diese Frau zu besitzen. Aber er war fest entschlossen, bei ihrem ersten Mal nichts zu überstürzen.

Nicht, wenn sie sich endlich so sehr nach ihm verzehrte, dass sie vergaß, jemals von ihrem Vater verkauft worden zu sein.

Genüsslich liebkoste er eine empfindliche Stelle an ihrem Halsansatz und lächelte zufrieden, als sie den Kopf zurücklehnte, um ihm eine breitere Angriffsfläche dafür zu bieten.

Auf seinem Weg nach unten stieß er kleine Feuerfunken aus, die über Taylas zarte Haut tanzten. Nicht heiß genug, um sie zu verbrennen, aber sie strahlten eine erotische Hitze ab, die Tayla vor überraschter Wonne zusammenzucken ließ.

»Das ist …« Ihre Worte verhallten, als er noch tiefer tauchte und eine aufgerichtete Brustwarze zwischen die Lippen nahm. »So gut.«

»Perfekt«, murmelte er und genoss ihren zartherben Geschmack, während er die Rundung ihrer Brust erkundete und sich dann tiefer hinabwagte.

Immer tiefer. An ihrem schmalen Brustkorb vorbei, über den Schwung ihrer Hüfte.

Sie war klein, aber mit köstlichen Rundungen ausgestattet, und so unglaublich zerbrechlich. Wie ein seltenes, kostbares Buch, das mit äußerster Vorsicht behandelt werden musste, ermahnte er sich streng.

Er legte das Tier in sich an die Kette, schob sich langsam die Matratze hinunter und glitt mit den Armen unter ihre Hüften. Dann, während er ihre Beine noch weiter spreizte, sog er den Duft ihrer verführerischen

Erregung tief in sich ein. Mit einem leisen Stöhnen legte er sich ihre Beine über die Schultern, was ihm den perfekten Winkel verschaffte, um ihren heißen Schoß mit seiner Zunge zu erkunden. Sein Schwanz zuckte, als ihr Geschmack seinen Mund erfüllte.

Verdammt. Dieser Geschmack war viel kräftiger als der ihrer Artgenossinnen. Eine komplexe Mischung, prächtig und unergründlich, als besäße sie verborgene Tiefen.

Zu jedem anderen Zeitpunkt hätte er innegehalten, um ihr Geheimnis zu entschlüsseln. Denn Drachen liebten Rätsel. Doch er war nicht in der Stimmung, den Kopf zu heben, um Tayla über ihren vielschichtigen Geschmack zu befragen, der seine Sinne benebelte. Nicht wenn seine Zunge in ihren engen Tunnel tauchen konnte, bevor er wieder über ihre empfindliche Klitoris leckte.

Tayla zitterte, und ihr schrilles Keuchen erfüllte die Luft. *Ah.* Seiner kleinen Fee gefiel seine Behandlung. Während er seine Liebkosung unablässig wiederholte, verstärkte er den Griff um ihre Beine, und Tayla wand sich vor Lust.

»Genug«, hauchte sie und krallte ihre Finger in seine Haare.

Oh, gewiss nicht! Es war noch lange nicht genug, entschied Baine.

Wenn sie immer noch verständliche Worte formen konnte, war ihre Leidenschaft nicht so weit entfesselt, wie er es wollte.

»Komm für mich«, befahl er und fuhr mit der Zungenspitze über den erogenen Punkt ihrer Begierde.

Unwillkürlich stieß sie ein ersticktes Stöhnen aus, und ihre Finger zerrten so fest an seinen Haaren, dass es hätte wehtun müssen. Doch Baine bemerkte es kaum, derart versunken war er in das köstliche Verlangen zuzusehen, wie Taylas blasses Gesicht errötete und sich ihre Augen verdunkelten, bis sie im Sonnenlicht wie schimmernde Smaragde glitzerten.

Ihr Atem kam in abgehackten Stößen, und ihre Zähne bohrten sich in ihre Unterlippe, als sie sich schließlich nicht länger sträubte und mit einem schrillen Schrei der Lust ihrem verführerischen Höhepunkt erlag.

Baine hörte nicht auf, ihren feuchten Schoß zu lecken, half ihr behutsam durch das Abflauen ihres Orgasmus und entzündete sogleich ein neues Verlangen.

»Baine«, stöhnte sie, und ihr leises Flehen lockte ihn zurück zu ihrem Oberkörper, wo seine Lippen alle paar Zentimeter einen neckenden Kuss auf ihre feuchte Haut hauchten.

Seine Finger umfassten ihre Brüste, und seine Daumen umkreisten ihre festen Nippel, während sein Mund einen köstlichen Pfad heißer Küsse auf ihrem Hals hinterließ.

»Berühr mich!«, befahl er grob.

Mit einem kaum vernehmbaren Stöhnen der Erleichterung gehorchte sie unverzüglich, fast, als könne sie es kaum erwarten, seine harten Muskeln zu erkunden. Baine fluchte leise, packte ihre Hüften und presste sie fest an seinen schmerzenden Schwanz.

Eigentlich hatte er beabsichtigt, sich stundenlang an ihr zu laben. Vielleicht sogar tagelang. Doch die kleine sexy Fee begnügte sich nicht damit, seine Brust zu streicheln. Nein. Ihre weichen Hände glitten über seine Schultern und die Wölbung seiner Oberarme, bevor sie langsam dem Schwung seiner Wirbelsäule folgten.

Mit einem leisen Zischen stieß er die Luft aus, als ihre Hände kurz seinen Hintern umschlossen und dann um seine Hüften glitten, um sich genüsslich um seine pralle Erregung zu legen.

Gleichzeitig hob sie den Kopf von der Matratze und fuhr mit der Zungenspitze über die Tätowierungen, die über seine Haut huschten.

Verdammt. Ein Schwall köstlichster Glückseligkeit überrollte Baine, während sein Schwanz, pulsierend vor Verlangen, nach Erlösung gierte. Es war ein Ding der Unmöglichkeit, sich noch ein paar Minuten geschweige denn einen ganzen Tag zurückhalten zu können.

Er müsste seinen ersten Hunger stillen, bevor er einen derart ehrgeizigen Plan in die Tat umsetzen könnte.

Seine Hand umschloss ihre Finger und half ihr, seine Erektion zum verlockenden Eingang ihres Körpers zu führen. Dann, als sein breiter Schwanz an ihrer Öffnung pulsierte, ließ er ihre Finger nicht los, sondern rieb mit ihnen über ihre Klitoris. Tayla stieß ein leises

Stöhnen aus, und ihr Kopf fiel zurück in die Matratze, während Baine die glimmende Asche ihrer Erregung ein weiteres Mal zum Lodern brachte.

Doch erst, als sie instinktiv die Beine um seine Hüften schlang und sich für sein Eindringen weitete, stieß er endlich zu, dehnte und füllte sie, bis er gänzlich von ihrem engen Tunnel umhüllt war.

Als er die Frau unter sich betrachtete, breitete sich beim Anblick der Verletzlichkeit, die in ihren weit aufgerissenen Augen schimmerte, ein sonderbares Gefühl in ihm aus. Wäre es überhaupt möglich, noch unschuldiger auszusehen? Wie ein Engel, den er vom Himmel gestohlen hatte. Sie weckte seinen Beschützerinstinkt, der ihm einen beunruhigenden Schauder den Rücken hinabjagte.

Nein. Entschlossen knallte er jegliche Tür zu, die ihn von diesem Moment ablenken könnte.

Er senkte den Kopf und küsste sie mit stürmischem Verlangen, bevor er die Hüften zurückschob und wieder in ihre einladende Hitze eindrang. Tayla stöhnte in leiser Ermutigung, und ihre Hüften hießen ihn bei jedem kräftigen Stoß willkommen.

Baines Zunge glitt zwischen ihre Lippen. Der Drache in ihm grollte vor Lust, als er einen Schwall Drachenfeuer ausspie. Ohne zu ahnen, dass sie von seinen Flammen umschlossen waren, erwiderte Tayla seinen Kuss mit zunehmender Begierde, die nicht gespielt sein konnte.

In diesem Moment dachte sie weder an ihren Vater noch an ihre Pflicht noch das Einlösen einer Schuld …

Baines Gedanken zersplitterten in tausend Teile bei dieser lustvollen Glückseligkeit.

Er würde gleich kommen. Jetzt war er nur noch eine köstliche Sekunde davon entfernt.

Während er mit Taylas Fingern über ihre Klitoris rieb, hörte er, wie sie plötzlich ein ersticktes Stöhnen von sich gab und sich ihr Körper um seinen prallen Schwanz anspannte. Unfähig, sich noch länger zurückzuhalten, schob er ein letztes Mal die Hüfte vor und brüllte vor berauschter Ekstase, als ein ungeahnt heftiger Orgasmus in ihm explodierte.

Weißglühende Flammen tänzelten über das Bett und rankten sich um ihre ineinander verschlungenen Körper, als würde das Feuer sie miteinander verschmelzen.

Verdammt. Was hatte diese Frau nur mit ihm angestellt?

9

Levet war sich nicht sicher, wie viel Odel für die Unterkunft in dem Pub bezahlte, aber egal, wie viel es sein mochte, es war zu viel.

Bei dem Gestank nach abgestandenem Bier und Urin, der durch die Kellergewölbe waberte, rümpfte der Gargoyle die Schnauze und hielt angewidert seinen Schwanz vom klebrigen Boden hoch, während er die Tür aufschob, die sich hinter dem Netz aus Illusionen verbarg.

Schwer zu glauben, aber die beengten Räumlichkeiten dort waren sogar noch schlimmer.

Es waren nicht nur die widerlichen Gerüche, es gab auch noch unzählige Haufen schmutziger Wäsche, die zusammen mit leeren Flaschen und verkrusteten Tellern auf dem Boden gelandet waren und Levet einen entsetzten Schauder den Rücken hinunterjagten.

Odel befand sich offensichtlich auf einer Abwärtsspirale direkt in die Hölle.

Der perfekte Ort für den rückgratlosen Narr, dachte der Gargoyle. Leider war er jedoch auf Odels Hilfe angewiesen, um Tayla aus den Händen des Drachen zu befreien. Sobald Tayla in Sicherheit war, könnte der Schwachkopf seinetwegen im Dreck ersticken.

Nachdem sich Levet mit aller Gewalt gezwungen hatte, über die Türschwelle zu treten, blickte er sich in dem scheinbar leeren Zimmer um, insgeheim erleichtert, dass Gargoylen gegen die meisten Krankheiten immun waren. Wer konnte schon sagen, welche fiesen Bakterien in diesem Drecksloch herumschwirrten?

Verärgert musste er jedoch feststellen, dass er niemanden sah, weder auf der schäbigen Pritsche noch in einer dunklen Ecke hockend.

»*Sacrebleu*«, murmelte Levet und presste sich die Flügel fest an den Körper. »Das hier muss sein Zimmer sein, aber wo zum …« Seine Worte erstarben, als ihm der Geruch von in Rum getränkten Feigen in die Nase stieg. Eine Minute später taumelte ein männliches Wesen mit langen goldenen Haaren und einem dünnen Gesicht in den Raum, das ein zerknittertes weißes Hemd und eine schwarze Hose trug. »Odel?«, zischte Levet und beobachtete, wie sich die gelblich-grünen Augen des Mannes verengten.

»Ja. Der bin ich«, sagte der Fremde und wäre fast auf dem Gesicht gelandet, als er eine übertrieben höfliche Verbeugung vollführte. »Zu Ihren Diensten.«

Levet schnalzte mit der Zunge. Der Kerl war ganz schön betrunken und würde morgen einen ordentlichen Kater haben. Eine sonderbare Redewendung, entschied Levet nachdenklich, denn immerhin hatte er Katzen bisher noch nie beschwipst erlebt.

Dann, bevor er etwas erwidern konnte, schüttelte der Mann hektisch den Kopf.

»Nein. Warte«, murmelte er. »Ich bin nicht Odel. Im Grunde kenne ich noch nicht einmal jemanden mit dem Namen Odel. Ich bin …« In dem verzweifelten Versuch, sich an seine Lügen zu erinnern, zog er die Stirn in tiefe Denkerfalten. »Wie zum Teufel heiße ich denn gleich noch mal?«

»Odel?«, schlug Levet vor.

»Ja, natürlich.« Odel grinste, bevor er seinen Fehler zu spät erkannte. »Nein.« Das Stirnrunzeln kehrte zurück. »Hör auf, mich zu verwirren!«

»Ich kann nichts für deine Dummheit.«

Taylas Vater musterte ihn mit glasigem Blick. »Wer bist du? Eine Art Teufel?«

Levet schüttelte langsam den Kopf. »Genetik war mir schon immer ein Rätsel.«

»Gen… was?«

Levet machte einen Schritt auf ihn zu und musste sich zwingen, keinen Feuerball auf den betrunkenen Kerl zu schleudern. Nicht um ihn zu töten … nur um ihm die Augenbrauen leicht zu versengen. Leider war die Luft derart von Alkohol geschwängert, dass jede noch so kleine Flamme eine Explosion nach sich ziehen könnte.

»Wie kann es sein, dass du mit Tayla verwandt bist?«, erwiderte er stattdessen verdutzt.

»Tayla?« Der Mann versteifte sich und musste sich am Türrahmen festhalten, um das Gleichgewicht nicht zu verlieren. »Du kennst meine Tochter?«

»Jawohl.«

Es folgte eine kurze, schmerzhafte Pause, während Odel sämtliches Blut aus dem Gesicht wich. »Wie geht es ihr?«, fragte er schließlich mit belegter Stimme.

Levet schnaubte. »Als würde dich das auch nur im Geringsten interessieren!«

»Natürlich interessiert es mich.« Etwas, vielleicht sogar Bedauern, legte sich auf das schmale Gesicht des Mannes. »Ich bin immerhin ihr Vater.«

Levet zeigte mit einem krallenbewehrten Finger in seine Richtung. »Du hast es nicht verdient, diesen Titel für dich zu beanspruchen!«

Odel zog die Schultern hoch, als hätte Levet ihn geschlagen. »Du weißt nichts über mich.«

»Ich weiß, dass du ein selbstsüchtiger Feigling bist, der seine Seele verspielt hat. Und als deine Schulden beglichen werden mussten, hast du deine Tochter verkauft, um deinen Kopf aus der Schleife zu ziehen«, fauchte Levet zornig.

»Der Schleife?« Odel war kurzzeitig verwirrt. »Oh. Du meinst Schlinge.«

»*Oui*. Um deinen Kopf aus der Schlinge zu ziehen«, fauchte Levet ungeduldig. »Das ist widerlich.«

»Ich wusste nicht, was ich damals sonst hätte tun sollen«, versuchte Odel sich zu rechtfertigen. »Sie hätten mich umgebracht!«

»Und was ist mit Tayla?«, fragte Levet.

Taylas Vater zuckte mit den Schultern, seine Miene wie die eines bockigen Kindes. »Sie haben mir fest versprochen, dass sie die Lieblingsdame eines mächtigen Drachen werden würde.«

Levet schüttelte den Kopf. Wie konnte dieser Kerl auch nur im Entferntesten mit der großzügigen, süßen, stets liebenswürdigen Tayla verwandt sein?

»Zumindest hat meine Mutter nur versucht, mich umzubringen«, erklärte er Odel. »Sie hat mich nie auf den Strich geschickt.«

Odel funkelte ihn eine lange Minute an, dann fiel er mit einem erstickten Schrei auf die Knie und verbarg sein Gesicht in den Händen.

»Du hast ja recht«, platzte es aus ihm heraus. »Ich bin ein recht jämmerliches Exemplar von einem Vater.«

»Das bist du«, stimmte Levet ihm zu. »Eltern sollten ihre Kinder beschützen.«

Odel blickte hoch. Tränen rannen ihm das Gesicht herab. »Es ist zu spät.«

Levet schürzte die Lippen. Er hätte wohl mehr Mitleid mit dem Kerl gehabt, hätte er tatsächlich geglaubt, dass der Mistkerl um Tayla weinte und nicht um seiner selbst willen.

»*Non*. Du kannst immer noch das Richtige tun«, beharrte Levet.

»Was kann ich jetzt noch machen?«

»Bezahl deine Schulden, und löse sie aus.«

Odel schüttelte heftig den Kopf. Schuldgefühle huschten über sein Gesicht, bevor seine bockige Miene zurückkehrte.

»Das kann ich nicht«, murmelte er. »Das Geld ist weg.«

Natürlich war es das. Levet verdrehte die Augen.

»Was ist mit deinem Laden?«, fragte er.

»Die Trolle haben ihn verwüstet.«

»Dann hast du keine andere Wahl.« Levet schritt auf ihn zu und bohrte ihm den Finger in die Brust. »Du wirst ihnen anbieten, dich für sie austauschen zu lassen.«

Odel sog entsetzt die Luft ein. Es war ihm offenkundig nie in den Sinn gekommen, dass er sich selbst opfern könnte, um Tayla zu retten.

So ein gemeiner Lumpen! Nein, Augenblick – Lump. *So ein gemeiner Lump!*

»Was würde das nützen?«, faselte Odel. »Sie wollen mich nicht.«

»Nur nicht so hastig! Ausnahmsweise könntest du dich einmal als nützlich erweisen«, sagte auf einmal ein Mann mit affektierter Stimme, der jäh aus einem Portal trat, das sich direkt hinter dem knienden Odel aufgetan hatte.

Der Fremde hatte ein schmales Gesicht, das die fein

gemeißelten Züge eines Elfen mit langen schwarzen Haaren aufwies, auch wenn Levet nicht die übliche Macht spürte, die solche Dämonen normalerweise umgab.

»Mist«, hauchte Odel und versuchte, stolpernd Reißaus zu nehmen vor dem Portal, das immer größer wurde, während nun auch ein ausgewachsener Troll das enge Zimmer betrat und sich sofort den breiten Kopf an den Holzbalken über ihnen stieß. Mit unverhohlenem Ekel funkelte Odel den Gargoylen an. »Du hast mir eine Falle gestellt.«

»Warum sollte ich dir eine Falle stellen, du Nichtsnutz?«, protestierte Levet und watschelte auf den Eindringling zu, der Elfenblut in sich haben musste. Oder zumindest eine besondere Art von Magie besaß, denn das war die einzige Erklärung, warum er Portale erschaffen konnte. Levet blieb unmittelbar vor dem Mann stehen und schnüffelte an seiner Lederhose. Hmm … Sellerie. *Igitt!* »Bist du ein Elf?«

Das Wesen wich verwirrt zurück und starrte Levet böse an. »Verschwinde!«

Levet überging galant die Unhöflichkeit des Fremden. Wirklich, Dämonen sollten gesetzlich verpflichtet sein, Benimmunterricht zu nehmen.

»Warum bist du hier?«, fragte er.

»Dieser Mann kommt mit mir«, sagte der Dämon, den Blick fest auf Odel gerichtet, der im Krebsgang über den schmutzigen Boden hastete.

Wollte der Idiot etwa fliehen?

»*Non.*« Levet stemmte die Hände in die Hüften und streckte die schmale Brust heraus. »Ich war vor dir hier. Wer zuerst kommt, zahlt zuerst … äh … mahlt zuerst. Er begleitet mich.«

Der dunkelhaarige Mann beäugte den Gargoylen, als würde er sich fragen, ob dieser den Verstand verloren hatte, dann winkte er mit schlanker Hand den wartenden Troll herbei.

»Nimm beide mit!«

Levet stieß ein aufgeregtes Quietschen aus, als sich der Koloss von einem Dämon nach ihm streckte und ihn an den Flügeln packte.

Oh … verflixt!

Tayla fiel es schwer, wieder zu Atem zu kommen, als Baine sich langsam auf die Seite rollte, die Arme weiterhin fest um sie geschlungen. In der hintersten Ecke ihres Verstands warnte eine nörgelnde Stimme und drohte, diesen Moment zu zerstören. Doch selbst als Tayla sich versteifte, verschloss Baine ihre Lippen mit einem Kuss, der wie eine Feuersbrunst durch sie hindurchwälzte und den kurzen Moment der Zurechnungsfähigkeit verpuffen ließ.

Und ihr vor überraschtem Erstaunen die Sprache verschlug.

Gemütlich an ihn gekuschelt, versuchte sie sich etwas aus den Fingern zu saugen, was sie jetzt sagen könnte.

Bettgeflüster war ihr fremd. Und ein »Dankeschön für den besten Sex meines Lebens« schien unter den gegebenen Umständen irgendwie unpassend.

Stattdessen stellte sie ihm die Frage, die ihr keine Ruhe gelassen hatte seit dem Augenblick, als Baine sie zu diesem Cottage gebracht hatte.

»Du hast mir gar nicht erzählt, warum wir deine Drachenhöhle verlassen mussten«, murmelte sie.

Sie spürte, wie er verkrampfte, und seine Lippen abwesend über ihre feuchte Stirn glitten.

»Wegen meines Vaters«, erwiderte er, die Stimme schneidend vor plötzlicher Wut.

Tayla verzog das Gesicht. Allein die kurze Zeit, die sie in der Gesellschaft des älteren Drachen verbracht hatte, hatte ihr gezeigt, dass er ein brutaler Tyrann war, der mit eiserner Faust regierte.

Den Göttern sei Dank, dass Baine sie diesem furchtbaren Kerl abgekauft hatte!

»Was ist mit ihm?«

»Er ist …« Baine zögerte, als suche er nach dem richtigen Wort. »Unberechenbar.«

Tayla lachte laut auf. Ihr Vater war immerhin Odel. Es wäre kaum möglich, ihm den Titel als unberechenbarster Vater der Welt abspenstig zu machen.

»Ich kenne das.«

Baines Lippen glitten sanft an ihrer Nase hinab, bevor er ihr einen hauchzarten Kuss auf den Mund gab.

»Ja, das kann ich mir vorstellen.«

Sie lehnte den Kopf nach hinten, um sein wunderschönes Gesicht zu mustern. »Ihr zwei kommt nicht gut miteinander aus?«

Er zuckte mit den Achseln. »Drachen haben selten enge Familienbande. Wir sind von Natur aus Einzelgänger, auch wenn Synge, sobald er etwas von mir will, mir gern ins Gedächtnis ruft, dass ich sein Sohn bin.«

Sie ignorierte den sonderbaren Stich in ihrem Herzen wegen seiner unmissverständlichen Bemerkung, er sei kein Familienmensch.

»Will er jetzt etwas von dir?«

Eine gefährliche Hitze erfüllte die Luft. »Er will dich.«

»Mich?« Sie runzelte die Stirn. War das ein Witz? Nein. Baine mochte sie vielleicht aufziehen, aber er scherzte nicht. »Warum?«

»Das weiß ich nicht, aber das werde ich noch herausfinden.« Trotz des Umstands, dass er einen Pfad heißer Küsse über ihre Kieferpartie zog, war seine erbitterte Entschlossenheit nicht zu überhören. »Bis dahin werden wir hierbleiben.«

»Wir?« Überraschung und etwas viel Gefährlicheres packten Tayla bei dem Gedanken, sie zwei könnten Tage, vielleicht sogar Wochen allein in diesem winzigen Cottage verbringen. Aus irgendeinem Grund hatte sie angenommen, er würde bald zu seiner Drachenhöhle zurückkehren. »Du wirst hierbleiben?«

Spielerisch biss er ihr ins Ohrläppchen. »Wo sollte ich sonst sein?«

»Ich dachte …«

»Nicht denken«, unterbrach er sie und bedeckte ihren Mund mit einem Kuss, der darauf abzielte, ihre Leidenschaft zu wecken.

Und es funktionierte wie ein Zauber.

»Baine«, hauchte sie, während ihr Herz gegen ihre Rippen hämmerte.

»Ich wusste, es würde genau so werden«, flüsterte er.

Sie erzitterte. »Wie?«, wollte sie wissen, obwohl sie die Antwort kannte.

Ungestüm, unkontrolliert, überwältigend.

»Perfekt«, sagte er mit glühenden Augen. »Es ist unsere Bestimmung, zusammen zu sein.«

Sie blendete seine Worte aus.

Er hatte recht. Es gab keinen Grund nachzudenken. Noch nicht.

Tayla streichelte über die glatten Muskeln seiner Brust, fasziniert von der geschmeidigen Hitze seiner Haut. Gleichzeitig glitt sie behutsam mit dem Fuß über seine Wade, eine Bewegung, die sie näher an sein schwellendes Glied brachte.

Bei seiner sofortigen Reaktion auf ihre Berührung pulsierte jähe Begierde durch sie hindurch. Das Wissen, dass sie seine niederen Gelüste wecken konnte, war betörend wie der köstlichste Nektar.

»Meine zauberhafte Fee«, knurrte Baine und bedeckte

ihre Lippen mit langsamen, süchtig machenden Küssen, bei denen Tayla vor Lust instinktiv die Hüften hob.

Er schmeckte nach Drachenfeuer. Und Sex. Und Macht.

Eine unwiderstehliche Kombination.

Seine Hände glitten mit inzwischen fast vertrauter Neugierde an ihrem Körper entlang, und Tayla erbebte, als er den Schwung ihrer Schultern und die Rückseite ihrer Arme liebkoste. Dann knetete er ihre Brüste und neckte ihre Brustwarzen, bis sie sich zu harten, schmerzenden Spitzen zusammenzogen. Die ganze Zeit über küsste er sie mit heißblütigen, leidenschaftlichen Lippen.

Begierde peitschte durch Tayla hindurch, ebenso wie ein gefährliches Gefühl, das sie hastig in die hinterste Ecke ihres Bewusstseins drängte.

Es fiel Baine nicht schwer, ihre Ungeduld zu erspüren, weshalb er sie auf den Rücken rollte und ihren zierlichen Körper mit seinem bedeckte, während sein Mund an der empfindlichen Spitze ihrer Brust knabberte.

Als sie mit den Fingernägeln an seinem Rücken hinabkratzte und seine Hüften umklammerte, stöhnte er vor Lust.

Mit unfassbarem Geschick quälte er ihre Brustwarzen, und sein Schwanz rieb gierig gegen ihre Klitoris, bis sie ihm in stillem Verlangen das Becken entgegenstreckte. Er wandte seine Aufmerksamkeit ihrer anderen Brust zu, während seine Hand unter sie glitt und ihren Hintern umfasste.

»Ich kann nicht länger warten«, keuchte er. »Bist du bereit?«

Bereit? Gütiger Himmel, sie würde gleich zerspringen vor Lust.

»Ja«, stöhnte sie.

»Sag mir, dass du mich brauchst«, befahl er. »Ich will es dich sagen hören.«

»Ich brauche dich.«

Als hätten die Worte die Zügel seiner Selbstkontrolle durchschnitten, gab Baine ein tiefes Knurren von sich und vergrub sich mit einem einzigen festen Stoß in ihr.

Tayla keuchte auf. Seine pralle Männlichkeit war so groß, dass sie fürchtete, sie würde gleich zerspringen, doch es war ein köstlicher Schmerz. Mit einem kehligen Stöhnen schlang sie die Beine um seine Hüften und bohrte ihm die Fersen ins Kreuz.

»Mehr«, murmelte er und verbarg das Gesicht in dem zarten Schwung ihres Halses.

Sie zitterte, als sie das raue Reiben seiner Zunge an ihrem Puls spürte, eine erotische Hitze, die über ihrer Haut tanzte, während sein Körper von Drachenfeuer umhüllt war.

Ja. Ja, ja, ja!

Ihre Nägel krallten sich in seine Hüften, und sie hielt sich an ihm fest, bis sein Rhythmus immer schneller wurde. Es war so gut. Zu gut.

Die Kombination aus Hitze und seinen gnadenlosen

Stößen schickte sie schon bald in einen Strudel der vollkommenen Leidenschaft. Insgeheim ahnte Tayla, dass es vergebene Liebesmüh wäre, zu versuchen, das lustvolle Verlangen noch weiter hinauszuzögern, weshalb sie die Hüften von der Matratze hob und jedem seiner Stöße mit derselben Gier begegnete.

Sie stöhnte ekstatisch, als ein Schwall Drachenfeuer sie beide umhüllte, sie aneinanderkettete und zu einem gemeinsamen Orgasmus katapultierte, der sie beide vor köstlicher Lust zerfließen ließ.

In einem trunkenen Zustand gegenseitiger Erfüllung schwebte Tayla gedankenverloren durch einen nie geahnten Taumel des Glücks, während Baine mit hauchzarten Lippen einen Pfad von Küssen bis unter ihr Ohr zog und seine Hände an den Rundungen ihrer Hüfte entlangglitten, bis sie ihre geschwollenen Brüste umfassten.

Baine stöhnte vor Zufriedenheit, als ihre Brustwarzen sich wieder vor angespannter Erwartung aufstellten.

»Du gehörst mir.«

Mit plötzlicher Vehemenz presste es ihr die Luft aus den Lungen, als sie die überraschende Intimität spürte, die Baine in ihr weckte. Es war, als …

Sie holte zitternd Luft.

Oh, Mist!

Trotz der unüberhörbaren Alarmglocken, die in ihren Ohren schrillten, dauerte es noch mehrere Stunden, bis

Tayla tatsächlich akzeptierte, dass sie in Schwierigkeiten steckte.

Nicht nur Problemen à la »Mist, mein Soufflé ist zusammengefallen« oder »Mist, ich habe vergessen, die Stromrechnung zu bezahlen«.

Nein, dies war ein Problem der Kategorie »O Gott, mein gesamtes Leben steht Kopf«.

Sie hätte es in der Sekunde wissen müssen, als Baine mit tiefen Stößen in sie eingedrungen war. Tayla hatte es genossen. So sehr genossen, dass sie fast ohnmächtig geworden wäre. Doch sie hatte sich eingeredet, es wäre dem Umstand geschuldet, dass sie sich in die Hände eines außerordentlich talentierten Liebhabers begeben hatte.

Selbst als sie das unverkennbare Wonnegefühl verspürt hatte, mit dem sich ihre beiden Seelen miteinander verwoben hatten, hatte sie versucht, so zu tun, als wäre nichts geschehen.

Doch jetzt konnte sie die offenkundige Wahrheit nicht länger leugnen.

Ein Teil von ihr wusste mit glasklarer Gewissheit, dass dieser Mann ihr … Gefährte war.

Im Sinne von immer und ewig, bis dass der Tod euch scheidet.

Glücklicherweise knurrte ihr Magen aus Protest wegen der vielen Stunden ohne Nahrung, und Baine kroch sofort aus dem Bett, um die Reste des Brots und Honigs zu holen sowie die Flasche mit Nektar, sodass sie einen kurzen Moment in Ruhe über die entsetzlichen Folgen nachgrübeln konnte.

Und diese waren wirklich entsetzlich.

Feen waren nicht wie andere Dämonen. Die meisten von ihnen nahmen sich einen oder auch ein Dutzend Partner, um sich mit ihnen zu vergnügen. Aber wenn eine Fee mit einer Art zusammenkam, die lebenslange Beziehungen einging, etwa mit Vampiren oder Werwölfen, konnte der tief verborgene Verbindungsinstinkt in ihnen ausgelöst werden.

Panik schlug in ihrem Magen Purzelbäume.

Was war nur los mit ihr?

Sie hatte nicht nur freiwillig bei ihrer eigenen Verführung mitgeholfen, sondern sich auch noch emotional auf den Mann eingelassen, der sie wie ein Möbelstück gekauft hatte.

Mit unbesonnener Zügellosigkeit kippte Tayla den Nektar hinunter und versuchte, den Drachen zu ignorieren, der, ein leichtes Lächeln auf dem quälend schönen Gesicht, jetzt wieder neben ihr lag.

Ja, als könnte sie die donnernde Hitze ignorieren, die durch die Luft peitschte. Oder den Umstand, dass sie beide splitterfasernackt waren.

Dennoch musste sie versuchen, eine Barriere zwischen ihnen zu errichten. Andernfalls würde er mühelos erraten, dass er Gefühle in ihr geweckt hatte, die niemals hätten geweckt werden dürfen.

Etwas Erbärmlicheres könnte sie sich nicht vorstellen.

Insbesondere, nachdem er mit Nachdruck darauf hingewiesen hatte, dass Drachen keine Familie oder ein Und-sie-lebten-glücklich-miteinander-bis-ans-Ende-ihrer-Tage wollten.

Als Tayla spürte, dass zu viele Emotionen in ihr aufstiegen, verbannte sie ihr leeres Glas auf den Nachttisch.

Baine hingegen betrachtete sie mit einem sonderbaren Ausdruck von Zufriedenheit im Gesicht, als wäre er erfreut, dass sie es geschafft hatte, ihren Teller bis zum letzten Krümel aufzuessen. Dann schob er das Tablett auf den Boden und hielt das kleine Fläschchen mit Nektar hoch.

»Noch einen Schluck?«, fragte er.

»Nein.« Sie schüttelte den Kopf. Noch einen Tropfen und sie würde Seemannslieder singen und sich dabei einen Lampenschirm über den Kopf stülpen. »Der Wein ist zu stark.«

Er lachte dröhnend. »Das kann ich sehen. Deine Nase ist schon ganz rot.«

Erschrocken hob sie die Hand und berührte ihre Nase, die tatsächlich taub geworden war. »Ist sie nicht.«

Baine beugte sich vor und drückte ihr einen Kuss auf die Nasenspitze. »Sie ist immer noch entzückend«, versicherte er ihr, seine Worte ein kehliges Schnurren. »Genauso wie deine Lippen.« Sein Mund bedeckte ihre kitzelnden Lippen, bevor er ihre Ohrmuschel nachfuhr. »Und deine Ohren und …«

Jede seiner Liebkosungen jagte ihr einen erotischen Lustschauder den Rücken hinab, der so intensiv war, dass sie glaubte, das alles nicht mehr länger aushalten zu können. Instinktiv neigte sie den Kopf zur Seite und lud ihn schweigend ein, mit seinem Mund am Schwung ihres Halses entlangzufahren.

Erst in dem Moment, als ihr Blut vor gespannter Erwartung auf seine Berührung zu kochen begann, erkannte sie, was sie gerade tat. *O mein Gott!* Eigentlich sollte sie eine Barriere zwischen ihnen errichten, nicht unter seinen forschenden Lippen aufs Neue zerschmelzen.

Mit aller Gewalt zwang sie sich, seine berauschenden Liebkosungen zu unterbinden, indem sie sich wegriss und die Decke bis zum Hals zog.

»Wie spät ist es?«, fragte sie entschlossen.

Baine hob eine Augenbraue, überrascht von ihrem plötzlichen Unbehagen. »Zeit hat an diesem Ort keine Bedeutung.«

Mit dieser Aussage mochte er recht haben. Seit sie das Cottage betreten hatten, konnten ein paar Stunden oder sogar ein ganzer Monat vergangen sein.

»Vielleicht, aber wir können hier nicht ewig bleiben.«

Sein bernsteinfarbener Blick durchbohrte sie mit nervenzermürbender Intensität. »Warum nicht?«

»Weil …«

»Ja?«

Mit großer Mühe ließ sie sich eine Ausrede einfallen,

die ihr eine Stunde Zeit zum Nachdenken verschaffen würde.

»Ich muss nach meinem Haus sehen«, murmelte sie schließlich.

»Das läuft dir nicht davon.«

»Vielleicht nicht, aber es gibt Reparaturen, die durchgeführt werden müssen, und das gesamte Haus will geputzt sein«, nuschelte sie.

Er wirkte von ihrem Vorwand nicht sonderlich beeindruckt. »Der Gargoyle kann sich um all das kümmern.«

»Das ist nicht Levets Aufgabe«, beharrte sie. »Sondern meine.«

Es folgte ein langes, unangenehmes Schweigen, bevor Baine den Arm ausstreckte und ihr sanft eine widerspenstige Locke hinters Ohr strich.

»Was ist los?«

Sie zitterte. Was würde er wohl tun, wenn sie ihm ihr Innerstes anvertraute?

Oh, hey, Baine, ich weiß, ich bin nur eine Übergangskonkubine, die hier ist, um Tausende Dollar für meinen Vater abzuarbeiten, aber ich glaube, du hast meinen Verbindungsinstinkt ausgelöst …

Er würde sie entweder auslachen oder ihre Schwäche zu seinem Vorteil ausnutzen.

Keine der Alternativen war hinnehmbar.

Verbissen hielt sie an ihrer Ausrede fest. »Mein Haus wurde von Trollen zerstört.«

»Das hat nichts mit deinem Haus zu tun.«

»Bist du Hellseher?«

»Tayla.« Ihr Gesicht mit seinen Händen umschließend betrachtete er sie mit zunehmender Ungeduld. »Rede mit mir!«

Sie zog die Schultern hoch und wünschte, die Luft wäre nicht von seinem exotischen Geruch getränkt. Es war schlimm genug, dass er umwerfend war und nackt, mit hypnotisierenden Tätowierungen auf der Haut. Musste er auch noch so köstlich riechen?

»Da gibt es nichts zu besprechen.«

Seine Augen verengten sich zu Schlitzen. »Noch vor ein paar Minuten hast du …«

Hastig schlug sie sich die Hand auf den Mund. Sie wusste genau, was sie vor ein paar Minuten getan hatte.

In ihrer Erinnerung tauchten ihre Lippen auf, die um seinen sehr harten Schwanz geschlossen waren …

»Hör auf«, keuchte sie.

»Und jetzt willst du unbedingt weg von mir«, fuhr er fort, während die Luft eine Hitze ausstrahlte, die mehr von Wut als Begierde aufgeladen war. »Warum?«

Sie strich sich über die Lippen und warf einen Blick über Baines Schulter zum Fenster. Und tat einfach alles, nur um nicht in seine brennenden bernsteinfarbenen Augen sehen zu müssen.

»Ich mag gezwungen sein, deine Konkubine zu spielen, aber das bedeutet nicht, dass ich vorgeben muss, mein richtiges Leben würde nicht existieren«, beharrte sie.

Sie dachte nicht über die Worte nach, die einfach aus ihrem Mund gepurzelt waren. Erst, als sie spürte, wie Baine verkrampfte, hielt sie inne.

»Gezwungen?«, sagte er, und in seiner Stimme hallte ein tiefes Knurren mit.

Tayla verzog das Gesicht. *Mist!* Sie hatte versucht, eine Barriere zwischen ihnen zu errichten, aber sie hatte mit keiner Silbe andeuten wollen, dass sie ein unwilliges Opfer gewesen war.

Es kostete sie große Überwindung, sich seinem funkelnden Blick zu stellen. »Du weißt, was ich meine.«

»Um ehrlich zu sein, weiß ich das nicht. Es klang fast so, als wolltest du sagen, ich hätte dich in mein Bett gezwungen.« Sein Gesicht war gefährlich ausdruckslos. »Liege ich damit falsch?«

»Ich habe nur gemeint ...« Sie strich sich über die Lippen, während ihr Blick erneut zum Fenster glitt. »Ich habe ein Leben, das ich nicht ewig auf Eis legen kann.«

Seine Hände versteiften auf ihrem Gesicht. »Tayla, sieh mich an!«

Es war ein Befehl, keine Bitte, und Tayla gehorchte, noch bevor sie sich absichtlich widersetzen konnte.

»Was?«

Er senkte den Kopf, bis sie nur noch Zentimeter voneinander entfernt waren. Ein kleiner Rauchfaden kringelte sich aus seiner Nase.

»Bist du in diesem Bett, weil du mich willst oder weil du dich genötigt fühlst, hier zu sein?«

»Baine …«

»Beantworte meine Frage«, fauchte er. »Warum bist du in meinem Bett?«

Sie wussten beide die Antwort. Tayla konnte ihm nicht widerstehen.

Verflixt, sie *wollte* ihm nicht widerstehen. Zumindest ihr Körper konnte es nicht.

Doch die Worte weigerten sich, ihre Lippen zu verlassen. Stattdessen schüttelte sie entschieden den Kopf.

»Musst du mir alles nehmen?«

Bei ihrem harschen Vorwurf starrte er sie finster an. »Was zum Teufel soll das heißen?«

»Reicht es nicht, dass ich eingewilligt habe, die Schulden meines Vaters zu begleichen?«

»Nein, tut es nicht.« Der bernsteinfarbene Blick verdunkelte sich. Nicht vor Wut. Sondern mit etwas, das Taylas Herz vor Bedauern zusammenzog.

Ihre Lippen öffneten sich, um die schrecklichen Worte zurückzunehmen, aber bevor sie etwas sagen konnte, war Baine schon aus dem Bett gesprungen und hatte sich seine weit geschnittene Dojo-Hose übergestreift.

»Na schön.« Der einfühlsame Liebhaber war verschwunden, ersetzt durch ein Raubtier mit eiskalten Augen, das ungeduldig mit den Fingern schnalzte. »Zieh dich an!«

Tayla war sich schmerzlich bewusst, dass sie gerade etwas Zerbrechliches und vielleicht unendlich Wertvolles zerstört hatte, und kletterte schuldbewusst aus dem Bett, die Decke fest um ihren zitternden Körper geschlungen.

»Wohin gehen wir?«, fragte sie.

Die perfekten Gesichtszüge des Drachen waren hart, seine Tätowierungen huschten fieberhaft über seinen Körper.

»Wenn du wie jeder andere hübsche Tand in meinem Besitz behandelt werden willst, dann sei mir dein Wunsch Befehl.«

10

Baine konnte sich nicht erinnern, jemals so wütend gewesen zu sein.

Nicht damals, als sein Vater ihn aus der Familienhöhle warf, kurz bevor er die Pubertät hinter sich gelassen hatte. Nicht einmal, als ein Kobold versucht hatte, ihm eine Schatztruhe voller Katzengold zu verkaufen. Und schon gar nicht, als sich ein Mob übereifriger Menschen in seine Höhle geschlichen hatte und ihn mit einer Mistgabel erstechen wollte.

Und es *war* Wut, die jetzt wie Säure durch seine Venen floss, versicherte er sich mit grimmiger Miene. Es hatte rein gar nichts mit Enttäuschung oder durchkreuzter Begierde oder einem herausgerissenen Herzen zu tun.

Das wäre … Wahnsinn.

Er presste Tayla fest an sich und öffnete ein Portal, das direkt in den tiefsten, geheimsten Teil seiner Drachenhöhle führte, um es im nächsten Moment fest hinter sich zu schließen.

Sobald er spürte, dass Tayla auf eigenen Beinen stehen konnte, löste er den Griff um sie und wich hastig zurück, die Arme ablehnend vor der Brust verschränkt.

Sein grobes Verhalten sollte helfen, ihn noch einschüchternder wirken zu lassen. Als kostete es einen großen, wütenden Drachen auch nur die geringste Mühe, eine winzig kleine Fee zu ängstigen. Doch es war besser, als sich eingestehen zu müssen, dass es der einzige Weg war, um nicht den Arm auszustrecken und ihr die goldenen Locken aus dem blassen Gesicht zu streichen. Oder den pflaumenfarbenen Kaschmirpullover zu berühren, um zu überprüfen, ob er so weich war, wie er aussah.

Das Tier in ihm peitschte mit dem Schwanz und spuckte Feuer. Es verstand nicht, warum er mit der Frau in seinen Armen nicht zurück ins Bett ging.

Das Tier interessierte es nicht, dass sie sich stur weigerte, endlich einzugestehen, dass sie unter seiner Berührung deshalb zerfloss, weil sie ihn begehrte. Mit verzweifelter Inbrunst. Der Drache wusste nur, dass nichts in seinem Leben so schön gewesen war wie das Gefühl, mit seiner pochenden Männlichkeit tief in die seidige Wärme ihres Körpers einzutauchen.

Baine hingegen war tief getroffen von dem Vorwurf, er habe Tayla in sein Bett gezwungen.

Hatte er denn kein verfluchtes Vermögen für sie gezahlt? Hatte er nicht fünfundzwanzig Jahre alles in seiner Macht Stehende getan, um sie aufzuspüren? Und hatte er Tayla nicht in ihr selbst erträumtes Paradies gebracht, damit sie dort eine glückliche Zeit mit ihm verbringen konnte? Verdammt, er hatte einen Gefallen von einem Feenkönig eingelöst, um ihr den köstlichsten Nektar zu schenken!

Und wofür?

Wenn es ihr Stolz verlangte, dass sie wie eine Gefangene behandelt wurde, na bitte.

Dann würde er sie eben wie eine gewöhnliche Gefangene behandeln.

Er gab vor, ihren verletzlichen Gesichtsausdruck nicht zu bemerken, während sie sich in der riesigen, bis zur Decke mit Gold und Juwelen und ungewöhnlichen Kunstwerken vollgestopften Halle umblickte. Seine wertvollen Bücher befanden sich in einer klimatisierten Bibliothek, die hinter mehreren Lagen Illusionszauber am Ende des Raums versteckt war.

Schließlich warf sie ihm einen misstrauischen Blick zu. »Wo sind wir?«

»In meiner Schatzkammer«, erwiderte er mit eisiger Stimme. »Mach es dir gemütlich.«

Sie zuckte zusammen und schlang sich die Arme um die Taille. »Du hast nicht vor, mich hier zurückzulassen, oder?«

»Warum nicht?«, knurrte er. »Ich habe versucht, dir ein angenehmes Heim zu bieten, aber du ziehst es vor, wie mein Eigentum behandelt zu werden.« Er nickte zu einem Stapel Goldbarren. »Das hier ist der Ort, wo ich meine Kriegsbeute aufbewahre.«

»Baine …«

»Ich werde zurückkehren, sobald mich die Lust nach dir packt«, unterbrach er sie barsch und hastete zur nächstgelegenen Tür.

»Nein.« Tayla rannte ihm hinterher. »Bitte warte!«

Ohne auf ihr Flehen zu achten, schritt er hinaus und knallte die Tür hinter sich zu. Verdammt, er würde keine Schuldgefühle in sich aufkommen lassen.

Oder Einsamkeit.

Oder …

»Mylord.«

Nach einem kurzen Blinzeln erkannte Baine, dass die Wache, die Tag und Nacht vor der Tür seiner Schatzkammer stand, ihn mit unverhohlener Besorgnis ansah.

Eindringlich musterte Baine den jungen Mann, der wie Char ein Halbblut war, auch wenn er kurze schwarze Haare hatte und Augen, die wie leuchtender Aquamarin funkelten.

»Torque.«

»Ja, Mylord?«

»Gib acht, dass niemand in die Nähe der Tür kommt«, befahl er. »Und es interessiert mich nicht, wer es ist. Nur ich darf dort hinein.«

Der jüngere Mann blinzelte verwirrt. Es war dieselbe Anweisung, die jede Wache erhielt, sobald sie den Dienst vor der Schatzkammer antrat. Es gab keinen Grund, weshalb Baine sie wiederholen müsste.

»Natürlich«, murmelte Torque.

»Und gib mir sofort Bescheid, falls mein Vater unangekündigt erscheinen sollte«, fuhr Baine fort.

Die Wache nickte. »Jawohl, Sir.«

Baine zögerte immer noch. Er konnte das sonderbar ungute Gefühl nicht abschütteln, Tayla im Stich zu lassen.

Es war nicht direkt Angst. Immerhin gab es niemanden, der seine Schatzkammer betreten könnte. Sie wurde nicht nur ununterbrochen bewacht, sondern war auch mit Zaubersprüchen geschützt, die dafür sorgten, dass nur er allein Portale hinein erschaffen konnte.

Nein. Es war eher ein Gefühl des … Unbehagens.

Als würde die wunderschöne Fee verschwinden, sobald er ihr den Rücken zukehrte.

Mit einem fast amüsierten Kopfschütteln über diese lächerliche Vorstellung zwang sich Baine, in seine privaten Gemächer zu schreiten. Es war ein Ding der Unmöglichkeit, dass Tayla die Flucht gelingen könnte.

»Char«, rief er und benutzte die mentale Verbindung zu seinem treu ergebenen Diener, um ein Portal zu öffnen.

Sekunden später betrat der Halbblutdrache den Raum, in dem unzählige Bücherregale und weich gepolsterte Sessel zum Lesen einluden. Mit seinen kurzen silbernen Haaren, die ihm streng aus dem Gesicht gestrichen waren, dem schwarzen Rollkragenpullover und der schwarzen Hose erinnerte er an einen verweichlichten

Touristen, der die Welt auf der Suche nach Aufregung und Spaß bereiste. Zumindest so lange, bis man der Hitze nicht zu nahe kam, die von seinem wohlgeformten, muskulösen Körper ausstrahlte, oder die Gewitterwolken bemerkte, die in seinen Augen wirbelten.

»Welch eine Überraschung«, sagte der jüngere Mann im Plauderton und musterte Baine mit hochgezogener Augenbraue.

Baine goss sich ein großes Glas seines besten Brandys ein.

»Was?«

»Ich hatte nicht erwartet, dass du aus eurem Bett kriechst, bevor wenigstens ein Monat vergangen ist«, erklärte Char erheitert. »Warum bist du nicht bei deiner zauberhaften Fee?«

Eine gute Frage.

»Sie ist …«

»Wunderschön?«, schlug Char vor. »Sexy? Unwiderstehlich?«

Alles drei, stimmte Baine ihm innerlich zu.

Laut sagte er: »Nervig.«

Char zuckte mit den Schultern. »Sie ist eine Frau. Es ist ihre Pflicht, immer zu nerven.«

Baine schluckte den Brandy in einem einzigen Zug hinunter und hob die Hand, um sich den Nacken zu reiben. Verdammt. Obwohl sie in sicherer Entfernung weggesperrt war, hatte er das Gefühl, als würde sie ihn aus den Schatten böse anfunkeln.

»Und darin ist sie eine Meisterin«, murmelte er und verengte die Augen zu Schlitzen, als Char in Gelächter ausbrach. »Was ist so lustig?«

»Ich habe dich noch nie so aufgewühlt wegen einer Frau erlebt.«

Rauch kringelte sich aus Baines geblähter Nase. »Aufgewühlt?«

Char hob abwehrend die Hände. »Wie würdest du es denn nennen?«

»Einfach nur nervtötend«, knurrte er, während er sich immer noch den Nacken massierte. Was war nur los? Die Fee hatte ganz offensichtlich seinen Verstand durcheinandergebracht. »Hast du die Trolle aufgespürt?«

Char zögerte, als würde er tatsächlich in Erwägung ziehen, das sehr gefährliche Spiel, seinen Herrn zu ärgern, voranzutreiben. Doch dann, wohlwissend, dass Baine am Ende seiner Geduld war, schwand sein Lächeln.

»Ja«, sagte er in forschem Ton. »Ich bin der Spur vom Haus deiner Fee bis zu einem Ort gefolgt, der nur eine Meile entfernt war.«

Winzige Flammen züngelten über Baines Haut. Allein der Gedanke, dass sich die Trolle in der Nähe von Taylas Heim versteckt gehalten hatten, reichte aus, damit das Tier in ihm vor Lust brüllte, in der Vorfreude, die Dämonen in Asche zu verwandeln.

»Sie haben einen Wachtposten in der Nähe des Hauses postiert«, sagte er mit grimmiger Miene. »Wie zu erwarten war.«

Char nickte langsam. »Ja.«

Baine stellte sein leeres Glas beiseite. »Gibt es noch mehr?«

»Ich habe ein Portal am Rand ihres Lagers entdeckt.«

Ein Portal? Baine zischte vor Schreck. »Feen?«

»Elfen.«

Nun, das war … unerwartet. Was zum Teufel machten Elfen bei Trollen? Die beiden Spezies hassten sich. Nur eine weitere rätselhafte Frage auf einer sehr langen Liste.

»Bist du ihm gefolgt?«, fragte er.

»Ja.«

Baine stieß ein ungeduldiges Schnauben aus. Seit wann war es schwieriger geworden, aus Char Informationen herauszubekommen, als jemandem verflucht noch mal die Zähne zu ziehen? Und warum kitzelte es ihm am Hals, als würde er beobachtet werden?

Seine Laune wurde immer übler.

»Und?«, fauchte er.

»Die Spur führte zu einer verlassenen Burg an der Grenze von Norwegen«, verkündete der jüngere Mann.

Baine streckte die Hand aus, ungeduldig darauf wartend, dass sein Diener ihm die eingerollte Landkarte reichte. Dann eilte er zum Schreibtisch und breitete sie auf dem glatten Holz aus.

»Wo genau?«, fragte er im Befehlston.

Im nächsten Moment war Char an seiner Seite und zeigte auf einen abgeschiedenen Fleck.

»Hier.«

Baine betrachtete die unwirtliche Gegend. Nicht gerade ein Ort, der Elfen anzog.

»Eine Trollveste?«

»Nein.« Char schüttelte entschieden den Kopf. »Ich konnte die Umgebung nicht gründlich genug absuchen, aber ich vermute, es handelt sich um Auftragsmörder.«

Baine klopfte mit einem schlanken Finger auf den Schreibtisch. Soweit er wusste, verlangten diese skrupellosen Söldner ein kleines Vermögen für ihre Dienste. Sofern sie nicht wirklich verzweifelt waren, waren wenige Dämonen bereit, diesen horrenden Preis zu bezahlen.

»Seit wann beauftragen Trolle Auftragsmörder?«

»Ich habe nicht den blassesten Schimmer.« Char zuckte mit den Schultern. »Aber es muss etwas mit deiner Fee zu tun haben.«

Baines Herz setzte für einen Schlag aus.

Es war schlimm genug, dass Trolle und sein Vater ein sonderbares Interesse für Tayla an den Tag legten. Das Letzte, was er jetzt noch brauchte, war eine Gruppe Auftragsmörder, die sich an dem Wahnsinn beteiligte.

»Wie kommst du darauf?«

»Vor knapp einer Stunde ist ein Halbblutelf zusammen mit Skragg in der Burg aufgetaucht.«

Baines Augen verengten sich. Skragg war der Troll, der Tayla damals seinem Vater angeboten hatte.

»Konntest du hören, was sie sagen?«

»Nein, aber ich habe ihre Gefangenen erkannt.«

»Gefangene? Wer?«

»Ein gewisser Kerl mit dem Namen Odel und ein winziger Gargoyle.«

Baine stieß ein frustriertes Zischen aus. Er hätte ahnen müssen, dass Odel bis zum Hals in Schwierigkeiten steckte. Der Idiot wäre Baine ewig ein Klotz am Bein.

»Warum sollte …« Baine verstummte jäh, als ein qualvolles Gefühl des Verlusts ihn fast in die Knie zwang. »Mist«, hauchte er und presste sich eine Hand auf die Brust.

Es kostete ihn eine Sekunde, bis er erkannte, was diese schmerzhafte Leere bedeutete. Keine Überraschung. Nie in seinem sehr langen Leben hatte er sich derart zu einer Frau hingezogen gefühlt, dass er sie tatsächlich tief in sich spüren konnte.

Nur Tayla war dieses erschreckende Kunststück gelungen.

Flammen tanzten über seine Haut, als er aus seinen Privatgemächern stürzte und den Korridor hinabrannte. Im nächsten Moment war Char bei ihm. Seine Augen huschten beunruhigt hin und her, als suche er nach einem Feind, den es zu stellen galt.

»Was zum Teufel ist hier los?«, fragte der jüngere Mann.

»Sie ist fort«, knurrte Baine, ohne sein Tempo zu drosseln, während sie geradewegs auf seine Schatzkammer zuliefen.

Char legte verwirrt die Stirn in Falten. »Tayla?«

Etwas, womöglich brennender Schmerz, bohrte sich in Baines Brust.

»Ja.«

»Das ist unmöglich!«

»Außer jemand hat ihr bei der Flucht geholfen«, erwiderte er und blieb direkt vor der Wache stehen. »Torque«, fauchte er.

Der Wächter zuckte zusammen, als er Baines Flammen sah, die in weißglühender Hitze über seine Haut züngelten. Heiß genug, um sogar einen Halbblutdrachen zu versengen.

»Ja, Mylord?«

Baine trat vor. »War mein Befehl nicht klar?«

Der Mann nickte ruckartig. »Kristallklar.«

»Warum hast du dann die Tür geöffnet?«

Torque erblasste. »Das habe ich nicht.«

Baine starrte ihn finster an. Der jüngere Soldat war kein Idiot. Er wusste, dass es einem Todesurteil gleichkäme, wenn er seinen Herrn belog.

»Jemand muss die Schatzkammer betreten haben«, fauchte Baine in der Annahme, es müsse einen weiteren Verräter geben.

»Nein, Mylord. Niemand ist hier herein- oder herausgekommen«, beharrte der jüngere Mann. »Das schwöre ich!«

Einen leisen Fluch auf den Lippen trat Baine an der schwitzenden Wache vorbei und schob die Tür auf.

Gemeinsam mit Char hastete er in den Raum und suchte zwischen den Schätzen nach Tayla. Nicht, dass es nötig gewesen wäre. Die Leere, die weiterhin in seinem Innersten pochte, war Beweis genug, dass sie fort war.

»Du hast sie auch wirklich hier drinnen zurückgelassen?«, fragte Char, als hätte Baine vergessen können, wo er die wunderschöne Fee zum letzten Mal gesehen hatte.

»Ja.«

»Wohin ist sie gegangen?«

»Woher soll ich das wissen?«, fauchte Baine. Das Tier in ihm gierte danach, entfesselt zu werden und Jagd auf die Frau zu machen, die es als seinen Besitz erachtete. Nachdem Baine um eine große Truhe voller wertvoller Rubine geschlichen war, blieb er unvermittelt stehen. »Hier«, murmelte er und bückte sich, um den Boden zu berühren. Er konnte den Nachhall starker Magie spüren. »Ein Portal.«

Verblüfft gab Char ein ersticktes Geräusch von sich. »Kein Dämon kann ein Portal in die Schatzkammer eines Drachen aufbauen.«

»Einem ist es allem Anschein nach gelungen«, murmelte Baine, obwohl er seinem Freund insgeheim recht gab.

Es war ein Ding der Unmöglichkeit, dass irgendein Geschöpf ein Portal in seine Drachenhöhle aufbauen könnte. Ganz zu schweigen in diesen von mächtigen Zaubersprüchen geschützten Bereich. Es war einfach unvorstellbar.

Während er sich durch die unzähligen Lagen Magie vorkämpfte, stieß er erschrocken die Luft aus. Das Portal war von einer Fee erschaffen worden.

»Tayla.« Mit einer abrupten Bewegung richtete sich Baine auf, die Augenbrauen fest zusammengezogen. Nichts von alldem hier ergab Sinn. Außer … »Mist!« Baine schüttelte den Kopf und fragte sich verwundert, wie zum Teufel er so blind gewesen sein konnte. »Natürlich.«

Char hastete an seine Seite. »Was?«

»Ich war ein Idiot.« Baine zerschnitt die Luft mit der Hand und öffnete ein Portal, durch das er dieser nervtötenden Fee folgen konnte. »Dann mal los!«

Tayla fragte sich, was um alles in der Welt nur in sie gefahren war. Jahrelang war sie eine nüchterne, fleißige Geschäftsfrau gewesen, die Zurückhaltung geübt und jegliches Risiko vermieden hatte.

Und jetzt war sie eindeutig lebensmüde.

Was sonst mochte ihre Weigerung erklären, in Baines Schatzkammer zu bleiben, wie er es ihr befohlen hatte?

Immerhin hatte sie versprochen, die Schulden ihres Vaters zu begleichen. Sie hatte Baine ihr Pflichtbewusstsein sogar derart unter die Nase gerieben, dass es ihr gelungen war, ihn zutiefst in seinem Stolz zu kränken. Eine Erkenntnis, die sie mit schmerzlichem Bedauern erfüllte.

Obwohl sie an seiner wütenden Reaktion selbst schuld war, weigerte sie sich, einfach in seiner Schatzkammer darauf zu warten, dass er nach ihr schickte, sobald ihn die Lust packte und er sie in seinem Bett wollte. Sie mussten reden. Tayla wollte erklären, warum …

Nun ja, sie war nicht sicher, was genau sie sagen würde, aber sie würde nicht länger warten, um es ihm zu sagen.

Und so hatte sie ein Portal geöffnet und war in seinen Privatgemächern gelandet, wo sie sein Gespräch mit Char belauscht hatte.

Kurzzeitig hatte sie ihr Gefühlschaos, ihre Wut auf Baine und selbst ihre Angst, von den Trollen entdeckt zu werden, vergessen. Levet und ihr Vater schwebten schließlich in großer Gefahr.

Sie musste etwas tun, um sie zu retten.

Den Ort fest ins Gedächtnis gebrannt, auf den Char auf der Landkarte gezeigt hatte, erschuf sie ein Portal zu der Burg in den Bergen. Es überraschte Tayla nicht, dass es ein hässliches graues Ungetüm war, eine unüberwindliche Veste. Zu ihrem Pech war ihr Ziel kein elegantes Spa, wo sie sich nach Odels Rettung eine kleine Gesichtsbehandlung samt Massage hätte gönnen können.

Nachdem sie so nah, wie sie wagte, an die fünf Meter dicke Steinmauer gekrochen war, hatte sie ein weiteres Portal erzeugt, das sie in dem untersten Teil des Bergfrieds wieder ausgespuckt hatte.

Dann war sie, vor Angst schlotternd, weil sie glaubte, jeden Moment geschnappt zu werden, durch die dunklen Kellergewölbe geschlichen, bis sie vor einer Kerkertür schließlich den unverwechselbaren Geruch von Granit erschnuppert hatte.

Levet.

Während sie den Blick hastig schweifen ließ, um sicherzugehen, dass keine Wachen in der Nähe postiert waren, erspähte sie ein Stück achtlos weggeworfenen Draht am Boden und brach damit mühelos das schwere Schloss auf. Ihr Vater hatte ihr im Laufe der Jahre nicht viel beigebracht, aber er hatte darauf bestanden, dass sie Falschgeld erkannte, auf Knopfdruck weinen und Schlösser knacken konnte.

Nichts davon hatte ihr bisher im Leben weitergeholfen.

Bis zu diesem Moment.

So leise wie möglich schob sie die Eisentür auf, und ihre beklemmende Angst verpuffte beim Anblick des winzigen Dämons, der von der schmalen Pritsche sprang und auf sie zuwatschelte.

»*Mon dieu*«, hauchte Levet, und seine Flügel flatterten vor Erstaunen. »Wie bist du nur hier hereingekommen?«

Tayla runzelte die Stirn. Hatte man dem kleinen Dämon etwa einen Schlag auf den Kopf versetzt? Wie um alles in der Welt glaubte er, wäre eine Fee in eine schwer bewachte Trollveste gelangt?

»Mit einem Portal.« Sie sprach absichtlich langsam, nur für den Fall, dass sein Gehirn immer noch angeschlagen war.

Levet blinzelte. »Hierher?«

Ja. Er musste tatsächlich einen Schlag auf den Kopf abbekommen haben.

»Warum nicht?«

»Die Burg ist mit einem mächtigen Zauber belegt, der sämtliche Magie ausschaltet«, erklärte der Gargoyle und starrte sie verwundert an, als müsste er ein unlösbares Rätsel knacken. »Ich war nicht einmal in der Lage, einen Feuerball zu werfen.«

Tayla zuckte mit den Schultern. »Wie gesagt, ich habe ein Talent für Portale. Mein Vater meinte, ich hätte die Gabe von meiner Mutter geerbt.«

Der winzige Dämon runzelte augenblicklich besorgt die Schnauze. »Ah *oui*, dein Vater.«

Tayla unterdrückte ein Seufzen. Sie war diesen ablehnenden Tonfall gewohnt, wann immer die Sprache auf Odel kam.

»Wie seid ihr euch eigentlich begegnet?«

Levet hob die Hände. »Ich hatte mich auf die Suche nach ihm begeben.«

»Warum?«

»Es war der einzige Weg, der mir in den Sinn kam, um dich vor dem Drachen zu retten.«

»Oh.« Tayla schnürte es die Kehle zu, während ihr Tränen in die Augen stiegen. Seit ihrer Kindheit war von ihr erwartet worden, dass sie die Erwachsene war. Sie hatte ihren Vater vor den Geldeintreibern beschützt, die ständig vor ihrer Haustür aufgetaucht waren, und ihn ins Bett gebracht, wenn er zu tief ins Nektarglas geschaut hatte. Niemand hatte jemals einen Gedanken darauf verwendet, dass sie womöglich auch einmal gerettet werden müsste. »Das ist so süß von dir.«

»*Sacrebleu*.« Levet rieb sich über sein mickriges Horn, während sein schuppiger Schwanz um seine Füße schnalzte. »Du wirst jetzt nicht weinen, oder?«

Schniefend hielt sie die Tränen zurück. »Es ist nur … in meinem ganzen Leben hat sich bisher niemand um mich gekümmert.«

Levet tätschelte liebevoll ihre Hand. »Mein Plan ging allerdings schrecklich in die Rose.«

Taylas Lippen zuckten. Levet war der Einzige, der es schaffte, sie mitten in einem dunklen, feuchtkalten, nach Trollen stinkenden Kerker zum Lachen zu bringen.

»In die Hose«, korrigierte sie ihn.

»*Oui*.« Levet stieß ein leises Seufzen aus. »Mein Plan

lautete, Odel im Austausch gegen dich zu dem Drachen zu bringen, aber ich hatte ihn kaum in einem Londoner Pub aufgespürt, als ein sonderbarer Elf und ein Troll aufgetaucht sind.«

Dankbar streichelte Tayla ihrem Freund über den Kopf, bevor ihre Gedanken zum jüngsten Debakel ihres Vaters glitten.

Es war unüblich, dass Elfen mit Trollen zusammenarbeiteten. Eigentlich hassten sich die beiden Spezies.

»Haben sie gesagt, was sie von meinem Vater wollen?«, erkundigte sie sich.

Levet murmelte etwas, das sich wie ein französisches Schimpfwort anhörte.

»*Non*, aber das ist nicht schwer zu erraten.«

Tayla rümpfte die Nase. Es gab nur einen Grund, weshalb sich jemand die Mühe machen würde, ihren Vater zu suchen.

»Er schuldet ihnen Geld, nicht wahr?«, seufzte sie ernüchtert.

Levets Flügel flatterten, und seine Hände pressten sich auf ihre Beine. Beinahe, als versuchte er, sie in Richtung der offenen Zellentür zu schieben.

»Zweifellos, aber das ist nicht der Grund, weshalb sie ihn in diese abgelegene Burg gebracht haben.«

Tayla wehrte sich nicht gegen die sanfte Gewalt des Gargoylen. »Warum dann?«

»Es ist eine Falle, *ma belle*. Das ist die einzige vernünftige Erklärung.« Das hässliche kleine Gesicht war angespannt vor wachsender Besorgnis. »Du musst von hier verschwinden.«

Er hatte recht.

Es wäre ein zu großer Zufall, dass Trolle sie jagten und dann ihr Vater von einem entführt worden war. Die beiden Ereignisse mussten irgendwie zusammenhängen.

Wie dem auch sei, sie war aus einem bestimmten Grund in die Burg gekommen.

»Nicht ohne dich«, murmelte sie und packte Levet am Arm. »Und meinen Vater.«

»Tayla.« Levet hastete tapsend neben ihr her, um mit ihr Schritt zu halten. »Warte!«

Kopfschüttelnd bog sie in einen schmalen Tunnel, während sie nach dem Geruch ihres Vaters suchte.

»Wir müssen uns beeilen«, murmelte sie.

Levet zog an ihrer Hand. »Stopp!«

Widerwillig kam sie zum Stehen und beäugte ihren Begleiter mit unverhohlener Ungeduld.

Der Tunnel war rußgeschwärzt und dunkel, die Wand schleimig vor Schimmel. Ganz zu schweigen von dem Umstand, dass sie jeden Moment entdeckt werden könnten.

Jetzt war nicht der rechte Zeitpunkt für ein Schwätzchen.

»Warum?«

Levet ließ die Flügel hängen. »Dein Vater.«

Tayla sog scharf die Luft ein. »Er ist nicht verletzt, oder?«

»*Non.*« Seine Flügel erschlafften noch mehr. »Er ist von der Art, der es immer gelingt, unbeschadet aus einer Katastrophe zu entkommen.«

»Da magst du nicht ganz unrecht haben«, pflichtete Tayla ihm bei. Odel hatte stets für sein Überleben gesorgt. Um jeden Preis. »Was ist los?«

Levet zögerte, bevor er ein lautes Seufzen ausstieß. »Ich denke, dein Vater ist es nicht wert, dass du dein Leben für ihn aufs Spiel setzt.«

»Oh.« Tayla biss sich auf die Lippe. Sie wusste, dass sich Levet wahrhaftig um sie sorgte. Was im Grunde ganz wundervoll war. Doch sie hatte ihr gesamtes Leben darauf verwandt, sich um Odel zu kümmern. Sie konnte ihn nicht einfach im Stich lassen, jetzt, da sie wusste, dass er in Schwierigkeiten steckte. »Er ist aber mein Vater.«

»Was für ein Jammer«, murmelte Levet.

Tayla verzog das Gesicht und zerrte Levet weiter den Tunnel entlang. Sie würde niemals die richtigen Worte finden, um ihm erklären zu können, warum sie keine andere Wahl hatte, als ihren Vater zu beschützen.

Wahrscheinlich weil es keine Entschuldigung gab, wenn es um die eigene Familie ging.

Sie … gehörte einfach zu dir.

Mit wachsender Verzweiflung suchte Tayla nach ihrem Vater, um endlich aus diesem grässlichen Kerker verschwinden zu können, als sie schlitternd um eine Ecke bog und ihr plötzlich der Weg von einem zwei Meter zehn großen Mann mit kantigem Gesicht und kurz geschorenen blonden Haaren versperrt wurde.

Mit seinem T-Shirt und den Jeans hätte er fast als Mensch durchgehen können, aber Tayla roch das Trollblut, das durch seine Venen floss. Als würde der Hauch von Rot in seinen Augen nicht reichen, um seine gemischte Herkunft zu verraten.

»Ah. Endlich.« Der Mann lächelte und offenbarte rasiermesserscharfe Zähne. »Ich warte schon sehr, sehr lange auf dich, meine Liebe.«

11

Baine kauerte sich hinter einen großen Felsblock auf dem Gipfel der Bergkette, den Blick auf die Burg direkt unter ihm geheftet.

Als er Taylas Portal gefolgt war, hatte er angenommen, in ihrem Haus zu landen. Immerhin hatte sie mit solcher Vehemenz darauf gepocht, in ihr vollgestopftes Heim zurückzukehren, um sich um die notwendigen Reparaturen zu kümmern. War das nicht der Grund gewesen, weshalb sie aus seinen Armen geflohen war?

Stattdessen hockten sie nun in … Baine hob den Kopf und schnupperte in die Luft.

Norwegen?

Mist.

»Das ist also die Burg der Auftragsmörder?«, knurrte er.

Char ging neben ihm in die Hocke und spähte zu der erst kürzlich instandgesetzten Ruine.

»Ja.«

Baine blickte finster drein. Es gab nur einen Grund, weshalb Tayla hierhergekommen sein mochte. Um diesen albernen Gargoylen zu befreien. Oder ihren noch alberneren Vater.

Aber woher konnte sie gewusst haben …

Unvermittelt erinnerte sich Baine an das sonderbare Prickeln in seinem Nacken. Er hatte es törichterweise viel zu schnell als eine unbedeutende Nichtigkeit abgetan.

Jetzt erkannte er, dass die findige Fee ein Portal erschaffen haben musste, um ihm nachzuspionieren. Und als sie schließlich aufgeschnappt hatte, dass ihr Vater und der Gargoyle entführt worden waren, musste sie hierhergekommen sein, um …

Nun ja, er war sich nicht sicher. Aber er würde seinen gesamten Drachenschatz darauf verwetten, dass sie gerade ihren wunderschönen Hals riskierte.

»Verdammt«, murmelte er, während Rauch aus seinen Nasenlöchern quoll und Flammen um seine Füße züngelten.

Mit einem Mal war die eiskalte Luft dampfig heiß.

Char drehte leicht den Kopf, um Baine mit unbeirrtem Blick zu betrachten. »Wirst du mir jetzt endlich verraten, was zum Teufel hier los ist?«

Baines Hände umkrallten den Felsblock, und seine Gedanken wurden zunehmend fahrig, als das archaische Tier in ihm verzweifelt versuchte, den Geruch seiner Gefährtin aufzunehmen.

Wo war sie nur? Hatte sie bereits die Burg betreten?

»Vor fünfundzwanzig Jahren habe ich mit meinem Vater um Tayla gefeilscht.«

Char wölbte eine Augenbraue. »Ja, ich erinnere mich. Seitdem bist du so übel gelaunt.«

Baine überging die Beleidigung.

»Ich bin damals in meine Drachenhöhle zurückgekehrt, um das Gold zu holen und den Harem vorbereiten zu lassen«, erklärte er in fast zerstreutem Tonfall.

»Den Harem vorbereiten?«, hakte Char interessiert nach, wie nicht anders zu erwarten gewesen war. »Was soll das bedeuten?«

Baine machte ein mürrisches Gesicht, ohne die Burg auch nur eine einzige Sekunde aus dem Blick zu lassen. »Das geht dich einen feuchten Kehricht an«, fauchte er. Keinesfalls hätte er seinem Diener offenbart, dass er seinen gesamten Harem hatte putzen lassen, um sicherzugehen, dass es keine Spuren von irgendwelchen anderen Frauen gäbe.

Char stieß ein Geräusch aus, das einem erstickten Lachen gleichkam. »Okay.«

Baine ignorierte die Erheiterung des jüngeren Mannes, zu sehr war er beschäftigt, die Wachen zu zählen, die auf dem Festungswall ihre Runden drehten.

»Als ich zurückkam, hatte mein Vater nicht die Güte, mir zu erzählen, dass die Frau längst verschwunden war«, fuhr er fort und konzentrierte sich auf die verschiedenen Lagen Magie, die wie eine Kuppel über dem abbröckelnden Innenhof schimmerten. »Er ist erst mit der Sprache herausgerückt, als ich bezahlt hatte.«

»Typisch Synge«, knurrte Char.

»Ganz genau.« Damals war er wütend gewesen. Und nicht, weil sich sein Vater ein Vermögen erschlichen hatte. Er hatte einfach nicht glauben können, dass die faszinierende Frau ihm aus den Händen geglitten war. Und es war dieser Zorn gewesen, der ihn für das Offensichtliche blind gemacht hatte. »Ich hatte angenommen, sie wäre durch das Portal geflohen, durch das die Trolle zurück in diese Welt gekommen waren. Aber jetzt …«

Seine Worte verhallten jäh, und sein ganzer Körper erzitterte, als er den schwachen Geruch von verbrannten Zitronen wahrnahm.

Tayla.

Und sie war nicht glücklich.

»Du glaubst also, sie hat eigenständig ein Portal geöffnet«, hauchte Char erstaunt.

Baine zuckte mit den Schultern. Unter normalen Umständen wäre er ebenso überrascht über Taylas außergewöhnliches Talent wie Char. Doch das hier waren keine normalen Umstände.

Viel zu sehr war er von dem fieberhaften Verlangen erfüllt, sie aus der Burg zu befreien und in seine Drachenhöhle zu schaffen.

»Ich kann es mir nicht anders erklären«, erwiderte er achselzuckend.

»Erstaunlich«, schnaubte Char.

»Nicht erstaunlich.« Endlich drehte Baine den Kopf, um seinen Freund anzufunkeln. »Gefährlich.«

Char hob die Augenbrauen. »Warum gefährlich?«

»Mein Vater weiß offenbar, dass Tayla die Gabe besitzt, unbemerkt in Drachenhöhlen gelangen zu können.« Baine schauderte. Allein die Worte auszusprechen reichte schon aus, dass sich seine Eingeweide vor Besorgnis verkrampften.

Char verzog das Gesicht. »Oh.«

»Ganz genau.« Baine nickte zur Burg unter ihnen. »Und da Skragg sie jagt, kennt er wohl ebenfalls ihr Talent.«

»Das würde das überwältigende Interesse an einer einfachen Fee erklären«, murmelte Char.

»Ja. Die Trolle wollen sie benutzen, um in eine Drachenhöhle einzubrechen.« Der Felsblock zersprang unter der Kraft, mit der Baine ihn umkrallte. »Und mein Vater will sie tot sehen.«

»Verdammt.« Char wirkte aufrichtig entrüstet. Es überraschte Baine nicht, dass sein Diener ebenfalls Taylas Charme erlegen war. »Wie sieht dein Plan aus?«

Kopfschüttelnd versuchte Baine, einen klaren Gedanken zu fassen.

»Ich gehe hinein und hole sie raus«, sagte er, und seine Stimme dröhnte mit der Macht seines Drachen.

»Das ist alles?« Char packte ihn am Arm. »Das ist der ganze Plan?«

Baine wollte die Hand abschütteln, die ihn mit fester Gewalt zurückhielt. »Du willst mehr? Wie wäre es damit: Ich bringe jeden um, der sich mir in den Weg stellt?«

Char ließ nicht locker. »Baine, das ist ein mieser Plan.«

Ein tiefes, warnendes Knurren grollte in Baines Brust. Der Stein unter seinen Füßen begann zu schmelzen.

»Sie gehört mir.«

»Ja, das habe ich verstanden«, versicherte Char hastig. »Sie gehört dir. Aber wenn du einfach dort hineinstürzt, werden sie deine Fee womöglich umbringen, bevor wir sie in Sicherheit schaffen können.«

Baine zischte und wäre bei der Bemerkung, Tayla könne Leid angetan werden, fast in Flammen aufgegangen.

Er würde sie alle in Schutt und Asche legen, sollten sie ihr auch nur ein Härchen krümmen.

Mühsam gelang es ihm, sich wieder auf seinen Begleiter zu konzentrieren.

»Hast du eine bessere Idee?«

»Ja.« Char zeigte zum Himmel, der mit den leuchtendsten Farben der Abenddämmerung glühte. »Du lenkst sie ab, und ich schleiche mich hinein und befreie sie.«

Die Erde erzitterte unter ihren Füßen. Es war immerhin seine Gefährtin, die gerettet werden musste.

Er wollte der Held sein.

»Warum bin ich nicht derjenige, der sie befreit?«, fauchte er.

Char blickte zu der großen Felsspalte, die sich genau hinter ihnen geöffnet hatte, und lächelte sarkastisch.

»Weil du für mehr Ablenkung sorgen kannst.«

Okay, Chars Logik war nicht gänzlich von der Hand zu weisen. Es gab wenige Dinge, die für mehr Verwirrung sorgen konnten als ein ausgewachsener Drache, der auf grauenhafte Verwüstung aus war.

Baine legte seinem Freund die Hand auf die Schulter. »Ich verlasse mich auf dich, Char.«

»Ich werde sie holen«, versprach der jüngere Mann in feierlichem Tonfall. »Das schwöre ich.«

Da Baine keine andere Wahl blieb, als sich auf die Treue seines Dieners zu verlassen, erhob er sich und sprang, ohne zu zögern, vom Rand des Berghangs. Der Wind rauschte an ihm vorüber, während er seine Arme ausbreitete und mit einem einzigen Ausbruch von Magie das Tier in sich entfesselte.

Tayla unterdrückte einen Schrei und wich taumelnd einen Schritt zurück. In den blutroten Augen ihres Gegenübers spiegelte sich eine entsetzliche Leere, die ihr einen Schauder den Rücken hinunterjagte.

Dieser Mann war nicht nett.

Und aus welchem Grund auch immer er sie in diese Burg gelockt hatte, es verhieß nichts Gutes.

Im Grunde war sie überzeugt, dass er ein sehr, sehr böser Mensch war.

»Wer bist du?«, keuchte sie und schob Levet instinktiv hinter sich.

Der Hüne, der fast den gesamten Tunnel ausfüllte, kam unbeirrt auf sie zu.

»Craven.«

Sie reckte das Kinn, fest entschlossen, ihm ihre Angst nicht zu zeigen. Was natürlich verlorene Liebesmüh war. Der Mann hatte genug Dämonenblut in sich, um die Furcht zu riechen, die in ihr hämmerte.

Dennoch, sie hatte ihren Stolz.

»Sollte mir der Name etwas sagen?«

»Gütiger Himmel, ich hoffe nicht«, erwiderte er schleppend. Seine Ausdrucksweise war ungewöhnlich geschliffen, wenn man seine Herkunft bedachte.

Sie hätte ihr Lieblingsrezept für Scones darauf verwettet, dass er nicht von seinen Trollverwandten aufgezogen worden war. Diese grässlichen Dämonen hatten normalerweise die Angewohnheit, mit Grunzen, Knurren und Kopfnüssen zu kommunizieren.

»Ich lege größten Wert darauf, in den Schatten zu leben«, fuhr er fort, während sein Blick an ihrem angespannten Körper hinabglitt. »Wir haben jedoch einen gemeinsamen Freund.«

»Wer könnte das wohl sein?«, fragte sie schnippisch.

»Skragg.«

Tayla schnaubte verächtlich. Niemals könnte sie dieses widerliche Wesen vergessen. Es hatte sie damals nicht nur entführt und an Baines Vater verkauft, sondern sich auch noch geifernd an ihrer Not ergötzt.

»Dieser abscheuliche Troll ist nicht mein Freund!«

»Deine Wortwahl ist ein wenig harsch, meine Liebe«, spottete Craven. »Du hast bei ihm allerdings einen bleibenden Eindruck hinterlassen.«

»Das kann ich mir kaum vorstellen.« Sie spürte, wie Levet ihr ins Bein zwickte. Sollte es eine schmerzhafte Warnung sein, nichts Dummes zu sagen? Oder wollte er ihr eine versteckte Botschaft übermitteln? »Ich bin nur eine unter Tausenden von Sklaven, die er verkauft hat.«

Craven schüttelte den Kopf, und sein Lächeln wurde breiter. *Igitt!*

»Nein, du bist nicht eine unter vielen, meine Liebe«, versicherte er ihr. »Du hast wahrlich außergewöhnliche Talente.«

»Soll ich dir etwa einen meiner besonderen Kuchen backen?«, fragte Tayla verwirrt. Sie verzog schmerzhaft das Gesicht, als Levet sie jetzt erneut zwickte.

Verdammt. Sie würde lauter blaue Flecken bekommen.

»Vielleicht später.« Der Hüne musterte sie mit beunruhigender Intensität. »Zuerst wirst du ein Portal für mich öffnen.«

Oh. Tayla runzelte die Stirn. Das war gar nicht so schlimm.

Zumindest besser, als über einem heißen Feuer zu rösten.

Oder vergewaltigt zu werden.

»Das ist alles?«, fragte sie, überzeugt, dass es einen Haken gab.

»Es ist ein ganz besonderes Portal.« Cravens Kichern ließ Tayla schaudern. Es klang … böse. »Oder sollte ich lieber sagen, es geht zu einem ganz besonderen Ort?«

»Nämlich?«, zwang sie sich zu fragen.

»In eine Drachenhöhle«, erwiderte er mit weicher Stimme.

Na bitte. Da war der Haken.

Sie brauchte Levets Zwicken nicht als Warnung, um vorsichtig zu sein. Wirklich, wirklich vorsichtig.

»Das ist unmöglich«, sagte sie.

»Das hatte ich auch immer angenommen.« Die blutroten Augen verengten sich. »Bis Skragg einer Taverne voller betrunkener Dämonen von einer hübschen jungen Fee erzählte, der es gelungen war, aus der Drachenhöhle des mächtigen Synge zu fliehen.«

Dieser verfluchte Skragg! Sollte ihn doch … nun ja, sie war nicht sicher, wer ihn holen sollte, damit es einer angemessenen Strafe gleichkam, aber es müsste schmerzhaft sein.

Und langsam.

»Das war ein Unfall«, versuchte sie zu lügen. »Als die Trolle verschwunden sind …«

»Nein«, fiel ihr Craven scharf ins Wort. »Skragg war

in der Drachenhöhle, als sie deine Flucht bemerkt haben. Synges Wutausbruch ließ keinen Zweifel daran, dass du damals ein Portal erschaffen hast.«

Tayla leckte sich über die trockenen Lippen. »Er hat sich getäuscht.«

Ohne Vorwarnung schoss die Hand des Mannes vor, und seine Finger krallten sich um ihre Kehle.

»Lüg mich ja nicht an, Fee!«, zischte er, und seine Augen brannten glutrot in dem halbdunklen Tunnel.

»Lass sie in Ruhe, du Barbar!« Levet stürzte an Tayla vorbei, während sich seine Klauen schon vergebens ballten, um einen Zauber auszustoßen. Gleichzeitig holte Craven mit einem Bein aus und schleuderte den Gargoylen durch einen festen Tritt den Tunnel hinab. »Aua«, kreischte das kleine Wesen, als es mit einem lauten *Rumms* gegen die Wand knallte.

Oder vielleicht war es etwas anderes, das diesen Lärm verursachte, denn im selben Moment bemerkte Tayla, dass der Tunnel erzitterte und Staub von der Decke rieselte.

Das Denken fällt jedoch schwer, wenn einem die Kehle zerquetscht wird.

»Keine Spielchen mehr«, schnauzte Craven und riss sie hoch. »Du wirst ein Portal öffnen, oder ich bringe deinen Vater um.«

»Bitte«, keuchte sie in dem Wissen, sich kurz vor einer Ohnmacht zu befinden.

Wie sollte sie ein Portal erschaffen, wenn sie bewusstlos war?

Und was um alles in der Welt sollte dieses dröhnende Pochen? Das immer lauter und lauter wurde. Als würde die Burg über ihnen systematisch in Schutt und Asche gelegt.

»Was nun?«, hörte sie Craven murmeln, bevor plötzlich widerlicher Trollgestank die Luft erfüllte, als Skragg im Tunnel auftauchte. Sofort ließ Craven Tayla fallen, wodurch sie jäh erlöst wurde. Zusammengekrümmt auf dem Boden sog sie schmerzhaft Luft in ihre Lungen, während sich Craven zu dem plumpen Dämon umwandte, der viel zu groß für den Tunnel war. »Skragg? Was zum Teufel ist dort oben los?«

Der Troll, an dessen Hauern Spucke klebte, bückte sich und versuchte zu reden.

»Drache«, brachte er schließlich hervor.

Craven zuckte zusammen, seine Gesichtszüge von blankem Entsetzen gezeichnet. »Verdammt!«

Der Troll wirkte erschrocken. »F… Feuer«, stammelte er.

Mit hoffnungsvollem Herzen rappelte sich Tayla auf die Knie.

Baine.

Nun, da sie nicht mehr erdrosselt wurde, konnte sie ihn sogar spüren. Nicht wie ein Dämon, der einen anderen erkannte. Sondern wie eine Frau, die ihren Gefährten spürte.

Mit besorgtem Gesichtsausdruck schob sich Craven an dem grobschlächtigen Troll vorbei.

»Pass auf sie auf. Lass sie keine Sekunde aus den Augen!«, befahl er. »Verstanden?«

Der Troll stieß einen unverständlichen Laut aus und versperrte den Tunnel mit seiner massigen Gestalt, während Craven in die Dunkelheit verschwand.

Tayla blieb auf dem Boden sitzen und versuchte, ihren benebelten Verstand zu klären.

Sie mussten fliehen. Nicht nur, weil sie nicht als Drachendiebin für Craven und die Trolle missbraucht werden wollte. Sondern auch, weil sie nicht wusste, wie lange die Tunnel dem Angriff standhalten würden.

Was tat Baine nur dort oben?

Sobald ihre Gedanken wieder in geregelten Bahnen liefen, könnte sie ein Portal erschaffen, doch sie wusste immer noch nicht, wo ihr Vater gefangen gehalten wurde. Und wie sollte sie Odel finden, wenn ihr ein riesiger Troll den Weg versperrte?

Mit einem Mal war das leise Kratzen von Klauen zu hören, da Levet über den Steinboden auf sie zuhumpelte.

»Ich denke, sie haben deinen Drachen erzürnt, *ma belle*«, murmelte er sanft.

»Er ist nicht *mein* Drache«, widersprach sie instinktiv, obwohl ein warmes Glühen in ihrem Herzen entfacht war.

»Dann versuch mal, *ihm* das beizubringen«, sagte unvermittelt eine männliche Stimme.

Überrascht hob Tayla den Kopf und musste entsetzt zusehen, wie Skraggs Kopf gerade mit einem einzigen Hieb von seinem Körper abgetrennt wurde und den Tunnel hinabkullerte, bis vor ihre Füße.

Okay. Sie hatte innerlich gehofft, dass der Troll leiden müsste, aber das hier …

Die Arme um Levet geschlungen, wich Tayla vor dem widerlichen Gesicht zurück, das zu einer erschrockenen Fratze erstarrt war, und bemerkte kaum, wie Skraggs Körper zur Seite gestoßen wurde.

Jetzt galt ihre gesamte Aufmerksamkeit dem Halbdrachen mit silbernen Haaren und rauchfarbenen Augen.

»Char«, hauchte sie verdattert.

Levet schnalzte mit der Zunge. »Wie viele Drachen besitzt du eigentlich, *ma belle*?«

Char spähte hochmütig zu dem Gargoylen hinab, der sich enger an Tayla presste.

»Soll ich den Nervzwerg umbringen?«, fragte er.

Tayla schüttelte energisch den Kopf. Hätte sie nicht eben miterlebt, wie er einem Troll erbarmungslos den Kopf abgeschlagen hatte, hätte sie vielleicht geglaubt, dass er nur scherzen würde.

»Nein.«

Levet trat einen Schritt vor. Seine Flügel zitterten vor Empörung.

»Nervzwerg?« Er klopfte sich mit der kleinen Faust auf die Brust. »Ich bin Levet, der größte …«

»Nicht jetzt, Levet«, unterbrach ihn Tayla leise.

Sie liebte den Gargoylen, aber er konnte stundenlang mit seinen heroischen Taten prahlen.

Char schüttelte stirnrunzelnd den Kopf, als könne er nicht glauben, dass Tayla ihren Begleiter nicht lieber tot sehen wollte. Dann hielt er ihr seine schlanke Hand hin.

»Wir müssen von hier verschwinden. Kannst du ein Portal erschaffen?«

Tayla erhob sich langsam und konnte nur mühsam das Gleichgewicht halten, während das hämmernde Beben über ihr unnachgiebig weiterging.

»Was ist mit Baine?«, wollte sie wissen.

Char zuckte mit den Schultern. Er schien eine erstaunliche Gleichgültigkeit für seinen Herrn an den Tag zu legen.

»Er wird die Mistkerle weiter ablenken, bis wir von hier geflohen sind«, erklärte er, Taylas Hand fest umklammernd. »Wir müssen los.«

»Wir können Baine doch nicht einfach zurücklassen!«, protestierte sie. »Was ist, wenn er verletzt wird?«

Char schnaubte verächtlich. »Er ist ein großer Junge. Vertrau mir, er kann sich um sich selbst kümmern.«

Sie nickte widerstrebend. Es gab wahrscheinlich wenige Dinge, die eine echte Gefahr für Drachen darstellten.

Dennoch konnte sie nicht fliehen. Noch nicht.

»Was ist mit meinem Vater?«

Char betrachtete sie mit zunehmender Verärgerung.

»Sofern es dir nicht um das Vergnügen geht, ihn mit eigenen Händen umzubringen, bin ich sicher, dass die Auftragsmörder sich seiner entledigen werden, sobald sie erkannt haben, dass sie keinerlei Verwendung mehr für ihn haben.«

»Nein!«, protestierte sie. »Ich will nicht, dass er stirbt.«

Char musterte sie mit verblüfftem Gesichtsausdruck. »Warum nicht?«

»Das frage ich mich auch«, murmelte Levet.

»Halt die Klappe!«, knurrte Char, ohne den Blick von Tayla abzuwenden.

»He«, empörte sich Levet.

Tayla seufzte leise. Die beiden würden sie niemals verstehen.

»Ich kann ihn einfach nicht zurücklassen.«

Für einen nervenaufreibenden Moment glaubte Tayla, der Drache könne sie mit Gewalt aus dem Tunnel zwingen. Immerhin wäre sie niemals stark genug, um gegen ihn im Kampf zu bestehen, sollte er sich entscheiden, sie einfach über seine Schulter zu werfen und aus der Burg zu tragen.

Doch dann, als Char spürte, dass sie ihm die Schuld in die Schuhe schieben würde, sollte Odel etwas zustoßen, drehte er sich um und zog sie durch die Dunkelheit.

»Baine wird mich umbringen …«

12

Mit langen Schritten bewegte sich Craven durch seine Burg, die systematisch von dem Drachen zerstört wurde, der über den Zinnen kreiste. Irgendwo in seinem dicken Schädel wusste er, dass er Todesangst haben sollte. Niemand legte sich mit einem Drachen an und konnte die Geschichte später persönlich erzählen. Doch es war vielmehr tosende Wut, die durch ihn hindurchpeitschte, als er den Festungswall betrat und dort Reece vorfand, der entsetzt in den Himmel starrte.

Cravens Augen blitzten purpurrot auf, als er dem Blick seines Mitstreiters zu der riesigen Kreatur folgte, die immer wieder aufs Neue Feuer spuckte. Er zischte vor Zorn. Mit jedem Feuerstrahl verwandelte der Mistkerl die äußere Befestigungsanlage der Burg noch mehr in einen glühenden Haufen Schutt.

»Mist«, knurrte er beim Anblick seiner Fünf-Millionen-Dollar-Investition, die vor seinen Augen in Rauch aufging. »Muss er verdammt noch mal die gesamte Burg zerstören? Ich habe ein Vermögen für diesen Rückzugsort hingeblättert.« Seine Hände ballten sich.

»Ganz abgesehen von den Zaubersprüchen, die sie eigentlich beschützen sollten. Ich werde diese Hexe umbringen!«

Der kleinere Mann strich sich seine langen Haare mit Fingern zurück, die sichtlich zitterten.

»Es gibt keine einzige Hexe auf der Welt, deren Magie stark genug ist, um Drachenfeuer abzuhalten«, murmelte Reece. »Vielleicht hättest du die fliegende Eidechse einfach nicht verärgern dürfen?«

»Ich? Meinst du nicht eher ›wir‹?«, knurrte Craven, und seine schweren Stiefel kratzten über die Steine unter seinen Füßen, während er zur Seite taumelte. Zur Hölle mit dem Drachen und seiner Feuersbrunst! Die gesamte Burg vibrierte, als würde ein Erdbeben wüten. »Wir sitzen im selben Boot.«

Mit einem Schulterzucken hob Reece die schlanke Hand. »Tut mir leid, aber kennst du nicht die alte Ganovenehre-Redewendung, dass ›eine Krähe einer anderen notfalls gerne ein Auge aushackt‹? Insbesondere wenn ein Drache mit von der Partie ist.« Er bewegte eine Hand durch die Luft. Dann noch einmal und noch einmal. Seine Augen weiteten sich vor Angst. »Oh … verdammt!«

Jetzt feixte Craven: »Probleme?«

»Ich kann kein Portal mehr öffnen«, hauchte der Halbblutelf erschrocken.

Craven zog fragend eine Augenbraue hoch. Er hatte der Hexe damals eigentlich aufgetragen, den Zauberspruch so anzupassen, dass er die Magie des Elfen nicht blockierte.

»Sieh mich nicht so an«, fauchte er. »Ich kann den Zauber nicht ändern.«

Reece blickte zum Himmel. »Der Drache muss meine Magie behindern.«

»Wie schade!« Craven machte auf dem Absatz kehrt und hastete zurück zur Tür.

Insgeheim hatte er gehofft, auf den Zinnen doch noch sehen zu können, dass die Zaubersprüche, für die er die Hexe immerhin fürstlich entlohnt hatte, auch einem Drachenangriff standhielten. Jetzt war offensichtlich, dass sein letzter Ausweg die Flucht war.

Wie zu erwarten gewesen war, folgte Reece ihm dicht auf den Fersen, während er die schmale Treppe hinabhastete.

»Wo willst du hin?«, krächzte Reece, der das Konzept der Brüderlichkeit unter Dieben anscheinend gerade wieder für sich entdeckt hatte.

»Im Gegensatz zu dir habe ich mir tatsächlich einen Plan B überlegt«, erklärte Craven.

Der Elf stieß ein zitterndes Seufzen aus. Der Geruch seiner Angst erfüllte die Luft.

»Du hast einen geheimen Fluchtweg?«

Craven verzog das Gesicht, während er die Wendeltreppe in unvermindertem Tempo hinabstürzte. Am liebsten hätte er Reece an der Kehle gepackt und ihn aus einem der schmalen Fenster geworfen. Zusehen zu können, wie der verräterische Elf verbrutzelte, hätte womöglich einen Teil seiner siedend heißen Wut zum Erkalten gebracht. Aber leider konnte er nicht leugnen, dass der Kerl immer noch einen gewissen Nutzen bot.

Sobald sie die Burg verlassen und aus dem Bann der glühend heißen Magie des Drachen geflohen waren, bräuchten sie einen raschen Fluchtweg aus den Bergen. Und was eignete sich besser dafür als ein schickes Portal?

Er könnte natürlich die Fee benutzen. Allerdings war er sich nicht sicher, ob sie nicht doch ein doppeltes Spiel mit ihm treiben würde.

Nein. Im Moment hatte er keine andere Wahl, als Reece mit sich zu nehmen.

Er unterdrückte ein leises, verärgertes Fauchen und versicherte sich im Stillen, dass er den dummen Elfen immer noch umbringen könnte, sobald er dem Drachen entronnen war.

»Ja, ich habe einen geheimen Fluchtweg«, gestand er und verzog schmerzgepeinigt das Gesicht, als ein Gesteinsregen von der Decke auf seinen Kopf herabhagelte. »Aber zuerst müssen wir in den Kerker.«

Reece machte einen Satz zur Seite, während ihm das Blut die Stirn hinablief, da er ebenfalls von einem Gesteinsbrocken getroffen worden war.

»Warum?«

»Weil die Fee dort eingesperrt ist.«

Reece wischte sich das Blut aus dem Gesicht. »Ein bedauerliches Kriegsopfer, das wir zahlen müssen.«

»Bullshit«, fauchte Craven. »Ich habe zwanzig Jahre gewartet, um die Kleine aufzuspüren. Es kommt gar nicht infrage, dass ich ohne sie verschwinde.«

»Nur für den Fall, dass dir die unbedeutende Kleinigkeit entgangen sein sollte: Wir werden gerade von einem wütenden Drachen angegriffen«, schnauzte Reece zurück.

Craven verdrehte die Augen. Ja, als könnte er den Umstand vergessen, dass die Burg um ihn herum in Schutt und Asche gelegt wurde? Oder den Gestank von geschmolzenem Metall? Oder die schrillen Todesschreie der Trolle, die mit allen Mitteln versuchten, der Zerstörung zu entfliehen?

»Du kannst ja gehen«, sagte er zu seinem Begleiter.

»Wo ist denn dein Notausgang?«

Craven blieb stehen und riss die schwere Eisentür am Ende der Treppe auf. Mit einem Lächeln trat er zur Seite und deutete mit einer Handbewegung an, dass Reece vor ihm hindurchgehen sollte.

»Folge mir, und ich zeige ihn dir.«

»Mist.« Reece spähte in den dunklen Tunnel, der zum Kerker führte, bevor sein Blick über die Schulter zur Wendeltreppe gerissen wurde, die unter der Wucht des Drachenangriffs entzweibrach. »Das hier stand nicht so im Vertrag«, beschwerte er sich.

Craven schnaubte verächtlich. »Hattest du gedacht, es wäre ein Kinderspiel, einen unbezahlbaren Drachenschatz zu stehlen?«

Reeces Gesichtsausdruck verfinsterte sich vor vorwurfsvoller Entrüstung. »Du hast mir versprochen, dass die Sache über die Bühne gelaufen wäre, bevor irgendjemand irgendetwas mitbekommt.«

Craven zuckte mit den Schultern. Es hätte so einfach sein können. Er wusste immer noch nicht, wie es dem Drachen gelungen war, ihn aufzuspüren. Oder weshalb er gerade die Burg zerstörte.

Es sei denn, er wusste, dass die Fee hier war, und wollte sie töten?

»Das war der Plan«, murmelte er.

»Und wie sieht unser neuer Plan aus?«

Craven zischte ungeduldig. »Wir schnappen uns die Fee und warten ab, bis sich die Hitze des Gefechts gelegt hat. Im wahrsten Sinne des Wortes.«

Reece stieß ein scharfes, humorloses Lachen aus. »Glaubst du wirklich, die Drachen werden irgendwann aufhören, Jagd auf dich zu machen, wenn sie wissen, dass du heimlich in ihre Schatzkammern schleichen kannst?«

Ob er das wirklich glaubte? Craven fluchte leise in sich hinein. Natürlich nicht. Sollten sie annehmen, dass er ihren Schatz stehlen wollte, würden die Drachen nicht aufgeben, bis er tot war.

Er funkelte seinen Begleiter an. »Was schlägst du vor?«

»Wir vergessen die Fee und verschwinden von hier«, kam es wie aus der Pistole geschossen von dem Elfen.

»Und was ist mit dem Schatz?«

»Wir wären zumindest am Leben.« Reece berührte

bewusst die Wunde auf seiner Stirn, die bereits zu heilen begann. »Manchmal ist das der kostbarste Schatz.«

Okay, der Elf hatte nicht ganz unrecht. Craven mochte gierig sein, aber er war nicht gewillt, für einen Drachenschatz zu sterben. Doch der Gedanke, die Frau einfach zurückzulassen, für deren Suche er so viel Zeit und Geld verwendet hatte, behagte ihm gar nicht.

»Ich …« Cravens Worte verhallten, als bei der schweren Stille, die plötzlich die Luft erfüllte, seine Eingeweide vor Angst krampften. »Hör doch«, zischte er.

»Was?« Reeces Augenbrauen zogen sich nachdenklich zusammen. »Ich höre nichts.«

»Genau das ist der Punkt, du Dummkopf!« Craven griff nach der Waffe, die er sich auf den Rücken geschnallt hatte. Nicht, dass sie ihm auch nur das Geringste bringen würde. Menschentechnologie war nutzlos gegen mächtige Dämonen. »Wo ist der Drache?«

Ein leises Zischen elektrischer Energie entlud sich, als sich ein Portal öffnete und plötzlich ein schlanker dunkelhaariger Mann auf der Treppe erschien. Für den wahnwitzigen Bruchteil einer Sekunde versuchte sich Craven einzureden, dass es nur ein Elf war, der es geschafft hatte, die Barriere zu durchbrechen. Dann erblickte er das Feuer, das in den bernsteinfarbenen Augen loderte, und er wusste, dass sein letztes Stündchen geschlagen hatte.

»Suchst du etwa mich?«, fragte der Drache gedehnt, während seine Macht durch die Luft peitschte.

»Oh … Scheiße«, hauchte Craven und wäre in dem

Versuch, sich taumelnd aus dem Staub zu machen, fast über Reece gestolpert.

Doch es war zu spät.

Viel zu spät.

Der Drache hob langsam die Hand und flüsterte ein mächtiges Wort. Craven schrie, als ein Flammenball ihn traf und die sengende Hitze ihn bis auf die Knochen verbrannte.

Tayla hastete durch die dunklen Tunnel und war sich der beiden Männer wohl bewusst, die ihr dicht auf den Fersen folgten.

Der Halbblutdrache und der winzige Gargoyle hätten nicht unterschiedlicher sein können, trugen jedoch dieselbe Miene verärgerter Missbilligung im Gesicht. War es etwas, das Männer heimlich probten?

Tayla zwang sich, ihre Gedanken nicht abschweifen zu lassen, und bog in einen weiteren Gang ein, der von dicken Türen gesäumt war. Einige waren aus Eisen, andere aus Silber und eine aus purem Stein. Offensichtlich war ihr Entführer auf jegliche Spezies von Dämonen vorbereitet.

Sie folgte dem Geruch von Feigen, der so typisch für ihren Vater war – vor allem in Verbindung mit Alkohol –, und hielt schließlich vor der letzten Tür, die aus Eisen gefertigt war.

Augenblicklich war die verzweifelte Stimme ihres Vaters zu hören.

»Hallo! Können Sie mich hören? Ich werde hier gegen meinen Willen festgehalten.« Auf der anderen Seite der Tür erklang ein Klopfen. »Ich weiß, dass dort draußen jemand ist. Helfen Sie mir, und ich kann Sie fürstlich entlohnen.« Odel senkte nun die Stimme, zweifellos in der Hoffnung, eine der Wachen bestechen zu können. »Ich habe Geld. Juwelen. Alles, was Ihr Herz begehrt.«

Char stieß ein verächtliches Schnauben aus. »Er ist sehr laut«, beschwerte er sich. »Ich könnte ihm die Zunge herausreißen.«

»Nein«, erwiderte Tayla, die sich durchaus bewusst war, dass der Drache höchstwahrscheinlich nicht scherzte.

Levet watschelte zu ihr. »Bist du sicher, *ma belle*? Der Vorschlag des Drachen erscheint mir sehr vernünftig.«

Sie funkelte ihren Begleiter finster an. »Nein!«

Der Gargoyle flatterte mit den Flügeln und spähte zu Char. »Ich habe mein Bestes getan.«

Das Klopfen an der Tür wurde lauter. »Wer ist da?«, wollte Odel wissen. »Tayla? Meine süße Tay-Tay, bist du das?«

Tayla versteifte sich. Früher einmal hätte ihr der Kosename, den ihr Vater ihr gegeben hatte, das Herz erwärmt. Damals hatte es sie nicht gestört, dass er ununterbrochen auf der Flucht gewesen war und es ihnen immer an Geld gemangelt oder er sie tagelang vergessen hatte. Sie hatte sich eingeredet, dass, solange sie nur zusammen waren, sie wenigstens eine Familie waren.

Jetzt klaffte eine schroffe Leere in der Mitte ihres Herzens.

Sie ging einen Schritt vor und redete direkt durch den winzigen Spalt, der in die Tür gemeißelt war. Höchstwahrscheinlich war er dafür da, den Gefangenen permanent bewachen zu können, sollte sich das als nötig herausstellen.

»Ich bin hier, Vater«, versicherte sie Odel.

»Oh, dem Himmel sei Dank!« Odel schluchzte lautstark. Trotz seiner Angewohnheit, Gesetze zu brechen und Geld zu verspielen, das er überhaupt nicht besaß, hatte er schreckliche Angst vor geschlossenen Räumen, was vielleicht an den ständigen Drohungen seiner Gläubiger lag, ihn einzusperren und anschließend den Schlüssel wegzuwerfen. »Ich wusste, dass du mich nicht im Stich lassen würdest.«

Tayla verzog das Gesicht und warf einen Blick zu dem Drachen, der mitten im Tunnel stand und dessen wache Augen nach dem kleinsten Anzeichen von Problemen suchten.

»Könntest du bitte die Tür öffnen?«, fragte sie.

Stirnrunzelnd drehte sich Char zu ihr um und sah aus, als wollte er ihre Bitte am liebsten ausschlagen. Doch dann, als er die eiserne Entschlossenheit bemerkte, die sich in ihr Gesicht gegraben hatte, warf er die Hände schicksalsergeben in die Höhe.

»Natürlich kann ich die verdammte Tür öffnen«, knurrte er. Behutsam schob er Tayla zur Seite, bevor er ihren Vater anschrie: »Geh zurück, du Idiot!« Mit einem einzigen Tritt schlug er die massive Tür aus den Angeln, die durch die Luft flog und gegen die hintere Zellenwand knallte. Dann blickte er zu Tayla, die seine Darbietung mit weit aufgerissenen Augen verfolgt hatte. »Da. Sie ist offen.«

»Vielen Dank«, brachte sie mit erstickter Stimme hervor und huschte in die Zelle, wobei sie kurz noch schaudernd die Tür beäugte, die nun nichts weiter als ein verformtes Stück Eisen war.

Puh! Sie würde es sich von nun an zweimal überlegen, bevor sie Char um einen Gefallen bat.

Odel stürzte schon auf seine Tochter zu und umklammerte fest ihre Hände. Obwohl er den Aufprall unbeschadet überlebt hatte, sah er sehr mitgenommen aus. Seine Haare waren zerzaust, als hätte er sie seit Tagen nicht mehr gekämmt, und seine Augen waren blutunterlaufen vom wochenlangen Konsum menschlichen Alkohols. Schlimmer war jedoch, dass er roch, als hätte er sich seit einer halben Ewigkeit nicht mehr gewaschen.

»Oh, mein liebes Kind, du kannst dir gar nicht vorstellen, wie glücklich ich bin, dich zu sehen«, sprudelte es aus ihm heraus, der Griff um ihre Hand so fest, dass es schmerzte.

Taylas Lippen verzogen sich zu einem traurigen Lächeln. »Wirklich?«

Er runzelte die Stirn, als er ihren unverhohlenen Argwohn bemerkte. »Natürlich.«

Sie befreite ihre Hände und versuchte auszublenden, wie erbärmlich er in seiner zerknitterten Kleidung und den Staubschlieren auf den Wangen aussah.

Odel war ein Meister darin, auf die Tränendrüsen anderer zu drücken, doch diesmal war sie nicht in der Stimmung für seine Spielchen. Er hatte sie zu sehr verletzt.

»Weil ich dir nützlich sein könnte, nicht wahr?«, fauchte sie. »Denn andernfalls bin ich dir völlig egal und könnte ebenso gut tot sein.«

Er legte sich die Hand auf die Brust, als wäre er derjenige, der nun gekränkt war. »Wie kannst du so etwas nur sagen, Tayla?«

»Wie bitte?« Sie schlang sich die Arme um die Hüfte und funkelte den Mann böse an, der es sich zur Lebensaufgabe hätte machen müssen, sie zu beschützen. »Du hast mich verkauft!«

Zumindest besaß er den Anstand, bei ihrer bitterbösen Anschuldigung zusammenzuzucken.

»Nein«, hauchte er. »So war es nicht.«

Sie presste die Kiefer fest aufeinander, als sie sich die Nacht in Erinnerung rief, in der sie von den Trollen verschleppt worden war. Ihr Vater hatte sie absichtlich allein im Geschäft zurückgelassen und sie den Dämonen wie ein Opferlamm dargeboten.

»Dann hast du mich nicht benutzt, um deine Schulden zu bezahlen?«

»Ich …« Mit einem tiefen Stöhnen fiel Odel auf die Knie, den Kopf gebeugt, das Gesicht mit den Händen bedeckt. »Es tut mir leid«, murmelte er, seine Worte gedämpft. »Ich musste irgendetwas tun. Sie hätten mich ansonsten umgebracht.«

Da ihre gesamte Aufmerksamkeit allein ihrem Vater galt, erschrak Tayla jetzt fast zu Tode, als Char ihr plötzlich mit sanfter Hand über die Schulter strich.

»Wir haben keine Zeit für das hier.«

Der Drache hatte recht. Sie waren in dem Kerker eines … nun ja, sie war sich nicht ganz sicher, was Craven war, aber sie wusste, dass er böse war. Baine riskierte sein Leben, um ihnen die Möglichkeit zur Flucht zu verschaffen. Je länger sie blieben, desto größer war auch die Gefahr, in der er schwebte.

Doch obwohl sie sich ermahnte, auf den Fersen kehrtzumachen und aus der Zelle zu hasten, warf sie Char einen flehenden Blick zu.

»Ich muss wissen, warum er es getan hat«, sagte sie mit rauer Stimme.

Der Drache nickte kurz. »Fünf Minuten.«

Taylas Blick glitt wieder zu ihrem Vater, der den Kopf gehoben hatte, um sie aus misstrauischen Augen zu mustern.

»Du warst immer hilflos und schrecklich egozentrisch, aber ich dachte, du würdest mich lieben«, warf sie ihm vor.

»Das tue ich auch.« Bei dem Gedanken, sie könnte

seine Liebe für sie anzweifeln, sah er sie gramgebeugt an. »Ich liebe dich von ganzem Herzen, Tayla.«

»Aber das Glücksspiel liebst du mehr.«

Er wollte schon den Kopf schütteln, da stieß er ein resigniertes Stöhnen aus. Sie wussten beide, dass sie an zweite Stelle rückte, sobald der Wahnsinn ihn packte.

»Ich war nicht immer ein so schwacher, jämmerlicher Mann, Tayla«, sagte er in einem kraftlosen Flüstern.

Char verdrehte die Augen und verschränkte die Arme vor der Brust. »Packt die Taschentücher aus, es folgt eine rührselige Geschichte.«

»Ganz genau«, stimmte Levet ihm zu und hob die Hand, als erwartete er, dass der Drache mit einem High-Five bei ihm einschlug. Als Char ihn einfach nur böse anfunkelte, prustete Levet verächtlich. »Es ist unhöflich, die Hand eines Gargoyle auszuschlagen.«

»Es ist keine Geschichte«, beharrte Odel und überging die beiden Männer, die ihn mit unverhohlenem Ekel anstarrten. »Früher einmal war ich jung und gut aussehend und so talentiert, dass jeder in meinem Clan mich beneidet hat.« Bei der Erinnerung an seine Blütezeit strafften sich seine Schultern, und sein Kopf sank dabei nach hinten. »Es gab niemanden, der einen mächtigeren Nektar brauen konnte. Oder mehr Frauen in sein Bett lockte.«

Tayla streckte abwehrend die Hand aus. »Zu viele Informationen!«

»Ich will doch nur sagen, dass ich dazu bestimmt

war, Erfolg zu haben, egal, was ich mit meinem Leben anstellen würde. Weshalb auch niemand sonderlich überrascht war, als deine Mutter mich zu ihrem Gefährten wählte.«

»Warum sollte auch jemand überrascht gewesen sein?«, fragte sie. Selbst wenn Feen gelegentlich arrangierte Ehen eingingen, waren Liebesheiraten nicht unüblich.

»Weil sie eine Chantri war«, erklärte er. »Sie hätte jeden haben können!«

Taylas Mund klappte überrascht auf. Odel hatte nie viel von ihrer Mutter gesprochen. Und da es für ihren Vater immer schmerzhaft gewesen war, über die Frau zu sprechen, die er geliebt und verloren hatte, hatte Tayla ihn nie bedrängt.

Jetzt trafen seine Worte sie wie aus heiterem Himmel.

»Chantri?«, wiederholte sie und versuchte, die Information zu verdauen. »Meine Mutter war von königlichem Blut?«

»Ja.« Odel nickte kurz, ohne sich des Umstands klar zu sein, dass er gerade eine Bombe hatte platzen lassen. »Ein paar sind zurückgeblieben, als der König mit den Reinblütigen ins Land der Feen zurückgekehrt ist. Und auch Arrita zog die Freiheit dieser Welt dem Paradies hinter Gittern vor«, sagte er.

»Das erklärt alles«, murmelte Levet.

Tayla blickte den Gargoylen verwirrt an. »Erklärt bitte was?«

»Deine Fähigkeit, Portale in eine Drachenhöhle zu erschaffen«, erwiderte Levet. »Einige der mächtigen Chantri können an jedem Ort Portale öffnen. Manche sogar gleichzeitig mehr als eins.«

Unvermittelt sprang Odel auf die Beine. »Du hast das Talent deiner Mutter geerbt?«, fragte er mit plötzlicher Begeisterung. Es hatte ihn nie sonderlich gekümmert, was seine Tochter konnte oder nicht konnte. »Kannst du wirklich in eine Dra…ach…« Seine Worte erstickten, als Chars Hand blitzschnell hervorschoss, ihn an der Kehle packte und zehn Zentimeter vom Boden hochhob. Odels Augen quollen hervor, und sein Gesicht nahm einen sonderbar rotbraunen Ton an. »Tayla«, keuchte ihr Vater. »Pfeif deinen Begleiter zurück!«

Tayla begegnete Chars aufgewühltem Blick, bevor sie bedächtig den Kopf schüttelte.

»Nein«, weigerte sie sich entschlossen.

Odel stieß ein ersticktes Geräusch aus. »Was meinst du damit, nein?«

»Hältst du mich für dumm?«, fragte sie. »Du heckst schon wieder einen Plan aus, wie du mein Talent zu deinem Vorteil einsetzen kannst.« Sie beobachtete, wie Schuldgefühle Odels Augen verdunkelten. »Ich warne dich hier und jetzt, ich werde es nicht tun. Auf gar keinen Fall.«

Char schnaubte, und ein Rauchfaden kringelte sich aus seinen geblähten Nasenflügeln.

»Keine Sorge, Kleine«, sagte er in seinem gedehnten

Tonfall und beugte sich vor, bis er ihrem Vater direkt in die Augen sah. »Baine wird diese erbärmliche Kreatur töten, bevor er ihr erlaubt, dich in Gefahr zu bringen.«

In der ausdruckslosen Stimme des Halbelfen lag deutliche eine Warnung, dass er nicht spaßte. Für Tayla würde Baine Odel töten, ohne auch nur mit der Wimper zu zucken.

Der rötliche Farbton in Odels Gesicht war zu einem Aschgrau geworden. »Das werde ich nicht«, brachte er keuchend hervor. »Hand aufs Herz.«

Tayla berührte Char leicht am Unterarm. »Lass ihn bitte los.«

Der Halbblutdrache blickte finster drein. »Du bist eine echte Spaßbremse«, murmelte er, offensichtlich enttäuscht, Odel nicht seine verdiente Strafe zukommen zu lassen. »Na schön.«

Tayla wartete, bis er Odel wieder auf die Füße gestellt hatte, bevor sie entschlossen zwischen die beiden schritt. Sie wusste genug über Drachen, ihr hitziges Gemüt und ihr unstillbares Verlangen, ihre Feinde abzufackeln.

Zwar wusste sie nicht, ob Char über Drachenfeuer verfügte, aber es erschien ihr weise, jegliche bedauerlichen »Unfälle« zu vermeiden.

»Du warst bei meiner Mutter stehen geblieben«, erinnerte sie ihren Vater.

Odel taumelte leicht, während er versuchte, das Gleichgewicht wiederzufinden. Die Kiefer vor Wut fest zusammengepresst richtete er seine Aufmerksamkeit allein auf Tayla. Er war klug genug, um nichts weiter zu sagen, was den Halbblutdrachen gereizt hätte. Char wartete nur auf eine Ausrede, um ihm die Zunge herauszureißen.

»Sie war wunderschön, wie du. Und so sanft. Wie eine zarte Blume.« Ein unsagbar trauriges Lächeln erschien auf seinen Lippen. »Ich wollte nichts weiter, als sie für immer bei mir zu haben und zu beschützen.«

Ein bohrender Schmerz krallte sich in Taylas Herz. Es spielte keine Rolle, dass sie keinerlei Erinnerung an die Frau hatte, die ihr das Leben geschenkt hatte. Tayla trauerte immer noch um ihren Verlust.

»Aber dann haben die Vampire sie umgebracht«, murmelte sie.

»Ja.« Sie sahen sich tief in die Augen, während Vater und Tochter ihren gemeinsamen Kummer teilten. »Das Wissen, dass ich versagt habe, gleicht einem Krebsgeschwür, das meine Seele auffrisst«, fuhr Odel mit zitternder Stimme fort. »Ich bin ständig auf der Suche nach einem Weg, den Schmerz zu betäuben.«

Tayla blinzelte verwirrt. Es war ihr nie in den Sinn gekommen, dass sich ihr Vater wegen des Todes ihrer Mutter Vorwürfe machen könnte.

»Es war nicht deine Schuld«, entgegnete sie. Arrita war nicht die einzige Fee, die damals in Neuengland dem Brandschatzen der Vampire zum Opfer gefallen war. »Niemand wusste, dass in unserer Nähe Vampire auf der Jagd waren.«

Odel ließ die Schultern sinken. »Das spielt keine Rolle«, murmelte er. »Ohne deine Mutter bin ich ein gebrochener Mann.«

Eine Mischung aus Mitgefühl und Verärgerung über ihren Vater, der wie eh und je in Selbstmitleid zerfloss, durchzuckte Tayla, doch in dem Moment, als sich ihre Lippen teilten, um ihn anzuschnauzen, er solle sich zusammenreißen und seinen Mann stehen, bemerkte sie, wie der Boden wieder unter ihren Füßen bebte.

Stirnrunzelnd erkannte sie, dass es das erste Minierdbeben war, das sie seit mehreren Minuten gespürt hatte. Was hatte Baine die ganze Zeit über getan? War er etwa verletzt?

Fast als würde Char ihre Sorge teilen, schloss er jetzt die Augen. Sein Gesichtsausdruck war unergründlich. Tayla hielt den Atem an. Ihr waren Gerüchte zu Ohren gekommen, dass Drachen auf telepathischem Wege kommunizieren konnten. Mehrere Sekunden verstrichen, dann streckte der Mann jäh die Hand aus und packte sie am Arm.

»Wir müssen gehen«, sagte er, und sein Tonfall bedeutete ihr, dass er keinen weiteren Widerspruch dulden würde.

Taylas Herz zog sich vor Angst zusammen. »Geht es ihm gut?«

»Ja.« Der Halbblutdrache verzog das Gesicht. »Aber er wird gleich fuchsteufelswild, wenn er nicht bald mit eigenen Augen sieht, dass du in Sicherheit bist. Wenn wir nicht auf der Stelle von hier verschwinden, wird er dich höchstpersönlich holen.«

Ein sonderbarer Anflug von Wärme erfüllte ihre Seele. Dieser überwältigende, herrliche Drache machte sich Sorgen um sie.

»Ich bin bereit.« Sie hob die Hand, um ein Portal zu erschaffen, nur um im nächsten Moment erneut zu zögern. »Und wohin soll es gehen?«

Char warf ihr einen überraschten Blick zu. »Nach Hause, natürlich.«

»Du meinst, in Baines Drachenhöhle?«

Behutsam fuhr ihr Char mit den Fingern über die Wange. »Das habe ich doch gesagt … nach Hause.«

Mit einer einzigen Handbewegung öffnete Tayla ein neues Portal und führte ihre sonderbare Ansammlung von Begleitern direkt in Baines Thronsaal. Sie ermahnte sich, dass das Gefühl von Frieden in ihrem Innersten allein der Erleichterung geschuldet war, dass sie alle überlebt hatten.

Doch selbst als sie sich in dem eleganten Raum umsah, brannten sich Chars Worte in ihren Hinterkopf.

Nach Hause.

13

Baine brachte seinen Diener natürlich nicht um. Char war immerhin sein bester Freund.

Aber es hätte nicht viel gefehlt.

Eigentlich war Baine gut gelaunt gewesen, als er in die Privatgemächer seiner Drachenhöhle zurückgekehrt war. Char hatte ihm ausgerichtet, dass Tayla in Sicherheit war, und Baine hatte seinen schwelenden Zorn schon an den bedauernswerten Auftragsmördern und Trollen ausgelassen.

Er hatte den Boden zum Beben gebracht, Feuer gespuckt und schwere Zerstörungen verursacht.

Drei seiner Lieblingsbeschäftigungen.

Nachdem er der Burg den Rücken gekehrt hatte, war sie eine rauchende Ruine gewesen, und die Mistkerle, die Tayla verschleppt hatten, waren tot. Oder zumindest nahm er an, dass keiner überlebt hatte.

Falls sie entkommen waren, wussten sie nun, dass Baine jeden vernichten würde, der versuchte, sich an seiner Gefährtin zu vergehen.

Doch ihm blieb kaum genügend Zeit, seine menschliche Gestalt anzunehmen, als sein treuer Diener die Bibliothek seiner Privatgemächer betrat, um Baine darüber zu informieren, dass ihm keine andere Wahl geblieben war, als Taylas Vater mitzubringen.

Während sich Baine mit den Fingern durch die dunklen Haare fuhr, funkelte er den feixenden Char an. Die Vorstellung, dass sein Herr den nichtsnutzigen Elf nun am Hals hatte, war für den jüngeren Mann anscheinend ein Quell der Heiterkeit.

Und brachte Baine dazu, dass er etwas töten wollte.

»Was zum Teufel soll ich nur mit ihm anstellen?«, fauchte Baine.

»Keine Ahnung.« Char hob die Hände, und seine Unschuldsmiene fachte Baines Zorn nur weiter an. »Er ist dein Schwiegervater, nicht meiner.«

»Hättest du ihn bei den Trollen gelassen …«

»Nicht meine Schuld«, unterbrach Char ihn. »Deine Frau hat darauf bestanden, auf keinen Fall ohne ihn zu verschwinden.«

»Mist«, hauchte Baine.

Er konnte es seinem Diener nicht verübeln. Für eine so kleine Dämonin hatte Tayla ein großes Talent dafür, dass Männer ihr jeden Wunsch von den Augen ablasen. Das minderte jedoch nicht seine Verärgerung.

Es war schlimm genug, diesen Klumpen Stein alias den Gargoyle in seiner Drachenhöhle zu wissen. Jetzt hatte er auch noch einen betrunkenen Feen-Vater an der Backe, der zweifellos Baines gesamten Drachenschatz verspielen würde, wenn er nicht ununterbrochen bewacht wurde.

»Du könntest es immer noch wie einen Unfall aussehen lassen«, schlug Char vor, und seine Lippen zuckten, als der Geruch von Zitronen die Luft erfüllte, wenige Sekunden, bevor Tayla den Raum betrat.

In ihrem weichen Kaschmirpullover und der grauen Hose hätte sie eigentlich prüde und spießig aussehen müssen. Die Sorte Frau, die dem lustvollen Verlangen eines Drachen mit Entsetzen begegnet wäre.

Stattdessen betonte das pfirsichfarbene Oberteil die üppigen Kurven ihrer Brüste, und die Hose umschmeichelte die herrlichen Rundungen ihres Hinterns.

»Was für ein Unfall?«, fragte sie im Laufschritt, die blassgrünen Augen zu argwöhnischen Schlitzen verengt.

Baine machte eine abfällige Handbewegung in Richtung von Char, während sein Blick fest auf Tayla geheftet war und er sich im Stillen fragte, wie schnell er sie aus dieser spröden Kleidung schälen könnte, damit sie sich splitterfasernackt auf seinem Bett räkelte.

Primitiv, aber hey, er war ein Drache!

»Verschwinde«, knurrte er.

»Euer Wunsch ist mir Befehl, Mylord.« Char vollführte spöttisch eine tiefe Verbeugung, bevor er auf dem Absatz kehrtmachte und das Zimmer durchquerte. Dann blieb er kurz neben Tayla stehen, um ihr im lauten Flüsterton zuzuraunen: »Zeig's ihm, Kleine!«

Baine schüttelte den Kopf, als sein Diener endlich aus dem Raum marschierte und die Tür hinter sich schloss.

»Er braucht eine Gefährtin«, murmelte der Drache.

Tayla stand neben einem der Bücherregale, wo sie vergebens versuchte, sich den Anschein zu geben, als würden seine Worte sie nicht berühren.

Da kam Baine auf sie zu. Schluss mit den Spielchen. Er beabsichtigte, sie für sich zu beanspruchen, jetzt und für alle Ewigkeit.

»Es ist bei uns nicht so üblich wie bei anderen Gattungen, aber es ist auch nicht wirklich selten.« Baine blieb direkt vor ihr stehen. »Tayla …«

»Ich nehme an, du bist sauer, weil ich einfach abgehauen bin?«, unterbrach sie ihn hastig, die Wangen gerötet.

Seine Augen verengten sich. »Ich bin wütend, weil du dich in Gefahr gebracht hast«, korrigierte er sie.

Sie biss sich auf die Unterlippe. »Ich konnte Levet und meinen Vater nicht einfach im Stich lassen.«

Baine schauderte bei dem Gedanken, was alles hätte passieren können, wenn er ihr Verschwinden aus seiner Drachenhöhle nicht intuitiv gespürt hätte. Die Auftragsmörder hätten sie womöglich an die Trolle verfüttert oder …

Nur mit allergrößter Mühe gelang es ihm, die Tür zu seinen dunkelsten Ängsten zuzuschlagen. Der Gedanke, seine Gefährtin zu verlieren, war schier unerträglich.

»Um diese beiden Idioten kümmern wir uns später«, murmelte er.

»Aber …«

Ihre Worte endeten in einem Quietschen, als er sich zu ihr hinabbeugte und sie schwungvoll hochhob.

»Später«, beharrte er und presste sie sanft an seine Brust, während er durch eine Türöffnung ging, die gut versteckt hinter einem Gespinst aus Zaubersprüchen lag.

Im nächsten Moment betraten sie einen höhlenartigen Raum, der eines Sultans würdig gewesen wäre.

Ein großes, rundes Bett mit goldenem und schwarzem Bettzeug stand in der Mitte eines mit bunten Mosaiken gefliesten Bodens. In einer Ecke gab es eine tiefe Badewanne, die größer als die meisten Swimmingpools war, und in einer anderen war ein Haufen weicher Kissen aufgeschichtet, auf denen man sich ausruhen und ungestört lesen konnte, ohne fürchten zu müssen, ständig gestört zu werden.

»Wo sind wir?«, hauchte Tayla.

»Dort, wo ich dich in der Sekunde hätte hinbringen sollen, als ich dir in der Drachenhöhle meines Vaters zum ersten Mal begegnet bin«, erwiderte er und stellte Tayla behutsam auf die Beine.

Verwundert sah sie sich um, bis ihr Blick auf dem nahen Bett hängen blieb und dann zu den unbezahlbaren Tapisserien an den Wänden glitt.

»Gütiger Himmel!«

Dem unbezähmbaren Drang nachgebend, sie zu berühren, streichelte Baine mit der Hand über ihre goldenen Locken. Ein Teil seiner Wut war verraucht, während er die Burg des Auftragsmörders in Schutt und Asche gelegt hatte, aber er musste immer noch die panische Angst niederkämpfen, Tayla womöglich zu verlieren.

Und diese Angst würde noch eine Weile andauern.

»Du bist die erste Person, die meinen privaten Schlafbereich betritt«, erklärte er.

Sie blinzelte, als wäre sie von seiner Beichte überrascht. »Warum ich?«

Seine Finger glitten unter ihre Haare, sodass er die weiche Haut an ihrem Nacken spürte.

»Du weißt, warum.«

Er konnte hören, wie ihr Herz zu rasen begann, während ihre Wangen erröteten.

»Du hast gesagt, ich wäre ein Teil deines Drachenschatzes«, murmelte sie.

Baine zischte vor Bedauern. Ein allmächtiger Drache zu sein bewahrte ihn nicht davor, sich gelegentlich wie ein Dummkopf aufzuführen.

»Weil du mich geärgert hast«, gestand er.

Sie zitterte, als seine Finger leicht über den Ausschnitt ihres Pullovers fuhren.

»Das war nicht meine Absicht.«

Er beugte sich vor und fing ihren skeptischen Blick auf. »Aber das hast du. Dich hat die Intensität deiner

Reaktion auf mich geängstigt. Weshalb du in Panik geraten bist und versucht hast, eine Barriere zwischen uns zu errichten.«

Schuldbewusst senkte sie die Wimpern, als könnte sie so verheimlichen, dass er mit seiner Vermutung, sie habe ihn mit aller Gewalt von sich stoßen wollen, mitten ins Schwarze getroffen hatte.

»Arroganter Kerl«, murmelte sie.

»Ganz genau«, stimmte er ihr entschieden zu. »Was der Grund ist, weshalb es dir gelungen ist, mich darin zu manipulieren, dass ich zugelassen habe, dass wir getrennt wurden.« Er kam ihr so nah, dass er den weichen Kaschmir auf seiner nackten Brust spürte. »Etwas, das nie wieder geschehen wird.« Sein Daumen legte sich auf Taylas Puls, der an ihrem Halsansatz hämmerte. »Insbesondere jetzt, da ich dein kleines Talent kenne.«

Sie leckte sich über die Lippen, ihre Augen verdunkelten sich. Doch es war nicht Angst. Nein. Er konnte die schwere Süße ihrer Erregung riechen, die allmählich die Luft berauschte.

»Ich verspreche, nie wieder wegzulaufen«, sagte sie mit belegter Stimme. »Zumindest nicht, solange meine Schulden nicht beglichen sind.«

Seine Augenbrauen zogen sich jäh zusammen, und seine Finger tauchten in den Ausschnitt ihres Pullovers, um das zarte Goldkettchen herauszuholen, das er ihr vor einer gefühlten Ewigkeit umgelegt hatte.

»Es gibt keine Schulden mehr.« Mit einem kleinen Auflodern von Macht zerstörte er die Drachenmarke.

Erschrocken starrte Tayla an sich herab, während sich ihre Hand hob, als würde sie die hauchzarte Kette vermissen.

»Was sagst du da?«

»Ich entbinde dich von jeglicher Verpflichtung mir gegenüber«, erwiderte er. Es gäbe keine Ausrede mehr für sie, sich hinter einem Schutzwall zu verstecken, wenn sie in seinen Armen lag. »Du bist frei.«

Langsam neigte sie den Kopf in den Nacken, um seinem grüblerischen Blick zu begegnen. »Ich kann also gehen?«

Baine biss die Zähne zusammen. Jede Faser seines Körpers sperrte sich dagegen, ihr eine Wahlmöglichkeit zu lassen. Schließlich war er ein Drache, verdammt noch mal! Er hortete seine Kostbarkeiten mit erbitterter, besitzgieriger Eifersucht.

Doch Tayla war mehr als nur ein wertvolles Schmuckstück.

Sie war seine Gefährtin.

Und sie musste ihren Platz an seiner Seite freiwillig einnehmen.

»Falls das dein Wunsch ist.« Er zwang die Worte zwischen steifen Lippen hindurch, während seine Hände unbewusst über ihren Rücken strichen und sich seine Hitze sanft um sie legte. »Aber ich hoffe sehr, dass du bleiben wirst.«

Instinktiv drängte sie sich an ihn, und ein Hauch von Verletzlichkeit schimmerte in ihren wunderschönen Augen.

»Wie lange?«

Seine Antwort kam ohne jedes Zögern. »Ewig.«

»Ewig?«, hauchte sie und stemmte die Hände auf seine breite Brust. »Das ist eine sehr lange Zeit.«

Unter ihren Fingern spürte sie die Hitze seiner Brust. Ihr Lächeln wurde breiter. War es möglich, dass sie wirklich das Herz dieses großartigen Geschöpfs erobert hatte?

»Wohl kaum lang genug, weil ich doch ein halbes Jahrtausend warten musste, um dich endlich zu finden«, murmelte er. »Und du anschließend fünfundzwanzig Jahre verschollen warst.«

Ihre Lippen zuckten bei seinem schmollenden Tonfall. Er war aufrichtig verstimmt, weil es ihr gelungen war, sich so lange vor ihm zu verstecken.

»Und was ist mit deinem Harem?«, fragte sie, während ihre Finger über seine harten Muskeln fuhren.

Allmählich konnte sie seiner Vorliebe, mit entblößtem Oberkörper herumzulaufen, durchaus etwas Positives abgewinnen.

Es gab keine Barriere mehr zwischen ihnen. Nichts, das sie davon abhalten könnte, seine seidigweiche Wärme und die faszinierenden Tätowierungen zu erkunden, die über seine Haut krochen.

Zustimmung grollte tief in seiner Brust, während er den Saum ihres Pullovers hob und ihn ihr mit geschmeidiger Entschlossenheit über den Kopf streifte.

»Was ist damit?«, fragte er abwesend, seine Kiefer fest zusammengepresst, die Nasenlöcher gebläht, als sein Blick über ihre nackten Brüste glitt.

»Ich will, dass er geschlossen wird.«

Sein Kopf senkte sich, bis sie seinen Atem an ihrer Schläfe spürte.

»Bist du dir sicher?«

Winzige Funken flossen durch ihr Blut, während sie mit den Nägeln leicht über seinen Rücken kratzte.

»Hast du etwa die Absicht, neben mir andere Frauen zu beglücken?«, fragte sie.

Baine lachte amüsiert, und ein Schauder der Erregung packte ihn, als ihre Finger am Bund seiner lockeren Dojo-Hose entlangfuhren.

»Natürlich nicht, aber es könnte lustig werden, Meister und Sklave zu spielen«, schlug er mit belegter Stimme vor.

»Und ich nehme an, du wärst der Meister?«, neckte sie.

»Nun, immerhin war es mein Vorschlag«, erwiderte er, und ein Stöhnen entrang sich seiner Kehle, als sie plötzlich an der Kordel zog und seine Hose an seinen Beinen hinabglitt.

Augenblicklich legten sich ihre Finger um die harte Pracht seines Schwanzes.

Obwohl sie bereits eine sehr intensive und extrem intime Zeit mit Baine erlebt hatte, packte sie erneut das prickelnde Erstaunen über die Größe seiner Erregung.

Und wie heiß diese unter ihren Händen glühte.

Fasziniert strich sie mit den Fingern über die glatte Eichel und dann an seinem Schwanz entlang zu den weichen Hoden darunter.

»Hmm«, murmelte sie. »Mir sagt die Vorstellung eher zu, wie du zu meinen Füßen kniest.«

»Verdammt«, stöhnte Baine, während sich seine Finger über ihre legten, um sie zu ermutigen, weiter auf- und abzustreichen. »Bei diesem Anreiz kann ich dir versprechen, so oft, du willst, zu deinen Füßen zu knien.«

»Leere Versprechungen …«

Ihre spöttischen Worte verwandelten sich in ein leises Stöhnen, als er den Kopf senkte und ihre Lippen mit einem stürmischen, fordernden Kuss versiegelte.

Glühend heißes Verlangen peitschte durch sie hindurch, während sie ihm die Arme um den Hals schlang. Augenblicklich erfüllte der Duft von exotischer Männlichkeit die Luft.

Mmmm.

Tayla erzitterte, als seine Hände dem Verlauf ihrer Wirbelsäule folgten und ihren Hintern besitzergreifend mit den ganzen Händen umfassten. Seine ungestüme Macht drängte sich in ihr Bewusstsein, bis all ihre Gedanken allein ihm galten. Der Geschmack seines Kusses, die weißglühende Hitze seiner Berührung.

Mit sanfter Gewalt teilte seine Zunge ihre Lippen und glitt in ihren Mund, woraufhin sich Tayla begierig seiner Liebkosung hingab. Gleichzeitig ertönte ein leises Knurren tief in Baines Kehle, und seine Hände glitten nach oben, um die pralle Fülle ihrer Brüste zu umfassen.

Tayla erbebte. *Oh … ja!* Sie kniff die Augen zusammen und ergötzte sich an dem Gefühl seiner neckenden Finger, die ihre Brustwarzen zu empfindlichen Spitzen rieben. Wonne schoss durch ihren Körper wie ein hell leuchtender Blitz.

Sie presste sich an seine harte Gestalt, begierig, mehr von ihm zu spüren.

»Baine!«

Seine Lippen liebkosten ihre Wange, während seine Daumen weiterhin ihre köstlich schmerzenden Brustwarzen umschmeichelten.

»Ich war so lang allein, Tayla«, flüsterte er. »Ich habe nie zu hoffen gewagt, jemals eine Gefährtin zu finden.«

Bei den erschreckend ehrlichen Worten fuhr Tayla ein Schauder des Verlangens den Rücken hinunter.

Wer, wenn nicht sie, könnte Einsamkeit besser nachvollziehen?

Und den wehmütigen Wunsch nach einer Familie, den sie in den Tiefen ihres Herzens versteckt hatte.

»Deine Gefährtin.«

»Meine Gefährtin.« Er wich zurück, um sie mit seinem hitzigen Blick zu durchbohren. »Ja … endlich gehörst du zu mir.«

Sämtliche Luft wurde ihr aus den Lungen gepresst, als Baine sich herabbeugte, sie mit einer einzigen geschmeidigen Bewegung hochhob und in die Schatten des riesigen Schlafzimmers trug. Nie zuvor hatte sich Tayla derart beschützt gefühlt wie in seinen starken Armen, und schloss genießerisch die Augen. Dann drehte sie den Kopf, um die nackte Haut seiner Brust mit ihrem Mund zu liebkosen.

Genau das war es, was es bedeutete, sein Leben mit einem anderen zu teilen, erkannte sie benommen.

Die Hände fest um seine Schultern geschlungen, spürte sie, wie Baine sie langsam auf die Kissen des breiten Betts legte. Langsam öffnete sie ihre Augen wieder und beobachtete Baine, der sich hastig aufrichtete, ihr die Schuhe von den Füßen riss und sie geschickt aus der restlichen Kleidung befreite. Den Bewegungen fehlte ihre übliche Eleganz, aber irgendwie steigerte seine offenkundige Ungeduld nur die Woge der Leidenschaft, die jetzt durch ihren Körper brandete.

Er war so … wunderschön.

Eine köstliche Mischung aus harten Muskeln, Sehnen und purer Kraft, die jede Frau vor Erregung zum Zittern gebracht hätte.

In Erwartung, Baine würde sich ebenfalls auf die Matratze legen, war Tayla völlig überrumpelt, als er sich stattdessen neben das Bett kniete, ein verruchtes Lächeln auf den Lippen.

»Du meintest doch, ich solle untertänig vor dir knien.«

Ihr Herz setzte für einen Schlag aus. *O ja!* Diesen betörenden Mann als Sexsklaven zu ihrer Verfügung zu haben war eine Fantasie, die sich auch nach Jahrhunderten nicht abnutzen würde.

Vielleicht sogar nach Jahrtausenden nicht.

»Hast du vor, immer so entgegenkommend zu sein?«, neckte sie ihn.

Er beugte sich vor, nur um knapp über ihrem wartenden Mund zu verharren.

»Wahrscheinlich nicht. Normalerweise bin ich ein selbstherrlicher Mistkerl.«

Sie verdrehte die Augen. »Das glaube ich dir aufs Wort.«

»Das dachte ich mir.« Sein Mund strich hauchzart über ihre geöffneten Lippen, bevor er zurückwich, um zu beobachten, wie seine Finger über den Schwung ihrer Schulter und unter die Rundung ihrer Brust glitten. Seine Augen loderten mit einem bernsteinfarbenen Feuer, als Tayla vor berauschter Erwartung erbebte. »Perfekt.«

Ihr Atem schoss abgehackt zwischen ihren Zähnen hindurch, während der Drache mit sanften, kreisförmigen Bewegungen ihre harten Brustwarzen streichelte.

»Baine!«

Mit einem heiseren Knurren senkte er den Kopf und nahm einen der Nippel, die sich ihm frech entgegenreckten, in den Mund. Tayla schrie vor Leidenschaft auf, während sie das Becken gierig nach oben drückte.

Immer und immer wieder quälte seine Zunge die versteiften Spitzen und trieb die Fee mit seinem gesamten erotischen Können an den Rand des Wahnsinns.

Tayla presste die Kiefer fest zusammen, während ihr Verstand vor Lust abschaltete und vor Leidenschaft nur noch Lava durch ihre Adern floss.

Nicht dass der Verstand jetzt noch eine Rolle spielte.

Wer wollte schon nachdenken, wenn man fühlen konnte?

Während Baine ihre Brustwarzen mit zunehmender Leidenschaft neckte, glitten seine Finger über ihre zuckenden Bauchmuskeln. Mit ausgesuchter Sanftheit erkundete er jeden Zentimeter ihrer samtigen Haut, kreiste spielerisch um ihren Bauchnabel und wanderte dann tiefer hinab zu ihren Oberschenkeln.

Tayla biss sich auf die Unterlippe. Er quälte sie absichtlich. Und genoss unverhohlen den Anblick, wie sie sich unter seiner Berührung vor Verlangen wand. Doch kein Wort des Protests löste sich aus ihrer Kehle. Ihr gesamter Körper mochte sich vor dem ungestümen Verlangen, sich endlich ihrem Höhepunkt hinzugeben, wie eine Sprungfeder zusammengezogen haben, doch sie war ebenso wie Baine darauf bedacht, diesen Moment bis zum Äußersten auszudehnen.

Das hier war ihr Gefährte. Der Mann, der untrennbar mit ihrer Seele verbunden war.

Als könnte Baine ihre Gedanken lesen, strich er mit den Lippen über die Rundungen ihrer Brüste, bevor diese zu ihrem Schlüsselbein glitten. Dann, ein leises Wort der Macht flüsternd, wurde ein Schwall Magie entfesselt.

Tayla spürte eine goldene Hitze, die sich über ihre Haut legte. Als sie die Augen aufschlug, bemerkte sie, dass die Drachenmarke erneut um ihren Hals hing. Nur dieses Mal war es keine Kette aus Gold, sondern eine aus Bernstein, in dem dasselbe Feuer wie in Baines Augen glomm.

»Was ist das?«, hauchte sie erstaunt.

»Ein Gefährtensakrament.« Seine Lippen glitten sanft über die kostbare Kette. »Mein Versprechen, dass du ein Geschenk bist, das ich auf ewig in Ehren halten werde.«

Freude durchströmte ihren Körper.

Ein Gefährte.

Ihr Gefährte.

Die Finger tief in Baines weiche Haare gekrallt, zwang Tayla ihn nach oben zu ihrem Gesicht, damit sie ihn mit all der Liebe küssen konnte, die ihr Herz gerade zum Überschäumen gebracht hatte.

Genüsslich erwiderte er ihren Kuss, während seine Hand so zart wie Schmetterlingsflügel über den Eingang ihrer Weiblichkeit strich.

Tayla bäumte sich vor Lust auf.

»Ich brauche dich, Baine«, stöhnte sie. »Jetzt.«

Er hob den Kopf, und ihre Blicke verwoben sich. In den Schatten wirkten seine Gesichtszüge unerhört schön, sein Ausdruck war angespannt vor purem Verlangen.

Langsam ließ er sich auf Tayla sinken und presste sie mit seinem Gewicht tief in die Matratze. Dann, die Hände genüsslich unter ihren Oberschenkeln, spreizte er ihre Beine, um sich zwischen sie zu drängen. Das Gefühl seiner heißen Haut an ihrer peitschte eine Woge der Erregung durch sie hindurch.

Es fühlte sich so unsäglich richtig an, während seine Hüften sich an sie pressten und seine Brust gegen ihre empfindlichen Brustwarzen kratzte. Als würde er sie vervollständigen.

Die Hände an seinem Rücken hinabgleitend, genoss Tayla die harten Muskeln, die unter ihrer Berührung zuckten. Er war ein tödliches Raubtier, das die Welt beherrschen könnte.

Und dennoch behandelte er sie, als sei sie sein kostbarstes Kleinod.

Lächelnd erzitterte sie unter ihm. Das war der Grund, weshalb seine Berührung ein Feuer in ihr entfachte. Weshalb sie sich nach seinen Küssen verzehrte.

Es war nicht nur seine pure maskuline Perfektion. Oder seine geschickten Liebkosungen. Nein, es war das Wissen tief in ihrem Herzen, dass er vollkommen treu war.

Er würde sie niemals im Stich lassen, sie niemals betrügen und nie und nimmer aufhören, sie zu lieben.

Ein berauschender Gedanke für eine Frau, die niemals aufrichtig geliebt worden war.

Ihre Hände erreichten die seidenweiche Rundung seines Hinterns, und Tayla spürte, wie er vor Lust erschauderte, als sie ihn mit rastlosem Verlangen streichelte.

Sein leidenschaftlicher Blick glitt über ihr Gesicht, bevor er sich hinabbeugte, um mit den Lippen über ihre Stirn zu fahren.

»Sag mir, dass dieses Gelübde das ist, was auch du willst, Tayla«, verlangte er. »Sag mir, dass du für immer zu mir gehören wirst.«

Sie streckte die Arme aus und umschloss sanft sein Gesicht. »Auf ewig, mein Gefährte.«

»Meine Gefährtin«, erwiderte er, und die schmerzhafte Zärtlichkeit in seiner Stimme trieb ihr fast Tränen in die Augen.

Ein Zittern packte seinen Körper, als er mit den Lippen ihr zartes Gesicht erkundete.

»Mein Herz schlägt allein für dich«, murmelte er, seine Worte ein leises Versprechen. »Für keinen von uns beiden gibt es von nun an ein Zurück.«

Sein Atem brannte über ihre Haut, während er die Hüften neigte, um die Spitze seines Glieds an ihre Muschi zu pressen.

Sie stöhnte vor Vergnügen, als sich seine Erektion unnachgiebig immer tiefer in ihre feuchte Hitze drängte und sie bis zu dem Punkt dehnte, an dem es beinahe schmerzte.

Köstlich.

Leise in sich hineinmurmelnd hob Baine das Becken, bevor er Tayla im nächsten Moment mit einem einzigen heftigen Stoß wieder ausfüllte.

»Ja«, seufzte sie und schlang die Beine um seine Hüften.

Tief in ihr vergraben, zog Baine mit den Lippen eine heiße Spur über ihre Haut, um sie schließlich mit verzehrendem Hunger auf den Mund zu küssen.

Dann begann er, sanft auf ihr zu reiten. Mit jedem Stoß tauchte auch seine Zunge tiefer in ihren Mund, und der überlappende Rhythmus verstärkte die aufreizende Wonne, die sich überall in Tayla breitmachte.

Ihre Finger spreizten sich, während sich ein Schrei der Lust in ihrer Kehle formte. Die unglaubliche Intimität, seine pralle Männlichkeit gänzlich in sich zu haben, wurde von den weißen Flammen verstärkt, die über ihre Körper tanzten. Das Drachenfeuer umrankte sie, ein loderndes Sinnbild ihrer Verschmelzung.

Sein Atem kam nun in der schattenhaften Stille immer abgehackter, während er das Tempo erhöhte.

»Lass mich nie wieder allein«, murmelte er an ihre Lippen. »Ich muss wissen, dass du für immer bei mir bleiben wirst.«

Himmel, das war zu viel! Sie hatte das Gefühl, als würde sie in tausend winzige Stücke zerspringen.

Mit den Nägeln kratzte sie an seinem Rücken hinab. Das köstliche Wonnegefühl war fast unerträglich.

»Ewig …«, stöhnte sie.

»Meine wunderschöne Fee«, flüsterte er, bevor sich sein Kopf senkte, um eine Brustspitze in den Mund zu nehmen.

Mit den Zähnen und der Zunge quälte er ihre harten Nippel, bis der Rausch der Lust Tayla zu einem kritischen Punkt katapultierte.

Ihr Atem kam nur noch stoßweise, als Baine ein letztes Mal fest zustieß und sie in einen Wirbelsturm der pulsierenden Glückseligkeit schleuderte.

Ihr spitzer Schrei vermischte sich mit seinem leisen Stöhnen der Erfüllung, als Baine schweißnass auf ihr zusammenbrach, beide verloren in einem Nebel der transzendentalen Vervollkommnung.

Die Zeit verstrich, und keiner wusste mehr, ob eine Sekunde oder eine Ewigkeit verging, bevor sich Baine auf die Seite rollte und Tayla dabei in seine Arme zog. Mit einem Seufzen schmiegte sie den Kopf an seine Brust, getragen von einem berauschenden Gefühl des Glücks.

»Meine Gefährtin«, flüsterte er, während er an ihrem Ohr knabberte.

Lächelnd ignorierte Tayla die Flammen, die weiterhin über seine Haut tänzelten, und glitt mit den Lippen über seine breite Brust.

»Es gefällt mir ausgesprochen gut, wenn du mein Sexsklave bist«, neckte sie ihn. »Ich denke, wir werden den Harem doch behalten.«

Seine Arme pressten sie enger an sich, während er einen lodernden Pfad aus Drachenküssen über die weiche Haut ihres Halses zog.

»Dein Wunsch, süße Tayla, ist mir Befehl.«

14

Es war nicht einfach, einen fünfhundert Jahre alten Drachen noch zu verblüffen. Doch der Sex mit Tayla hatte Baine bis tief in die Seele erschüttert.

Wer hätte ahnen können, dass das Gefühl ihres schlanken Körpers, der sich an seinen presste, sein Drachenfeuer derart entfesselte, bis die Laken verkohlt und Taylas Alabasterhaut von der intensiven Hitze gerötet war? Oder ihn allein bei dem Gedanken, dass diese Frau nun für immer an ihn gebunden wäre, das höchst unerwartete Verlangen zu weinen überkäme?

Weshalb es nicht überraschend war, dass Baine unter keinen Umständen das Bett verlassen wollte, wo er eine nackte Tayla fest in seinen Armen halten konnte.

Doch leider hatte er ein Treffen mit seinem skrupellosen Vater schon zu lange hinausgeschoben.

Synge mochte ein verschlagener Jäger sein, der den unschätzbaren Wert von Geduld kannte, aber er würde nicht ewig warten. Früher oder später würde er jeden Hebel in Bewegung setzen, um Tayla doch noch in seine Finger zu bekommen.

Höchstwahrscheinlich eher früher als später.

Was der Grund war, weshalb er Tayla zum Ankleiden genötigt hatte, während er sich selbst seine Hose geschnappt und nach Char gerufen hatte, damit dieser Fist in den Thronsaal brachte.

Jetzt saß Baine auf seinem riesigen Thron, während Tayla neben ihm stand, wieder schick und leicht spießig in ihrem Kaschmirpullover und der Perlenkette. Schweigend betrachtete Baine den Mann, der zu seinen Füßen kniete.

Fist hatte den Kopf gesenkt, während er mental die Nachricht verschickte, die Baine ihm aufgetragen hatte.

Endlich spähte der jüngere Mann auf und begegnete Baines ungestümem Blick.

»Hast du Synge erreicht?«, fragte er kühl.

Fist nickte. Die Tage im Kerker waren nicht spurlos an dem einstigen Soldaten vorübergegangen. Er sah dünner aus, mit dunklen Ringen unter den Augen.

Aber er war immer noch am Leben, was mehr war, als er verdient hatte.

»Ja, Mylord«, versicherte Fist. »Er glaubt, Ihr würdet gerade Vorbereitungen für die Auktion der Fee treffen.«

»Gut.« Baine überging Taylas hauchzartes Keuchen, während er Char zunickte, der direkt hinter Fist stand. »Bring ihn zurück in den Kerker, und warte auf mein Signal. Sobald ich Synges Einwilligung habe, brauche ich dich, um die Details abzuwickeln.«

Char nickte, packte Fist am Nacken und zerrte ihn unsanft auf die Beine. Baine wartete, bis die zwei Männer aus dem Saal waren, bevor er den Arm hob und mit den Fingern durch die Luft schnitt.

Augenblicklich formte sich ein Portal.

Noch im Aufstehen streckte Baine die Hand aus. Tayla zögerte für den Hauch eines Moments, doch dann legte sie die Finger in seine Handfläche. Geschwind zog Baine seine Gefährtin ins Portal, wohlwissend, dass Zweifel an ihr nagten.

Verständlicherweise – immerhin hatte er ihr keine weiteren Informationen gegeben als den Hinweis, sie würden seinen Vater treffen.

O ja, und die unbedeutende Kleinigkeit, dass Synge ihren Tod wollte.

Baine hatte entschieden, seinen überhasteten Plan für sich zu behalten. Tayla hatte sowieso schon genügend Angst, er musste sie nicht weiter schüren.

Nachdem sie durch das Portal getreten waren, standen sie im Garten hinter Taylas hübschem viktorianischem Herrenhaus, das jetzt in silbernes Mondlicht getaucht war.

Im Innern hörte Baine die Arbeiter, die er im Vorfeld geschickt hatte, um dort aufzuräumen und den Schaden zu beheben, den die Trolle angerichtet hatten. Nicht, dass er die Absicht hegte, Tayla jemals wieder an diesem Ort wohnen zu lassen. Sie gehörte in die Sicherheit seines Drachennests. Doch er wusste, es wäre ihr ein Graus, sollte das Zuhause verfallen, das sie für sich erschaffen hatte.

Als er ihre Hand losließ und beiseitetrat, biss sich Tayla auf die Unterlippe, während ihr Blick zu den ordentlich gestutzten Rosenbüschen glitt. Zweifellos dachte sie über die gewaltigen Veränderungen in ihrem Leben nach.

Das war einer der Gründe, weshalb er sie hierhergebracht hatte.

Es war notwendig, dass sie sich von ihrem alten Leben verabschiedete.

Erst dann wäre sie bereit, ihre Zukunft mit ihm zu akzeptieren.

»Bist du sicher, dass es klappen wird?«, murmelte sie.

»Vertrau mir«, versicherte er ihr und unterdrückte gewaltsam den Drang, die Arme fest um sie zu legen.

Denn er wollte in der Lage sein, jeglichen Angriff bestmöglich abzuwehren.

Niemand wusste besser als er, welche Gefahren in den Schatten lauerten.

»Dir vertraue ich«, sagte sie im Flüsterton. »Aber deinem Vater …« Zitternd vor unverhohlener Angst schlang sie sich die Arme um die Taille. »Immerhin hast du selbst gesagt, dass er mich umbringen will.«

Flammen züngelten über Baines nackte Brust, bevor er seinen Wutausbruch kontrollieren konnte. Niemand würde Tayla verletzen. Egal, wen er dafür vernichten müsste.

»Nicht, nachdem ich mit ihm geredet habe«, schwor er.

Bei der plötzlichen Hitzewelle, die durch den Garten wogte, riss Tayla überrascht die Augen auf.

»Ich glaube, er ist hier«, hauchte sie.

Baine stellte sich breitbeinig vor sie, während sein Vater aus einem Portal trat.

»Bleib nah bei mir«, murmelte er.

»Keine Sorge.« Tayla legte eine Hand auf seine Hüfte, als bräuchte sie die Rückversicherung seiner Berührung.

Eine alles verzehrende Freude überkam ihn. Er wollte nicht, dass sie sich ängstigte. Himmel noch mal, der Gedanke, sie würde auch nur eine Sekunde Furcht verspüren, trieb ihn zur Weißglut. Doch es lag etwas unsäglich Befriedigendes in dem Wissen, dass sie auf ewig bei ihm Trost suchen würde.

Mit argwöhnischen Schritten bewegte sich der ältere Drache auf Baine zu, seine brutalen Gesichtszüge angespannt vor Entschlossenheit.

»Willkommen, Sir«, murmelte Baine.

Die silbernen Augen verengten sich, als Synge seine Aufmerksamkeit dem Haus zuwandte, wo lautes Hämmern durch die Luft hallte.

»Was ist hier los?«

»Ich helfe Tayla, ihr Haus zu reparieren.«

Synge warf ihm einen verwirrten Blick zu. »Tayla?«

Baine trat beiseite, um die Frau hinter ihm preiszugeben.

»Tayla, erlaube mir, dich offiziell meinem Vater Synge vorzustellen.«

»Hallo«, murmelte Tayla mit zögerlicher Stimme, ohne die volle Bedeutung von Baines Worten zu begreifen.

Der ältere Drache hingegen war sich der unterschwelligen Aussage seines Sohnes durchaus bewusst. Mit einem finsteren Stirnrunzeln verschränkte er die Arme vor der breiten Brust, während er sich weigerte, Baines Anspruch auf die Frau anzuerkennen.

»Wo sind die anderen?«, fragte er stattdessen.

Baines Augenbraue wölbte sich. »Welche anderen?«

Synge stieß ein ungeduldiges Seufzen aus. »Mir ist zu Ohren gekommen, dass heute bei den Trollen eine Auktion stattfindet.«

»O ja, die Trolle«, sagte Baine gedehnt. Es war kindisch, doch er konnte nicht leugnen, Gefallen daran zu finden, seinen Vater ein wenig zu quälen. »Sie schaffen es wohl leider nicht.«

»Warum nicht?«

Baine zuckte mit den Schultern. »Weil ich sie getötet habe.«

»Gut.« Der silberne Blick huschte zu Tayla. »Das gestaltet die Auktion um einiges unkomplizierter.«

Baine trat absichtlich einen Schritt zur Seite und damit vor Tayla, um Synge ihren Anblick zu verwehren. Es war eine stille Warnung, dass er erst Baine überwinden müsste, um zu der Frau vorzudringen.

»Willst du gar nicht wissen, warum sie tot sind?«, fragte er.

»Nicht wirklich.« Der Boden erzitterte, als Synge vortrat. »Nenn deinen Preis für die Frau.«

Tayla presste sich an Baines Rücken. Ihr Atem streifte seine nackte Haut, während der herbe Geruch von Zitronen die Luft erfüllte.

»Aber ich würde es dir gern erzählen«, beharrte Baine.

»Na schön.« Der ältere Mann seufzte theatralisch. »Warum sind sie tot?«

»Weil sie meine Gefährtin gejagt haben.«

Synge ballte die Hände zu Fäusten und bläuliche Funken tanzten über seinen Körper.

»Deine Gefährtin?« Synge gab vor, nicht genau zu wissen, was Baine meinte. »Du hast eine gefunden?«

»Ja.« Mit einem Griff hinter seinen Rücken zog der jüngere Drache Tayla an seine Seite und schlang besitzergreifend den Arm um ihre Schultern. Das Spiel war amüsant gewesen, aber jetzt war es an der Zeit, es zu beenden.

Die Flammen loderten höher, erhitzten die Luft. »Diese Fee?«

In Baines Kehle war ein leises Knurren zu hören. »Ihr Name ist Tayla.«

Synge wischte die dreiste Zurechtweisung mit einer abfälligen Handbewegung beiseite. »Bist du dir sicher?«

Baine lachte sanft und blickte zu der Frau, die sein Herz im Sturm erobert hatte.

»Es fühlt sich an, als sei man vom Blitz getroffen«, murmelte er. »Und das ist kein Gefühl, bei dem sich ein Mann täuschen könnte.«

Synge knirschte mit den Zähnen. Der ältere Drache hatte niemals eine Gefährtin gewählt, hatte jedoch wie jeder andere Drache von dem untrennbaren Band gehört, das während des Gefährtensakraments geknüpft wird.

»Nein, wahrscheinlich nicht«, räumte er schließlich ein.

»Akzeptierst du meine formelle Vorstellung?«, fragte Baine.

Synge verengte den Blick. Die Tradition wollte es, dass er die Gefährtin seines Sohnes anerkennen musste. Doch wegen der Sorge um seinen Drachenschatz focht er weiterhin einen inneren Kampf gegen das Unausweichliche aus.

»Zuallererst musst du etwas über sie wissen.«

Baine beugte sich herab, um Tayla einen sanften Kuss auf den Scheitel zu drücken.

»Sie kann Portale in Drachenhöhlen erschaffen.«

»Du weißt davon?«, entgegnete Synge erstaunt.

»Ja.«

»Dann ist dir gewiss bewusst, dass sie ein Sicherheitsrisiko darstellt«, knurrte Synge.

Baine strich mit beruhigender Hand über Taylas Rücken, die erschrocken erschauderte, während sein Blick unablässig auf seinen Vater geheftet war.

Eine unverhohlene Herausforderung.

»Nicht mehr«, sagte Baine. »Die Trolle und ihre Kumpanen sind alle tot.«

Synge schüttelte den Kopf. »Selbst wenn du die Trolle beseitigt hast, bedeutet das nicht, dass sie es keinem anderen Dämon erzählt haben.«

Baine gestattete seiner Macht, aus seinem Körper zu fließen, bis die Luft vor seiner unausgesprochenen Drohung erzitterte.

»Denkst du wirklich, irgendjemand würde es wagen, meine Gefährtin für seine Zwecke zu benutzen?«

Synge wich unbewusst einen Schritt zurück. »Dann verrat mir zumindest, woher sie diese Fähigkeit hat.«

Baine zuckte mit den Achseln. »Ihre Mutter war eine Chantri, die vor vielen Jahren von Vampiren getötet wurde.«

Synge war immer noch nicht zufrieden. »Hat sie Verwandte?«

»Niemanden, der das Blut ihrer Mutter geerbt hat«, versicherte Baine.

Dicht an ihn gepresst schmiegte Tayla den Kopf an seinen Arm. »Und selbst wenn das der Fall wäre, so sind sie nicht wie mein Vater. Es sind allesamt hart arbeitende Feen mit erfolgreichen Unternehmen und einer Familie.«

»Ich kann es nicht erwarten, sie kennenzulernen, Prinzessin«, murmelte Baine.

Er spürte, wie sie sich versteifte. »Prinzessin?«

Mit einem leisen Kichern genoss er die Verblüffung in ihrem wunderschönen Gesicht.

»Immerhin bist du von königlichem Blute«, erinnerte er sie und gab ihr einen Kuss auf die Nasenspitze, bevor er seine Aufmerksamkeit wieder dem älteren Mann zuwandte.

»Nun, Vater?«, fragte er.

Es folgte eine lange Pause, bevor Synge bedächtig mit dem Kopf nickte.

»Ich akzeptiere, dass sie deine Gefährtin ist.«

Baine lächelte. »Abgemacht.«

»Was bedeutet das?«, erkundigte sich Tayla.

»Drachen kämpfen häufig gegen andere Dämonen und auch gegeneinander, aber Gefährtinnen und deren Nachkommen stehen unter ihrer aller Schutz«, erklärte Baine, während eine Woge der Erleichterung seinen Körper überflutete. Bis sein Vater die Worte laut ausgesprochen hatte, hatte er sich nicht sicher sein können, dass Tayla außer Gefahr war. Jetzt stand jedoch außer Zweifel, dass sie beschützt werden würde, selbst für den Fall, dass ihm etwas zustieße. »Es ist unser oberstes Gebot. Du bist tabu, egal, was geschehen mag.« Er zögerte und betrachtete das grimmige Gesicht seines Vaters. »Das stimmt doch, nicht wahr, Sir?«

»Du hast gewonnen, Baine«, erwiderte sein Vater mit einer spöttischen Verbeugung. »Dieses Mal.«

Synge, der noch nie ein guter Verlierer gewesen war, drehte sich um und schritt zu seinem Portal.

»Vater.« Baine brachte ihn zum Stehen.

Synge warf einen Blick über die Schulter. »Was?«

»Du hältst Fists Gefährtin gefangen.«

»Ja.«

»Ich will sie.«

Ein Funkeln flammte in den silbernen Augen des älteren Drachen auf. »Das wird dich etwas kosten.«

»Das habe ich erwartet«, entgegnete Baine. »Ich habe Char die Erlaubnis erteilt, die Verhandlungen zu führen.«

Erheblich zufriedener, da er nun das Versprechen hatte, Baines Vermögen um mehrere Schatztruhen zu schmälern, betrat Synge das Portal und verschwand.

Die friedvolle Stille der Nacht kehrte in den Garten zurück, und Tayla wich einen Schritt nach hinten, um Baines Gesicht mit hoffnungsvoller Miene zu betrachten.

»Ist es jetzt vorbei?«

»Ja.« Er umschloss ihr Gesicht mit beiden Händen. »Niemand wird es jetzt noch wagen, dich mir wegzunehmen.«

Ein breites Lächeln legte sich auf ihre Lippen, während das Mondlicht auf ihren goldenen Haaren schimmerte. Ein plötzliches Glücksgefühl durchbohrte sein

Herz. Dieses wunderschöne Geschöpf war seine Gefährtin.

Jetzt und für immer.

»Es war nett von dir, Fist zu helfen«, murmelte sie. »Ich dachte, er müsste wegen seines Verrats sein restliches Leben im Kerker schmoren.«

Baine schnaubte. Seine Finger glitten über die sanfte Wölbung ihrer Kehle, und er genoss das köstliche Gefühl ihrer seidigweichen Haut.

»Das wäre zu leicht.«

»Du glaubst, im Kerker eingesperrt zu sein, ist leicht?«, fragte sie mit hochgezogener Augenbraue.

Er zuckte mit den Schultern. »Ich habe einen viel besseren Plan, um ihn zu bestrafen.«

Mit einem Mal war Tayla argwöhnisch. »Was hast du vor?«

»Ihm wird die Aufgabe übertragen, Odel in Zukunft vor Schwierigkeiten zu bewahren.«

Tayla blinzelte. Und blinzelte noch mehr. »Er soll der Babysitter meines Vaters werden?«

»Ja«, gestand Baine beherzt.

Fist musste eine Lektion erteilt werden, und Baine konnte sich keine schlimmere Bestrafung vorstellen, als das nächste Jahrhundert damit zu verbringen, einen betrunkenen, spielsüchtigen Elfen auf dem rechten Weg zu halten.

»Das ist ja …« Tayla musste jäh kichern. »Diabolisch.«

»Damit schlage ich zwei Fliegen mit einer Klappe«, sagte Baine mit einem Schulterzucken, während er die Nase beim Gestank von Granit rümpfte, der auf einmal die Luft erfüllte. Mit einem Blick über die Schulter beobachtete er den winzigen Gargoylen, der aus dem Haus trat und den Gartenweg hinabwatschelte. »Da war es nur noch einer.«

Tayla stellte sich auf die Zehenspitzen, um Baine einen Kuss auf den angespannten Kiefer zu drücken.

»Sei nett«, tadelte sie ihn, innerlich überschäumend vor Freude.

Sie hatte nicht nur einen großartigen, sexy Drachen als Gefährten, sondern wurde auch nicht mehr gejagt. Zum ersten Mal seit fünfundzwanzig Jahren konnte sie wieder frei atmen.

»Das bin ich«, knurrte Baine und funkelte den näher kommenden Gargoyle finster an. »Immerhin ist er noch am Leben, oder?«

Tayla verdrehte sie Augen, bevor sie herumwirbelte und Levet betrachtete, der neben ihr zum Stehen kam.

»*Ma belle*, das Haus wird reizend aussehen, sobald es fertiggestellt ist«, sagte er, und seine Flügel flatterten vor Aufregung. Tayla konnte es ihm nicht verübeln. Die Waldelfen reparierten nicht nur die Schäden am Haus, sondern bauten auch noch einen traumhaften Wintergarten an, in dem das ganze Jahr über frische Kräuter und Blumen wuchsen. »Ich kann es gar nicht erwarten, bald wieder deine köstlichen Scones zu kosten.«

Ohne Vorwarnung schlang Baine den Arm um ihre Taille und presste sie fest an seinen Körper.

»Niemand außer mir wird von nun an Taylas Scones essen«, fauchte er.

»Baine«, tadelte sie vorwurfsvoll, während seine Berührung eine Woge des Glücks über ihr zusammenbrechen ließ.

Levet neigte den Kopf zur Seite und beäugte sie mit unverhohlener Neugierde.

»Stimmt das?«

»Ich würde es vielleicht etwas anders ausdrücken«, sagte Tayla, ohne sich zu bemühen, Baines besitzergreifendem Griff zu entkommen. Warum sollte sie auch? Das war genau der Ort, wo sie hingehörte. »Aber ich werde an Baines Seite bleiben. Ich hatte gehofft, du würdest weiterhin hier wohnen und auf das Haus achtgeben.«

Levets graue Augen weiteten sich vor freudiger Überraschung. »*Moi?*«

»Natürlich.« Sie warf ihm ein sanftes Lächeln zu. Dieser winzige Dämon war ein treuer Freund, und ungeachtet Baines weniger schmeichelhafter Meinung würde Tayla seine Güte niemals vergessen.

»Du führst ein aufstrebendes Unternehmen«, erklärte sie.

»Das stimmt«, strahlte er geschmeichelt und drückte

stolz die schmale Brust heraus. »Aber zuallererst muss ich ein Versprechen einlösen.«

Tayla wagte kaum nachzufragen. Gelegentlich brachten Levets Versprechen ihn in große Schwierigkeiten.

»Welches Versprechen?«

»In London gibt es eine junge Elfe, die darauf wartet, gerettet zu werden. Meine Tage als RISR sind noch nicht vorbei.« Mit ausgesuchter Höflichkeit nahm Levet Taylas Hand und drückte ihr einen flüchtigen Kuss auf die Fingerspitzen. »*Au revoir, ma belle.*«

Bevor Tayla nach Einzelheiten fragen konnte, hatte Levet schon entschlossen mit den Dämonenflügeln geschlagen und schwirrte in den sternengesprenkelten Himmel.

»RISR?«, fragte Baine, während der Gargoyle rasch aus ihrem Blickfeld entschwebte.

»Ritter in schimmernder Rüstung«, erklärte Tayla mit einem amüsierten Lächeln.

Baine schnaubte verächtlich. »Lass uns nach Hause gehen.«

»Ja«, hauchte sie, während ihr Herz vor Glück überquoll.

Ihre Hand fest umklammernd, hob er ihre Finger an seine Lippen und presste einen glühenden Kuss auf ihre Knöchel, um sie im nächsten Moment in sein geöffnetes Portal zu drängen.

Kurzzeitig umfing sie dichte Dunkelheit, bevor sie aus der Öffnung in Baines Privatgemächer traten.

Augenblicklich legte sich Taylas Anspannung.

Baines Drachenhöhle gab ihr ein Gefühl der Sicherheit.

Der Liebe …

Und der köstlichen Erregung.

Innerlich hoffend, dass er ihre wild pochende Lust spürte, sah sie Baine eindringlich an, während er sie eilig über den mosaikgefliesten Boden zog.

»Ich habe eine Überraschung für dich«, murmelte er.

Tayla lächelte, als ein Kitzeln der Vorfreude durch ihren Körper peitschte. »Wehe, sie hat nichts mit deinem Bett und …« Ihre Worte verhallten, als sie ihren Koffer sah, der am Rand der Matratze lag. »Mein Koffer?«

Nachdem er ihr zarte Küsse auf die Stirn gehaucht hatte, drängte er sie vorwärts. »Öffne ihn!«

Mit langsamen Schritten durchmaß sie den Raum und blieb an der Bettkante stehen, wo sie ihren wohlvertrauten Koffer aufklappte. Als sie neugierig hineinspähte, machte sich Verwirrung in ihr breit.

»Er ist leer«, sagte sie.

»Ganz genau.« Mit diesen Worten trat Baine neben sie, drückte den Koffer entschieden zu und schob ihn unter das Bett. Dann drehte er Tayla mit zärtlichen Händen zu sich um, damit sie seinem lodernden Blick begegnete. »Keine gepackten Reisetaschen mehr. Keine Fluchtpläne. Du wirst für immer hierbleiben.«

Ihr Herz schmolz. Er hatte es nicht vergessen.

War es ein Wunder, dass sie ihn mit jeder Faser ihres Körpers liebte?

Ihre Blicke trafen sich wieder, und sie schlang die Arme um seinen Hals.

»Für immer?«

Er umfasste ihre Hüften und drängte sie gegen seine pulsierende Erektion.

»Für immer.«

Tayla seufzte vor Lust, als Baine den Kopf senkte, um ihre Lippen mit einem glühend heißen Kuss der Begierde zu verschließen.

Nachdem sie versucht hatte, während der vergangenen fünfundzwanzig Jahre ihrem Schicksal aus dem Weg zu gehen, hatte das Weglaufen endlich ein Ende. Von diesem Moment an würde sie genau dort bleiben, wo sie hingehörte.

In den Armen ihres Drachen …

Coreene Callahan

Feuer

Diese Drachen bringen Frauenherzen zum Schmelzen

Die erfolgreiche Paranormal-Romance-Serie aus den USA: Erotisch, düster, heiß

978-3-453-31457-3

Tödliches Verlangen
978-3-453-31457-3

Verborgene Sehnsucht
978-3-453-31458-0

Gefährliche Begierde
978-3-453-31459-7

Verhängnisvolle Liebe
978-3-453-31590-7

Flammendes Herz
978-3-453-31816-8

Leseprobe unter **www.heyne.de**

HEYNE